HO SPOSATO UN NAGA

Agenzia Primaria

REGINE ABEL

COVER DESIGN DI
Regine Abel

Questo libro utilizza un linguaggio maturo e contenuti sessuali espliciti. Non è destinato ai minori di 18 anni.

INDICE

HO SPOSATO UN NAGA

Ha ottenuto più di quello che si aspettava.

Quando Serena arriva a Trangor per partecipare alla Prima Caccia, l'ultima cosa che si aspetta è di trovarsi costretta a sposare un Ordosiano... oppure essere giustiziata. Lei non sa nulla del suo popolo, nulla di lui, tranne che ha zanne, squame e una pazzesca coda lunga. Serena deve solo recitare la parte della moglie per sei mesi e poi sarà libera di andarsene. Ma Szaro sembra avere altri progetti. Lui è imponente, minaccioso e decisamente non umano. Eppure, come può lei rimanere indifferente quando lui fa di tutto per compiacerla?

Dall'istante in cui posa gli occhi su Serena, Szaro è affascinato da quella delicata femmina umana. Dall'aspetto ingannevolmente fragile, in realtà lei è una cacciatrice impavida e capace. Il sapore persistente del suo profumo sulla sua lingua è inebriante. Reclamarla per salvarle la vita per lui non è difficile. Superare le loro differenze e convincerla a restare di sua volontà è una sfida che lo intriga. Ma non sarà tutto più di quanto entrambi possano affrontare?

DEDICA

A chiunque abbia avuto il coraggio di fare la cosa giusta, anche a caro prezzo. Prima o poi, e di solito quando meno te lo aspetti, il Karma ti ripagherà.

CAPITOLO I
SERENA

Scalpitando, lanciai un'occhiata ai miei rivali nella Prima Caccia mentre aspettavamo di salire sulle navette di trasporto. Tutti i grandi nomi partecipavano allo show. Non c'era da stupirsi considerando che i premi in palio erano più che generosi. Pur essendo io per prima una tipa tosta come cacciatrice, non mi illudevo di poter vincere il primo premio. Con cinque milioni di crediti, quel trofeo rasentava l'osceno. Ma a differenza della maggior parte delle altre cacce, questa garantiva che tutti sarebbero risultati vincitori in base alle loro prestazioni. Di conseguenza, era stato possibile partecipare esclusivamente dietro invito, inviato ai cacciatori affermati della Federazione Galattica dei Cacciatori.

Venti navette affollarono l'enorme hangar del campo base della Federazione, uno dei pochi edifici stranieri su Trangor. Nessuno di noi aveva mai messo piede su quel pianeta "primitivo". Fino a poco tempo prima pensavamo tutti che fosse un mondo selvaggio, popolato esclusivamente da bestie selvatiche. Ma proprio come avveniva sulla Terra, un'unica specie senziente dominava la catena alimentare: individui dalle sembianze rettiliane chiamati Ordosiani. Non sapevamo molto di loro. Non gli interessava mischiarsi con gli stranieri e soprattutto non volevano che andassimo a zonzo per il loro mondo. Era un miracolo che la Federazione fosse riuscita a ottenere il loro permesso per organizzare questa caccia.

Un campanello risuonò nella grande sala, zittendo il chiacchiericcio dei cacciatori. Bron Kflen, il Maestro Cacciatore della Federazione, stava in piedi sopra un piccolo piedistallo per rivolgerci un'ultima volta la parola prima di salire a bordo. Il maschio Edocit, una specie di driade, era stato una leggenda nella sua gioventù.

"Cacciatori, benvenuti alla Prima Caccia di Trangor", disse Bron in tono altisonante. "Siete qui perché siete il meglio del meglio. Vogliamo che la caccia avvenga in modo corretto, con esecuzioni rapide e pietose e il minor danno possibile inflitto agli organi delle vostre prede, che saranno utilizzati per ricerche mediche fondamentali. Perciò, oltre alla quota fissa per ogni uccisione assegneremo un bonus di credito per quelle che avvengono in modo corretto, che vi farà guadagnare punti aggiuntivi per vincere il premio principale. Quindi assicuratevi di rivendicare le vostre uccisioni con i segnalatori forniti, in modo che le nostre squadre di estrazione possano recuperarle rapidamente".

Un brusio di eccitazione si diffuse tra la folla. Quei tipi di caccia erano rari. Alcuni cacciatori nuotavano in un mare di crediti, mentre altri guadagnavano a malapena il necessario per vivere, mantenere e migliorare la loro attrezzatura e pagare la quota d'ingresso della maggior parte degli eventi generali. Quel premio avrebbe rappresentato un buon riempitivo per coloro che avevano le tasche un po' sgonfie. Io non potevo nemmeno lontanamente sperare di considerarmi ricca, ma non faticavo a sbarcare il lunario. L'evento avrebbe potuto rimpinguare il mio gruzzolo.

"Abbiamo caricato i vostri speeder o alianti sulle navette che vi porteranno al settore che avete scelto per cacciare", continuò Bron. "Ricordate che dovete cacciare *esclusivamente gli Squoiatori. Nient'altro!* Gli Ordosiani lo hanno concesso solo per controllare la loro popolazione".

A quanto pareva quelle creature si riproducevano ad un ritmo ridicolmente alto. Ogni anno, durante la stagione delle nascite, ogni Squoiatore adulto non accoppiato, malato o vecchio veniva cacciato dal suo territorio per fare spazio ai nuovi nati. Questi reietti si scatenavano per il territorio, portando scompiglio tra le specie vulnerabili che incontravano. Il nostro compito era quello di sradicare quella minaccia vagante.

"Prima della vostra partenza controllate di nuovo che la vostra mappa sia stata sincronizzata correttamente e che mostri chiaramente le zone di caccia autorizzate. NON, ripeto, NON oltrepassate i confini autorizzati. Gli Ordosiani considerano le altre aree come terreni sacri. Se sarete sorpresi nelle aree proibite vi giustizieranno".

Come me, la maggior parte dei quasi cento cacciatori nella stanza verificò di nuovo che la mappa integrata nei nostri bracciali funzionasse correttamente.

"Un localizzatore vi avvertirà se vi avvicinate troppo al confine, e ancora di più se lo attraversate. Se ciò dovesse accadere, tornate immediatamente indietro e pregate di non essere stati visti", disse Bron severamente. "Se sarete sorpresi a violare o a danneggiare indebitamente la fauna o la flora locale, non alzeremo un dito se gli Ordosiani decideranno di vendicarsi. Ci è voluto molto tempo per concordare questo evento con la gente del posto. Fate in modo di non rovinarlo a discapito degli altri. E agite in maniera corretta tra di voi. Se qualcuno di voi viene sorpreso a mettere deliberatamente in pericolo i suoi concorrenti, sia con l'adescamento che con qualsiasi altro metodo subdolo, sarete banditi e perderete qualsiasi guadagno che potreste aver ottenuto."

Un sorrisetto distese le mie labbra mentre alcuni cacciatori sembravano in imbarazzo. In quel mondo altamente competitivo alcuni mostravano pochi scrupoli quando si trattava di prendere il sopravvento.

"Ma basta con i discorsi e gli avvertimenti. Tra qualche secondo il numero della vostra navetta sarà comunicato al vostro parabraccio. Buona fortuna e buona caccia!" concluse Bron.

Applausi entusiasti si levarono in tutta la stanza, accompagnati da discreti suoni di notifica mentre tutti ricevevano il proprio numero. Quello fortunato per me era il tredici. Afferrai il mio zaino che si trovava sul pavimento ai miei piedi, lo misi in spalla e mi diressi verso il mezzo di trasporto assegnatomi insieme a quattro maschi. Anche se solo un quinto dei cacciatori presenti erano donne, il nostro numero era in costante aumento ogni stagione.

Il mio cuore sprofondò quando riconobbi un volto familiare che saliva a bordo davanti a me. Barone – il suo vero nome era Bayrohnziyiek – era un vero e proprio bastardo. Ovviamente il maschio zamoriano doveva dirigersi proprio nello stesso settore che avevo scelto io. Era tanto alto e massiccio quanto brutale e spietato, per non dire incline ad imbrogliare e a danneggiare i suoi rivali. Come tutte le persone della sua specie, assomigliava vagamente a un orco dalla pelle grigia con quattro braccia, quattro occhi e una lunga criniera dritta tenuta ferma in un'unica treccia. Non potevo credere che fosse stato invitato ad un evento che si proponeva di essere corretto ed etico. A quanto pareva, il suo alto grado di cacciatore aveva convinto il comitato di selezione a chiudere un occhio.

Dovevo stare alla larga da quell'idiota. Comunque, lui avrebbe puntato alla preda più grande: Squoiatori maschi adulti. Erano più difficili da uccidere ma valevano più crediti e punti. Io mi concentravo su quelli di taglia media. Potevo ucciderli più velocemente e con meno rischi di ferite gravi. Per me quella caccia non era un'opportunità per diventare ricca. Volevo solo rimpinguare il mio conto in banca, partecipare a quella esperienza unica sfidando una bestia nuova di zecca ed esplorare un mondo in cui poche persone potevano vantarsi di aver messo piede.

Non appena ci accomodammo nei sedili passeggeri della navetta, questa decollò in direzione nord-est. Gli ampi finestrini mi offrirono la prima vista mozzafiato di Trangor. Il cielo azzurro chiaro aveva una leggera sfumatura verde. Sotto, dense foreste con strani alberi dall'aspetto preistorico si estendevano a perdita d'occhio. Alcuni assomigliavano vagamente alle dracene, altri agli alberi di araucaria e altri ancora avrebbero potuto essere baobab i cui tronchi erano stati accuratamente avvolti con una corteccia intrecciata.

Dopo un viaggio relativamente breve la navetta atterrò in una vasta radura. In base ai dati forniti dalla Federazione, anche se in quella zona c'erano alcune sacche di Squoiatori scatenati il loro numero non sarebbe stato troppo schiacciante per un singolo cacciatore umano. La maggior parte dei miei rivali si era diretta a sud-ovest e nord-ovest, dove brulicavano frotte di bestie. Mi aspettavo che Barone andasse in quella direzione per avere la possibilità di uccidere un maggior numero di prede.

Dopo aver augurato buona fortuna alla mia *concorrenza*, presi il mio speeder dalla stiva e ricontrollai che le mie poche scorte di sopravvivenza fossero ancora ben nascoste nel vano portaoggetti sotto il mio sedile. Stordita per l'eccitazione, decollai in direzione nord, mentre gli altri si sparpagliavano in una direzione diversa. Dopo aver attivato il mio scanner a lungo raggio, iniziai la caccia.

Con mia grande gioia ci vollero meno di dieci minuti perché i primi puntini apparissero sul mio scanner, rivelando gli Squoiatori vicini. Mi precipitai dritta verso uno che sembrava essere in qualche modo isolato dagli altri. Per mia fortuna, anche se di dimensioni discrete, la bestia non era uno di quegli enormi maschi adulti che potevano farti a pezzi prima che tu abbia il tempo di battere ciglio. Sarebbe stato un buon riscaldamento prima di cominciare a puntare a prede più impegnative.

Gli Squoiatori erano bestie veramente brutte. La metà inferiore del loro corpo sembrava quella di un corto centopiedi con solo quattro gambe per lato. Attaccato ad esso c'era un lungo torso che avrebbe potuto appartenere ad un umano paffuto. Possedeva un paio di arti da insetto con appendici simili a falci che potevano tagliare una persona a metà in un colpo solo. Il suo collo, lungo quasi un metro, terminava in una testa rotonda che era un'enorme bocca piena di denti affilati. Intorno a quella bocca e lungo i lati del collo c'erano almeno due dozzine di occhi che gli davano una visione a 360 gradi di ciò che lo circondava.

Per fortuna aveva un udito scarso e la sua vista aveva un raggio abbastanza corto. Tuttavia, era molto sensibile alle vibrazioni sul terreno e nell'aria intorno a lui. Fermai il mio speeder a una distanza di sicurezza dalla bestia e attivai il mio scudo per l'invisibilità. Affrontare una di quelle creature sarebbe stato un suicidio. Non solo erano estremamente veloci, ma una volta che ti avevano adocchiato diventavano implacabili finché non finivi nella loro pancia. E in questo momento il mio obiettivo era a caccia di uno spuntino.

A parte l'occasionale ringhio rantolante dello Squoiatore e il vento che fischiava tra le foglie, il silenzio inquietante che ci circondava confermava che il resto della fauna, persino gli uccelli, si erano messi al riparo durante il tumulto. Certo, in quella zona era ben lungi dall'essere una ressa ed era il motivo per cui l'avevo scelta. Ma a ovest grandi branchi di Squoiatori si stavano scatenando attraverso la regione, divorando tutto ciò che trovavano sul loro cammino come uno sciame di locuste. A quanto pareva, su Trangor questo accadeva una volta all'anno, da qui la necessità di sfoltire il branco per impedirgli di sterminare le specie più deboli.

Il trucco consisteva fondamentalmente nel fargli perdere l'equilibrio. A quel punto diventavano indifesi come una tartaruga rovesciata sulla schiena. Per mia fortuna il vento soffiava verso nord-est, allontanando il mio odore dalla mia preda. Quello che mancava in vista e udito, gli Squoiatori lo compensavano con la sensibilità del proprio naso. Sganciai la balestra e la caricai con le frecce. L'arma all'avanguardia con la mira assistita mi consentiva di selezionare gli obiettivi, in questo caso un punto molto piccolo sotto la scaglia protettiva che copriva le ginocchia delle zampe anteriori. Dopo aver sparato avrei avuto un intervallo di tempo molto breve per uccidere in modo corretto. Al di fuori di questo, le cose potevano diventare più complicate.

Con il cuore che batteva e l'adrenalina che mi scorreva nelle vene, mi avvicinai silenziosamente alla mia preda. Fermandomi a poco più di dieci metri feci un respiro profondo, mi concentrai e scagliai le mie frecce. Mentre queste saettavano a una frazione di secondo l'una dall'altra, mirai al volto della creatura, ignorando ogni cosa intorno a me tranne il mio obiettivo. Il tempo sembrò rallentare mentre le mie frecce raggiungevano il loro bersaglio, affondando nel tessuto molle sotto le ginocchia dello Squoiatore. Le sue due gambe anteriori si piegarono, e la bestia si inclinò in avanti. Mentre il torso si piegava, questa allungò il collo in avanti per gridare, spalancando la bocca piena di denti.

Nei pochi secondi critici che avevo a disposizione per reagire, feci uno zoom e mirai al punto proprio sopra la sporgenza viola sul retro della sua gola – l'equivalente dell'ugola di un umano – e sparai. Poi imprecai sottovoce quando la freccia lasciò la mia balestra, consapevole di aver mancato il bersaglio quando la creatura inclinò la testa di lato. Senza battere ciglio, mi ricomposi e scoccai di nuovo, cominciando poi a correre quando la freccia lasciò la mia arma. Il forte crepitio che mi raggiunse mentre mi avvicinavo alla bestia confermò che il mio secondo colpo aveva fatto centro.

Gridai in segno di vittoria mentre la parte superiore del corpo della creatura si dimenava sul terreno e le sue gambe posteriori scalciavano all'indietro nel cieco tentativo di fuggire dalla fonte del dolore. Senza rallentare la mia corsa, saltai sulla schiena della creatura mentre estraevo il mio pugnale. Seduta sul lungo collo della creatura, sentendomi come una cavallerizza in un rodeo mentre questa cercava di disarcionarmi nella sua agonia, afferrai l'estremità della mia freccia che sporgeva dalla parte posteriore del cranio dove aveva fatto breccia nel suo unico punto debole. Sollevandola, infilzai il mio pugnale verso il basso, recidendo la sua spina dorsale e l'intero flusso di sangue al cervello. Un violento tremore scosse la creatura, e poi questa si irrigidì.

Tirai fuori il pugnale e saltai giù dalla creatura. Senza perdere tempo, recuperai la mia pistola segnalatrice e sparai un singolo disco nell'apertura sul retro del cranio dello Squoiatore. Un bagliore bluastro si diffuse intorno alla bestia, mentre il segnalatore iniziò a pulsare con un debole bagliore luminoso. Oltre a confermare che avevo ucciso io la creatura sia per il punteggio che per il pagamento, il segnalatore inviò un segnale alla squadra di estrazione. Inoltre, la cupola scintillante che esso creava conservava la vittima in una forma di stasi in modo che gli organi non si rovinassero prima del recupero. Fungeva anche da repellente contro qualsiasi animale selvatico vagante che pensasse di godersi un pasto gratuito.

Incoraggiata da quell'inizio promettente, pulii il pugnale e tornai al mio speeder per cercare la prossima preda. Durante le ore successive proseguii le mie ricerche, sterminando un numero di bestie di gran lunga superiore alle mie aspettative. Certo, qualche volta rischiai grosso, ma cos'è una caccia senza qualche momento da brivido?

Mentre il sole calava all'orizzonte, decisi di accamparmi

invece di tornare alla base. Ero troppo a nord per giustificare quel viaggio di ritorno. Con le montagne Saroyan a poca distanza da lì avrei probabilmente trovato una grotta o una sorta di sporgenza che avrebbe fornito un riparo abbastanza decente per la notte. Decisi di muovermi verso nord-est, più vicino ai territori ordosiani. Sarebbero stati più sicuri e con molte meno creature vaganti, dato che la gente del posto non avrebbe mancato di sterminarle.

Come previsto trovai una piccola grotta naturale in mezzo al nulla. Tuttavia posizionai una serie di rilevatori di movimento in un ampio raggio intorno alla grotta, nel caso in cui qualcosa si fosse avvicinata di soppiatto mentre dormivo. Recuperai il materasso gonfiabile dal mio speeder. Per quanto sapessi adattarmi all'occorrenza, mi piacevano le comodità quando potevo averle. Quella forma intelligente permetteva al materasso di compattarsi in quello che assomigliava in uno spesso libro. Ma una volta aperto si gonfiava fino a diventare un materasso a due piazze. Non era nulla di sofisticato, ma sicuramente meglio che dormire sulle pietre e la nuda roccia.

Mi accontentai di mangiare alcune delle mie barrette energetiche e le mandai giù con un po' d'acqua. Com'era mia abitudine quando seguivo le tracce di qualcosa, raramente mi preoccupavo di consumare pasti adeguati. Accendere un fuoco e cucinare una preda riusciva ad attirare il tipo sbagliato di attenzione. Una volta finita la caccia, però, mi coccolavo con un pasto a cinque stelle in un ristorante di lusso sulla via di casa. Mentre mi sistemavo per la notte, tirai fuori i risultati dei punteggi per il round della giornata sul mio datapad. Con mia grande sorpresa, mi ero classificata 22ª, molto più in alto di quanto mi aspettassi considerando il calibro dei miei rivali.

Mi cadde la mascella quando vidi Barone non solo al primo posto, ma incredibilmente più avanti di tutti gli altri. Non c'era modo che una sola persona potesse raggiungere un tale punteggio da sola. Eppure era impossibile barare. Si poteva ottenere un punteggio solo contrassegnando una vittima. Come diavolo faceva a uccidere così tanti Squoiatori maschi adulti e così dannatamente in fretta? Non dubitai nemmeno per un minuto che avesse trovato un modo per ingannare il sistema. Mi fece soltanto andare sulle furie il fatto che avesse vinto il primo premio quando dentro di me sapevo che non lo meritava.

Facendo spallucce, andai a dormire.

CAPITOLO 2
SERENA

Il mattino giunse rapidamente. Anche se avrei potuto dormire un paio d'ore in più, decisi di iniziare presto. Secondo i miei calcoli, avevo guadagnato tra i venticinquemila e i trentacinquemila crediti il mio primo giorno. Oggi volevo eguagliare, e forse anche superare, quel punteggio. Ero venuta lì sperando di guadagnare dai cinquantamila ai settantamila crediti durante l'intero evento. Ma al ritmo attuale avrei potuto potenzialmente raddoppiare la cifra. Che bel bottino sarebbe stato!

Non appena salii sul mio speeder accesi il mio scanner ad ampio raggio, pensando di dirigermi verso ovest pur rimanendo a nord. Quel piano cambiò molto rapidamente quando, con mia grande sorpresa, un gran numero di Squoiatori apparve sul mio scanner. Sembrava che fossero sparsi lungo il confine del territorio ordinosiano, un po' più a nord di dove mi trovavo. Erano abbastanza distanziati da consentirmi di affrontarli, finché avessi conservato l'elemento sorpresa. Agendo con circospezione era un gioco da ragazzi uccidere quelle bestie immonde. Ma una volta perso l'elemento sorpresa le possibilità di sopravvivenza si dimezzavano.

Mi affrettai verso il luogo in cui si trovava la prima creatura.

Con mia grande costernazione si trattava una vasta pianura aperta, a poca distanza dal bosco che segnava l'inizio del territorio proibito. Questo avrebbe potuto complicare seriamente le cose se un gruppo di Squoiatori si fosse raggruppato insieme. Ma quando mi avvicinai alla mia preda, mi cadde la mascella per lo spettacolo che mi attendeva.

Un enorme Squoiatore giaceva su un fianco, morto, senza segni e senza una sola anima in vista che lo reclamasse. Mi guardai intorno, ma non trovai nessuno nelle immediate vicinanze. Non credendo alla mia fortuna, mi avvicinai con cautela, con il mio scudo di protezione ancora attivato. Mi fermai accanto ad esso, non rilevando ancora nessuno nelle vicinanze. Feci una rapida scansione della creatura, confermando che la morte era recente. Non sapevo quanti danni avessero subito gli organi, ma valeva comunque un bel po' di crediti. Scesi dal mio speeder e mi accovacciai davanti alla bestia. L'uccisione era stata fenomenale. Nessun segno visibile di altre ferite, ma una singola pugnalata proprio sotto la giugulare e dritta nella spina dorsale. Quell'obbrobrio valeva il massimo dei punti, sempre che il decadimento non fosse troppo avanzato.

Senza ulteriori esitazioni afferrai la mia pistola segnalatrice e rivendicai la bestia.

Saltai di nuovo sul mio speeder e corsi verso il prossimo Squoiatore indicato sul mio scanner. Mi aspettava lo stesso dono dal cielo. Dedussi allora che gli Ordosiani avevano fatto fuori le creature che si aggiravano un po' troppo vicino al loro territorio, lasciando la taglia a chi la volesse. E io la rivendicai. Purtroppo dovetti rinunciare al quinto esemplare che avevo visto dato che la dannata creatura si era accasciata solo un paio di metri all'interno del territorio ordosiano. Anche se non riuscivo a vedere nessuno dei locali nelle vicinanze, non avrei fatto correre un rischio alle mie chiappe a causa dell'avidità. Quando raggiunsi l'ottava vittima un senso di inquietudine cominciò a invadermi. Quelle erano uccisioni estremamente recenti. Ma non avrebbero dovuto esserci così tanti Squoiatori adulti, quasi anziani, in quella zona. Da dove diavolo provenivano?

Mentre mi chinavo per reclamare la bestia, l'improvvisa impressione di essere osservata mi fece alzare di scatto la testa. Ci volle un attimo prima che individuassi l'essere che mi osservava. Mi si gelò il sangue nelle vene e tenni a freno il panico istintivo che cercava di assalirmi quando riconobbi l'imponente sagoma di un Ordosiano vicino alla linea degli alberi. Anche se sapevo di essere ancora nei territori di caccia autorizzati, controllai due volte il mio bracciale per assicurarmi di non aver infranto la loro regola. Il mio bracciale continuava a pulsare intorno al mio polso, come un avvertimento che mi stava avvicinando troppo ai territori proibiti.

Guardai di nuovo l'Ordosiano, solo per vedere che altri due lo avevano raggiunto. Proprio quando stavo per perdere la testa, il primo, che sembrava essere il loro capo, fece cenno agli altri di seguirlo mentre continuavano il loro cammino verso nord, ignorandomi. Il loro comportamento non era stato in alcun modo minaccioso, ma mi fece comunque pensare che forse avrei dovuto tagliare la corda.

Tecnicamente, gli Squoiatori morti non reclamati erano leciti.

Infatti non stavo infrangendo nessuna regola. Se avessero voluto che me ne andassi, non dubitavo neanche per un minuto che me l'avrebbero detto. Con il mio solito atteggiamento fin troppo audace per il mio bene, decisi di proseguire. Trovai e rivendicai altri tre Squoiatori morti prima di arrivare finalmente ai guerrieri che quella mattina mi avevano resa ricca. Erano in sei, tra cui i tre che avevo incontrato prima. Affascinata, rimasi a distanza di sicurezza per guardarli lottare contro la creatura. Purtroppo li aveva seguiti all'interno del territorio proibito, fuori dalla portata per i miei avidi reclami.

Con mia sorpresa, il loro metodo non poteva essere più diverso da quello che mi aspettavo. Ero convinta che per ottenere uccisioni così precise utilizzassero una specie di pistola stordente o altri mezzi di paralisi. Invece gli Ordosiani lo facevano praticamente a mani nude, ma soprattutto usando la coda. Avevo visto le foto di quegli esseri simili ai Naga. Con la parte superiore dei loro corpi considerevolmente umana – a parte i tratti del viso e il cappuccio da cobra reale intorno alla testa – e quella inferiore costituita dalla coda di un serpente, erano una meraviglia per gli occhi.

Da dove mi trovavo sembravano essere alti due metri, e la loro coda sinuosa dietro di loro misurava almeno altri tre metri. Sostanzialmente due degli Ordosiani facevano da esca, ognuno cercando di attirare lo Squoiatore in una direzione diversa e quasi paralizzandolo dalla confusione. Gli altri quattro, cambiando il colore delle loro squame in un mimetismo abbastanza efficace, si gettarono sulla bestia, due per lato. O almeno così credevo. Invece di afferrargli le gambe con le mani – come all'inizio credevo che stessero follemente cercando di fare – usarono i palmi delle mani sul terreno come perno e poi sferzarono la coda contro le gambe della loro preda. Non solo lo fecero andare gambe all'aria, ma ognuno di loro si aggrappò a due di esse avvolgendole con la coda.

Inerme, stesa a terra, la bestia alzò la testa e cercò di usare il suo lungo collo per colpire uno degli Ordosiani che la tenevano ferma. Ma uno dei due maschi che l'avevano attirata – quello che presumevo fosse il loro capo – si voltò indietro e afferrò la testa dello Squoiatore, avvolgendo il suo braccio muscoloso proprio sotto la mascella e la sua coda intorno al collo prima di stringere. Efficacemente immobilizzata, la bestia non vide mai la lama che il loro capo conficcò nel punto vulnerabile proprio sotto la giugulare, fino a raggiungere la parte posteriore della gola. Questi poi inclinò il pugnale verso l'alto per farlo passare attraverso la piccola piega dell'osso protettivo e recidere così la spina dorsale. La creatura sussultò e poi si irrigidì.

Un'altra uccisione impeccabile.

Avevano impiegato appena un minuto dall'inizio alla fine per abbattere la bestia, i loro movimenti erano perfettamente coordinati. Uccidere per mezzo della giugulare era il modo migliore per chiunque fosse abbastanza forte da prendere la creatura di petto. Sfortunatamente io non potevo farlo con le mie frecce: queste avrebbero semplicemente colpito l'osso protettivo e non avrebbero reciso la spina dorsale. Bisognava prima pugnalare con un angolo di trenta gradi verso l'alto, poi scendere ad un angolo di quarantacinque gradi verso il basso.

Ma non appena rilasciarono la creatura morta, le loro teste si voltarono all'unisono verso di me, le loro lingue biforcute da lucertola guizzarono nella mia direzione. Mi si gelò il sangue, rendendomi conto che avevano sentito l'odore o percepito la mia presenza. Ci avevano avvertito che la tecnologia dell'invisibilità non avrebbe ingannato gli Ordosiani, anche se non erano entrati nei dettagli su come esattamente quella specie aggirasse la nostra mimetizzazione.

Esitai per un secondo, considerando se dovessi scappare o rivelarmi. Alla fine, scelsi di rivelare la mia presenza e disattivai il mio scudo protettivo. Non c'era niente di male nel guardare, e fuggire avrebbe potuto sottintendere un'intenzione nociva. Deglutendo a fatica, mi avvicinai un po' di più, pur rimanendo a una distanza di sicurezza da loro e dal loro confine. Il modo in cui tutti reclinavano simultaneamente la testa di lato mentre mi esaminavano avrebbe potuto essere inquietante se i loro volti avessero mostrato un qualsiasi tipo di aggressività. Invece, questi rivelavano solo curiosità.

Non erano i selvaggi assetati di sangue che la Federazione lasciava intendere.

D'altra parte, non avrei potuto biasimare la Federazione per averli dipinti come ostili per impedirci di fare casini con la gente del posto e causare inutili incidenti diplomatici.

"Fantastico lavoro di squadra", gridai in Universale. "Sono colpita".

Dalla loro reazione supposi che avessero appena sbuffato. Sorrisi timidamente, un po' scioccata dal mio comportamento coraggioso. Quattro di loro si incamminarono verso nord. Il capo e un altro Ordosiano rimasero indietro. Abbassai la testa in segno di saluto, intenzionata a riprendere il mio viaggio lungo il loro confine per vedere se la mia fortuna era finita. Ma prima che potessi avanzare anche solo di qualche metro, il loro capo mi chiamò.

"Umano!" gridò, la sua voce tonante con una leggera nota gutturale che le dava un tocco da duro, oltre ad essere sexy da morire.

Mi fermai e gli lanciai uno sguardo curioso. La mia mascella cadde quando, invece di rispondere, lui e l'altro maschio al suo fianco afferrarono ciascuno una gamba anteriore dello Squoiatore e lo trascinarono verso di me, fuori dalla zona limitata.

"Non è possibile..." sussurrai tra me e me.

Feci guizzare il mio speeder vicino a loro, fermandomi a un paio di metri di distanza prima di scendere. Quegli Ordosiani erano davvero impressionanti in carne ed ossa. Con il mio metro e ottanta di altezza di solito non mi sentivo tanto ossuta in confronto alle altre specie. Ma questi ragazzi, specialmente quello che presumevo fosse il capo della caccia, mi facevano sentire come un piccolo fiore delicato. Da dove la sua coda toccava il terreno fino alla cima del cappuccio sulla testa, mi sovrastava di almeno trenta centimetri. Le sue spalle larghe, i bicipiti sporgenti e gli addominali follemente scolpiti avrebbero fatto morire d'invidia la maggior parte dei maschi umani.

E ogni donna dal sangue caldo si sarebbe bagnata le mutande.

D'accordo, la coda di serpente, la lingua biforcuta, le narici a fessura e gli occhi da lucertola erano un po' inquietanti, ma quel cappuccio sulla testa era forte. Aveva delle labbra dannatamente sexy e incredibilmente umane. Se avesse avuto le gambe invece di quella coda, sarei stata attratta da lui.

"Grazie", dissi, sentendomi un po' intimidita.

La sua lingua si mosse nella mia direzione. Ciò mi rese incredibilmente nervosa e in qualche modo fece crollare il suo livello di sex appeal. Quali informazioni stava raccogliendo su di me con la sua lingua? Sapevamo troppo poco della loro specie. Qualunque cosa gli avesse detto, sembrava divertito, e un sorriso appena accennato si allungò sulle sue labbra morbide. Per qualche ragione questo mi infastidiva.

Senza dire una parola sollevò la testa dello Squoiatore, girandola di lato per esporre la ferita nel collo. Scivolò indietro, permettendomi così di sparare con il mio segnalatore nell'apertura per reclamare la bestia. La scintillante cupola di stasi apparve sopra lo Squoiatore e feci un passo indietro prima di guardare l'Ordosiano.

"Beh, grazie ancora. È molto generoso da parte tua", dissi con una risata nervosa, sentendomi del tutto in imbarazzo per una ragione che non potevo spiegare.

Lui fece saettare la lingua un altro paio di volte verso di me, la stretta fessura dei suoi occhi verde pallido si allargò leggermente mentre mi fissava con intensità.

"Rimani al sicuro, umano", disse infine, prima di girarsi e strisciare via con il suo compagno.

Rimasi affascinata, osservando il sensuale ondeggiare dei loro fianchi – beh, principalmente dei fianchi di lui – mentre si muovevano a velocità vertiginosa, senza dubbio per raggiungere il resto del gruppo. Il movimento mi ricordava più o meno quello di un ballerino di merengue o latino.

Sì, abbastanza sexy, a parte gli elementi serpenteschi.

Risalii sul mio speeder per cercare il prossimo obiettivo solo per ottenere finalmente la risposta al mistero dietro la mia anomala fortuna. Non appena mi fermai accanto alla nuova bestia morta, guardai in lontananza per cercare l'altro Squoiatore che il mio scanner stava rilevando. Con mio grande stupore, circa trecento metri più avanti, vidi Barone che attirava l'enorme creatura. Sparò qualcosa in direzione del territorio proibito Ordosiano prima di entrare in modalità invisibile. La bestia si avvicinò al proiettile dello Zamoriano. Non appena lo raggiunse, camminò intorno al posto e strofinò il muso sul terreno.

Una specie di feromone... Che bastardo! Li sta attirando per farli uccidere dagli Ordosiani.

E probabilmente si stava dirigendo lì per venire a reclamare quella bestia. D'istinto, saltai giù dal mio speeder, disattivai il mio scudo di protezione e tirai fuori la mia pistola segnalatrice per marcare la bestia.

"Ehi! Questa è la MIA vittima!" gridò lo zamoriano, uscendo dall'invisibilità mentre il suo speeder correva verso di me.

Sfidando fermamente il suo sguardo, feci evidente mostra di attivare la mia body cam, assicurandomi che lo riprendesse mentre si avvicinava sul suo speeder, mentre io sparavo il mio segnalatore sulla creatura. In lontananza, lo Squoiatore che aveva attirato continuava a smaniare per qualsiasi odore l'avesse attirato.

"Dannata ladra!" ruggì lui, saltando giù dal suo speeder prima che si fosse completamente fermato per avvicinarsi a me cercando di sovrastarmi.

"Controllati, Bayrohnziyiek", gli sibilai in faccia, assumendo un atteggiamento spavaldo e arrogante, malgrado il mio cuore cercasse di uscirmi dal petto. Quell'alieno animalesco avrebbe potuto afferrarmi per ogni arto con le sue quattro braccia e farmi a pezzi senza versare una goccia di sudore. "Non fare qualcosa di cui potresti pentirti", aggiunsi, indicando la body cam sulla mia spalla.

Lui serrò i quattro pugni e mostrò i denti aguzzi, le zanne che li incorniciavano sembravano diventare ancora più grandi per la rabbia. In quell'istante, sapevo senza ombra di dubbio che probabilmente mi avrebbe ucciso o mutilato senza quella provvidenziale protezione fornita dalla Federazione. Una volta attivata la telecamera trasmetteva istantaneamente le riprese dal vivo, sia audio che video, direttamente al campo base della Federazione. Era utile per scoprire la verità dietro qualsiasi conflitto, e spesso ad evitare incidenti "sfortunati". Quando c'erano in gioco grossi premi in denaro, nella foga della caccia e con l'adrenalina che scorreva nelle vene gli istinti più bassi delle persone offuscavano facilmente la loro bussola morale.

"Mi hai derubato, *kahbra!"* gridò lui.

"Come posso rubare una vittima che non è tua e senza che tu fossi nei paraggi quando l'ho rivendicata?" domandai. "Così come l'altra dozzina circa che ho rivendicato lungo la strada mentre venivo qui?"

I suoi quattro occhi si sgranarono, il loro colore arancione si trasformò in un rosso scuro mentre il suo capo si sollevava di scatto per guardare sopra la mia testa, come se potesse vedere in lontananza le bestie morte che avevo rivendicato. Per quanto provocare ulteriormente la sua rabbia fosse pericoloso per me, avevo bisogno di farlo uscire allo scoperto e mettere le cose nero su bianco in quel momento, grazie alla sua reazione alle mie accuse.

"Secondo le regole, uno Squoiatore morto è una preda lecita: chi prima arriva, meglio alloggia. Ma chi avrebbe mai pensato che così tanti Squoiatori si sarebbero aggirati in questa zona ritenuta la più sicura?" continuai con finto stupore. "Sicuramente nessun cacciatore *oserebbe* utilizzare i feromoni per attirare qui le bestie, in modo che la gente del posto possa fare l'intero lavoro per loro e poi raccoglierne i frutti. Questo non sarebbe solo un imbroglio, sarebbe anche gravemente immorale e potrebbe causare un incubo diplomatico con gli Ordosiani per aver messo in pericolo il loro popolo."

Il volto dello Zamoriano si rabbuiò. "Non ho assistito a niente del genere", digrignò tra i denti.

"Sono sicura di no", risposi in un tono dolce e mellifluo. "Ma mi chiedo quale sia la ragione per cui quello Squoiatore laggiù sia così affascinato dal terreno", aggiunsi, sporgendomi di lato in modo che la mia telecamera potesse catturare la bestia in lontananza. “Si direbbe che sia incappato nella sua versione dell’erba gatta.”

“Magari è così”, scattò Baron.

“Forse. Suppongo che non lo sapremo mai”, risposi, in modo diretto, prima che il mio tono e la mia espressione si indurissero. “Ma per quanto mi piaccia questa piccola chiacchierata, devo tornare alla caccia. Ci hanno portati qui per aiutare a sfoltire il branco di Squoiatori. Se dovessero misteriosamente continuare a minacciare la sicurezza degli Ordosiani al loro confine, oso sperare che la Federazione prenda misure radicali per sradicare il problema. Buona caccia”.

Senza aspettare la sua risposta, risalii sul mio speeder. Un movimento nella periferia del mio campo visivo mi fece trasalire. Con mio sgomento, notai alcuni dei guerrieri Ordosiani che avevo visto prima, in piedi vicino alla foresta, che ci guardavano. Dannazione! Pregai il Cielo che non mi credessero in combutta con quell’idiota. Fissando Barone, me ne andai. Dopo aver spento la mia body cam, attivai il mio scudo di protezione e continuai il viaggio verso nord.

Non mi aspettavo di trovare altri Squoiatori morti non reclamati. In verità, anche se lo avessi fatto, dubitavo che avrei voluto reclamarli lo stesso. Quella che all’inizio era stata la mia “fortuna”, ora mi lasciava un cattivo sapore in bocca. Gli Ordosiani erano a conoscenza del fatto che Barone li aveva usati come reclute per ottenere punti facili? Erano furiosi?

Quelli che avevo incontrato non sembravano arrabbiati... almeno non con me.

Questo avrebbe comunque potuto causare un brutto conflitto diplomatico che poteva far sì che la gente del posto ci cacciasse dal loro pianeta. Non ero pronta a partire. Volevo finire il lavoro e poi prendermi qualche giorno per esplorare tutte le zone autorizzate di quello splendido mondo prima della partenza dell’ultima nave da trasporto da questo pianeta.

Per il momento volevo raggiungere il fiume Bayagi, riempire le mie bottiglie d'acqua e fare un pranzo veloce. Poi mi sarei diretta a ovest, dove erano stati segnalati altri gruppi sparsi di Squoiatori. La mia rabbia divampò di nuovo quando volai oltre un numero eccessivo di bestie morte e ne individuai alcune vive che vagavano vicino al confine. Mi fermai per ucciderne un paio lungo la strada, ma non rimasi nei paraggi per reclamare quelle che le pattuglie Ordosiane stavano già affrontando.

Tuttavia, a mano a mano che mi avvicinavo al fiume, non era il suo ipnotizzante colore dell'acqua a catturare la mia attenzione, ma i due grandi Squoiatori che si avvicinavano pericolosamente al confine Ordosiano. Negli ultimi dieci minuti, non avevo visto una sola bestia morta o una pattuglia Ordosiana. Anche se avessi voluto farli fuori, sarebbe stato difficile affrontarne due in una volta sola. Potevo solo presumere che il vento avesse soffiato i feromoni così a nord. Il vero problema era che il mio scanner rivelava ancora un sacco di forme di vita nelle vicinanze, dentro e intorno al fiume nel territorio Ordosiano. Erano animali oppure...?

Non riuscii mai a terminare quel pensiero. Uno degli Squoiatori ruggì, il suo compagno gli fece eco pochi secondi dopo, e poi innumerevoli voci in lontananza risposero con urla di panico. Dal loro tono stridulo non sembravano i guerrieri che avevo incontrato prima, ma le loro femmine. Raggiunsi il confine del territorio Ordosiano solo per vedere le bestie che si spingevano più in profondità nella foresta, in direzione dei punti che si erano sparsi sul mio scanner. Il mio stomaco si contrasse dolorosamente mentre mi sedevo sul mio speeder, ancora mimetizzato, combattendo l'impulso di andare ad aiutarle.

Sicuramente ci saranno con loro alcuni guerrieri per affrontare le bestie, giusto?

Ma il mio cervello si bloccò al suono di una voce acuta che chiamava un nome, e poi di un'altra più vecchia che ne chiamava un altro. Il tempo sembrò rallentare quando uno degli Squoiatori cambiò direzione per inseguire una creatura più piccola a quattro zampe che lo caricò prima di virare via, lontano dalle femmine in fuga.

Un animale domestico che cerca di proteggere i suoi padroni.

Dietro di esso un giovane Ordosiano, forse di cinque o sei anni, lo stava inseguendo mentre quella che presumevo fosse sua madre gli gridava di tornare indietro. Accesi la mia body cam sapendo già cosa avrei fatto. Lo Squoiatore agitò il suo braccio simile a una falce colpendo la groppa dell'animale con il dorso della sua "mano". La forza del colpo fece volare la povera creatura per una breve distanza, prima che si schiantasse contro lo spesso tronco di un albero. Da quella distanza non riuscii a sentire il suono che emetteva, ma il modo in cui cadde a terra e rimase immobile indicava che era stato ucciso o che aveva subito delle gravi ferite.

Entrambi gli Squoiatori rivolsero la loro attenzione al bambino. Caricarono il piccolo Ordosiano, che infine si rese conto del pericolo in cui lo aveva cacciato la preoccupazione per il suo animale domestico. Questo gridò per la paura, voltandosi verso sua madre, che stava correndo anche lei verso di lui.

Non esitai.

La precedente vibrazione del mio braccialetto – che mi avvertiva della mia eccessiva vicinanza al confine Ordosiano – andò in sovraccarico, e un suono d'allarme si attivò non appena lo attraversai. Lo silenziai.

Fiondandomi in avanti, afferrai una delle tre bolas appese in fondo alla mia sacca delle armi sotto la maniglia dello speeder per poterle raggiungere con facilità. Dato che non sarei mai entrata nel raggio di gittata adatto per colpire le bestie prima che catturassero la loro preda, soffiai nel mio corno emettendo un suono dolorosamente stridente che infastidì persino me. Gli Squoiatori ondeggiarono i loro colli affusolati per cercare dietro di loro la fonte del rumore. Anche se gli occhi sul collo gli permettevano una visuale a trecentosessanta gradi, quelli sulla fronte avevano una migliore visione a lungo raggio. Comunque, dato che ero ancora in modalità invisibile, non videro nulla.

Ad ogni modo questo li rallentò alquanto, dandomi la possibilità di recuperare un po' di terreno mentre loro tornavano a concentrarsi sulla propria preda. Feci roteare la bola sopra la mia testa, prendendo di mira la più grande delle due bestie prima di lanciarla. Per le creature l'arma sarebbe parsa spuntare dal nulla. La bola trovò il suo bersaglio, avvolgendo due delle gambe posteriori dello Squoiatore, facendolo inciampare e cadere.

Questi gridò, prima per la sorpresa, poi per l'agonia, quando l'arma, impostata per essere letale piuttosto che per catturare, cominciò a stringere; i naniti del cavo si mutarono in bordi affilati che tagliavano le squame, la carne e le ossa. Con la sua preda quasi a portata di mano, l'altro Squoiatore non si fermò a guardare il suo compagno ferito. Ma avevo già un'altra bola che roteava solo per lui.

Con meno di dieci metri tra loro e la bestia, la madre raggiunse suo figlio e lo sollevò. Allo stesso tempo, la seconda bola fece il suo dovere, sbattendo lo Squoiatore a terra sulla pancia. La femmina sembrò bloccarsi in preda al terrore mentre quello, trasportato dal suo slancio, scivolava a terra per qualche altro metro verso di lei.

"CORRI!" gridai alla femmina in Universale. La sua testa si alzò di scatto e mi resi conto che non poteva vedermi. Disattivai il mio scudo protettivo: "VAI! SCAPPA!"

I suoi occhi si spalancarono quando mi vide, la mano sollevata e una granata in pugno, mentre giravo velocemente intorno al primo Squoiatore che stava già rimontando sulle gambe libere. Lei si girò e corse via, la sua velocità era leggermente ridotta dal peso del bambino, ma si muoveva comunque molto più rapidamente di quanto il bambino da solo sarebbe riuscito a fare.

Lanciai la granata flash sul terreno, proprio di fronte alla prima bestia, accecandola. Questa urlò di dolore, scuotendo la testa completamente disorientata. Tornando indietro passai davanti al secondo Squoiatore, che si stava anch'esso risollevando sulle gambe libere. Suonai il corno per attirare la sua attenzione, afferrai la mia ultima bola e la scagliai contro la bestia ancora ruggente e accecata. Questa si avvolse facilmente intorno al suo collo e si mise subito al lavoro, segandolo per bene. Lo Squoiatore cadde a terra, agitandosi, mentre il filo della bola lo decapitava lentamente. Il mio stomaco si contrasse. Non era questo il modo di agire del Cacciatore. Bisognava uccidere in modo rapido, corretto, il più indolore possibile. Ma quella era sopravvivenza.

Nonostante le due gambe mancanti, lo Squoiatore restante stava rapidamente guadagnando terreno su di me. Riuscii a malapena ad evitare il colpo letale del suo arto falciato, prima di lanciargli davanti una granata flash. Tornando indietro, le manovre rese più impegnative dai fitti alberi che ci circondavano, afferrai la balestra attaccata sulla mia schiena. Presi la mira, ignorando il suono assordante delle grida della bestia. Le sue urla si soffocarono quando la mia freccia colpì esattamente il punto vulnerabile sotto la sua ugola. Si accasciò a terra. Saltai giù dal mio speeder e corsi verso di lui per dargli una morte rapida.

Anche se quella era stata un'uccisione molto più corretta della prima, non avevo intenzione di rivendicare nessuna delle due. Il cuore in gola, tornai di corsa al mio speeder. Ma ora che il ringhiare e lo stridere delle bestie si era quietato, il suono di zoccoli che calpestavano il terreno risuonò forte al di sopra del sangue che mi ruggiva nelle orecchie. Non appena iniziai ad accelerare, il mio parabraccio lampeggiò, indicando una dozzina di punti che si avvicinavano rapidamente.

Il mio sangue raggelò quando vidi le prime sagome di Ordosiani che cavalcavano sopra i Drayshan. Quelle cavalcature erano incredibilmente veloci. Per una frazione di secondo, pensai di attivare l'invisibilità e scappare. Tuttavia, anche se fossi riuscita a precederli, gli Ordosiani avevano già visto il mio viso, il mio odore era ovunque, e se si fossero rivolti alla Federazione riguardo all'intrusa il Maestro Cacciatore Bron sarebbe stato costretto a tradirmi.

Ho salvato due dei loro. Sicuramente questo giustificherà il mio sconfinamento.

Tenendo a freno la paura che mi attanagliava dentro, fermai il mio speeder, mi girai e aspettai che la dozzina di Ordosiani mi circondasse. I loro volti non mostravano più la curiosità di prima. Lo sguardo di tutti loro non rivelava altro che uno scintillio assassino.

CAPITOLO 3

SZARO

La rabbia mi ribolliva nelle viscere. Avevamo permesso agli stranieri di venire su Trangor perché alleviassero il nostro fardello nel contenere la furia degli Squoiatori durante la stagione delle nascite. Invece questi ci avevano portato in casa un pericolo maggiore. Nonostante le tattiche spudorate dello Zamoriano per farci uccidere le bestie al suo posto, lui aveva avuto il buon senso di rimanere fuori dal nostro terreno sacro. Dopo che l'intrigante piccola umana l'aveva affrontato, se n'era andato.

O così pensavamo.

Non appena i rilevatori di prossimità si erano spenti, confermando che un fuorilegge aveva sconfinato, eravamo saltati sui nostri Drayshan per andare ad affrontare il colpevole. Non vedevo l'ora di mettergli le mani addosso. Avrei provato un grande piacere nel sentire le sue ossa frantumarsi sotto la mia coda.

Con mio grande stupore, mentre ci avvicinavamo alla posizione dell'intruso, troppo vicino a dove le nostre femmine stavano insegnando ai nostri piccoli a nuotare, una fragranza delicata a me familiare mischiata alla paura si era posata sulla mia lingua.

Non poteva essere...

Eppure era lì, seduta sul suo speeder. Nelle vicinanze i cadaveri trucidati di due Squoiatori. Il mio cervello si era congelato per l'orrore al pensiero di giustiziare una donna... *quella* donna. Perché l'aveva fatto? Perché aveva dovuto sconfinare quando era stata così rispettosa per tutto il giorno?

Ma mentre ci avvicinavamo a lei, la vista di Mandha e di altri cinque cacciatori che correvano verso la nostra posizione mi colse alla sprovvista.

Cosa ci facevano lì?

"Intruso!" aveva gridato Raskier, mentre il suo Drayshan si fiondava sulla femmina.

"Aspetta! Non è come pensi!", aveva urlato la femmina in Universale. Era scesa dal suo speeder e aveva sollevato i palmi delle mani, con la testa china, in quella che supponevo essere una posizione di sottomissione. "Le vostre femmine sono state attaccate! Sono venuta ad aiutare!"

Il mio cuore aveva sussultato sentendo le sue parole. Sì, le nostre femmine e la nostra prole erano nelle vicinanze. In base al suo comportamento precedente avrebbe avuto senso che quello fosse il motivo della sua intrusione.

Ma aveva comunque trasgredito. Le regole erano chiare.

Avevamo fermato le nostre cavalcature vicino a lei. Tra i miei cacciatori e quelli di Mandha, la femmina si era trovata completamente circondata. Avevo srotolato la coda dal corno posteriore del mio Drayshan ed ero scivolato nell'incavo sulla sua schiena, mentre gli altri mi imitavano. La femmina aveva deglutito a fatica fissandoci mentre ci avvicinavamo, gli occhi spalancati. Odiavo l'odore della sua paura.

"Lo giuro, sono venuta qui solo per proteggere la vostra gente. Non era per la caccia", aveva proseguito la femmina con voce un po' tremante. "Non li ho nemmeno reclamati! Quella madre e il suo bambino non ce l'avrebbero fatta. Quei due Squoiatori hanno ucciso il loro animale domestico, mandandolo a sbattere contro un albero laggiù", aveva aggiunto, indicando il nord-ovest. "E poi hanno iniziato a inseguire il piccolo. Quindi sì, ho infranto la regola e ho deliberatamente trasgredito. Ma non c'era altra scelta. Non potevo lasciarli morire!"

"Lei dice la verità", aveva detto Mandha. "Le femmine si sono precipitate al villaggio per chiedere aiuto. Le bestie cercavano la mia compagna e il mio bambino".

"Salha?!" avevo esclamato.

"Sì. Sono scossi, ma stanno bene", aveva risposto Mandha.

"Vedi?" aveva detto l'umana, la speranza che sbocciava nei suoi occhi dorati del colore del miele e di una tonalità leggermente più chiara rispetto alla sua pelle marrone. "Non volevo offendere e non volevo mancare di rispetto. Volevo solo aiutare. Sono una cacciatrice. Sapevo di poterli salvare".

"Sia come sia, ha trasgredito", aveva detto Raskier. "Le regole sono le regole".

Sebbene fosse incline a uccidere prima e a fare domande dopo, Raskier si era voltato a guardarmi con uno sguardo interrogativo. Tutti gli altri occhi si erano voltati verso di me.

"Sì, le regole sono le regole", avevo ammesso.

"State dicendo sul serio?" aveva esclamato la femmina, lo sguardo che passava in rassegna ciascuno dei nostri volti prima di fermarsi sul mio. "Volete punirmi per aver salvato la vostra gente? Per aver salvato la tua compagna?"

"Se avessimo *voluto* ucciderti per questo, saresti già morta", avevo risposto in tono neutro. "Ma hai commesso una violazione. Circostanze attenuanti o meno, lasciarti andare senza ripercussioni creerà un pericoloso precedente con conseguenze potenzialmente gravi. Questa è una decisione che spetta agli Anziani. Consegnerai le tue armi e ci seguirai pacificamente al villaggio."

Lei aprì e chiuse la bocca alcune volte, come se stesse cercando le parole per ribattere. Le avevo lanciato un'occhiata severa, mettendo in chiaro che non c'era nulla di cui discutere. Le sue spalle si erano afflosciate, sconfitte. Si era tolta la cintura, la balestra sulla schiena e la sacca delle armi che pendeva sotto le maniglie del suo speeder e le aveva consegnate a Raskier e Mandha.

"Non ti incateneremo e ti permetteremo di viaggiare sul tuo speeder", avevo detto con calma. "Ma prova a fuggire e le cose diventeranno molto meno piacevoli".

"Non ho intenzione di scappare. Se fosse stata mia intenzione, l'avrei già fatto", aveva risposto lei seccamente. "Non sono una persona cattiva".

L'orgoglio e qualcosa di simile alla rabbia si erano insinuati nella sua voce, sostituendo la paura. Questo aveva ridestato l'interesse che lei aveva risvegliato in me. Le nostre femmine non combattevano. Ridevano di noi anche solo per aver suggerito di provare a cacciare. Avevo osservato quella delicata umana in alcune occasioni durante la giornata. Mi aveva impressionato per la sua efficienza mentre si spingeva ai limiti per ottenere delle uccisioni ragionevolmente corrette, niente a che vedere con il massacro che aveva fatto di quei due Squoiatori.

"Se avessi pensato che lo fossi, le cose sarebbero andate diversamente", avevo riposto.

Senza aspettare la sua risposta, mi ero rivolto al mio Drayshan, Dagas. Usando uno dei tre corti e ricurvi spuntoni d'osso sul suo fianco come sostegno, mi ero issato nell'incavo sulla schiena, sdraiandomi a pancia in giù e avvolgendo la mia coda attorno al suo corno posteriore. Grazie alle zampe posteriori più corte, potevamo restare sdraiati su quelle bestie con un angolo di trenta gradi, la testa piatta ci permetteva una chiara visuale davanti a noi. Avevo stretto le mani intorno a due delle corna che sporgevano dai lati del collo prima di lanciare un'occhiata alla femmina.

Questo era sembrato scuoterla dall'intontimento in cui pareva essere caduta mentre mi osservava montare. Era salita sul suo mezzo di trasporto e ci aveva seguito tranquillamente mentre correvamo verso casa.

Un milione di pensieri angoscianti si erano scatenati nella mia mente. La femmina non meritava di morire, soprattutto dopo aver salvato la compagna e il figlio di mio fratello. Quando si era imbattuta nel primo Squoiatore che avevamo ucciso, mi ero chiesto se fosse l'accolita dello Zamoriano. Tuttavia, la sua sorpresa e poi l'esitazione nel reclamarlo erano state genuine. A causa della nostra mimetizzazione, non si era accorta che la stavamo osservando. Ma era stato solo quando si era mostrata dopo averci osservato mentre eseguivamo quell'uccisione per poi congratularsi con noi, che lei aveva veramente stuzzicato la mia curiosità.

Sebbene avessi provato una gioia maliziosa nel vederla "rubare" inconsapevolmente le potenziali prede dello Zamoriano, non era stata quella la ragione principale per cui avevo trascinato lo Squoiatore morto fuori dall'area riservata in modo che lei potesse reclamarlo. Ad essere onesti volevo una scusa per vederla da vicino e parlarle, per quanto non avessi indugiato molto in quest'ultima cosa. Ero stato troppo occupato a contemplare il suo aspetto e ad assaporare il suo profumo.

Di tutte le specie che ci visitavano, la sua era quella che aveva più cose in comune con la nostra. Anche se le nostre femmine non avevano seni prominenti come gli umani, avevano la stessa conformazione sinuosa e delicata della parte superiore del corpo. Lei aveva lineamenti armoniosi ed era piacevole alla vista. Un cappuccio al posto dei capelli neri e ricci che aveva in testa l'avrebbe resa stupenda. Come tutti i membri della sua specie che avevo visto fino a quel momento, copriva fin troppo del proprio corpo. Potevo vedere solo la pelle marrone dorato del suo viso e il dorso delle mani. Per il resto era coperta da una pelle scura che aderiva strettamente alle sue curve sensuali, anche sulle gambe. Se fosse stata Ordosiana, il colore delle sue squame, considerando la colorazione della sua pelle, sarebbe stato incantevole.

E una coda al posto di quelle strane gambe l'avrebbe resa perfetta.

Comunque, tutti quei pensieri passeggeri erano svaniti, le mie interiora si erano contorte per l'ansia quando gli alberi si erano aperti per rivelare il villaggio. Avevo fatto guizzare la lingua un paio di volte, assaporando la crescente paura dell'umana. Questa si era smorzata durante il nostro viaggio fin lì, ma ora il suo destino sarebbe stato deciso.

La tribù si era radunata sulla piazza, i tre anziani aspettavano accanto alla statua di Isshaya, la Grande Dea, che vegliava sul nostro popolo. La folla si era separata, spostandosi ai lati della piazza per farci spazio. Avevo fermato la mia cavalcatura sull'area erbosa a un paio di metri dalla piazza pavimentata in pietra. Con mio sollievo l'umana mi aveva imitato. Era smontata nello stesso momento in cui lo avevo fatto io, sentivo con forza su di me il peso del suo sguardo preoccupato. Per qualche ragione irrazionale sarei voluto andare da lei, prenderle la mano e dirle che tutto sarebbe andato bene.

Volevo fermamente che tutto andasse bene. Aveva salvato la vita di mio nipote e di mia cognata. Era stato contratto un debito di sangue. Io e mio fratello l'avremmo ripagato. Le avevo fatto cenno di seguirmi. Lei aveva obbedito, gli occhi che saettavano nervosamente di qua e di là, guardando la folla riunita intorno a noi. Non avrei mai potuto immaginare quanto tutto ciò dovesse apparirle minaccioso. Oltre a scrutarla da vicino, dato che la maggior parte della mia gente non aveva mai visto un umano in carne e ossa, tutti facevano sgusciare la loro lingua verso di lei per ottenere ulteriori informazioni. Anche se ciò era normale per me, mi ero chiesto che impressione facesse su di lei.

Salha si era fatta avanti per mettersi di fronte alla folla, la sua mano si era posata sulla spalla del piccolo Eicu. Il giovane aveva visto solo cinque estati, eppure era già una vera peste.

Ci eravamo fermati un paio di metri davanti agli anziani.

"Anziana Krathi", avevo detto, inchinando il capo alla femmina al centro, in effetti il capo della nostra tribù, "Anziana Jyotha", avevo detto, ripetendo il gesto verso la femmina alla sua destra, e secondo in comando, "Anziano Iskal", dissi, salutando il maschio alla sua sinistra.

L'umana aveva lanciato uno sguardo nervoso verso di me nel momento in cui avevo cominciato a parlare, poi anche lei aveva fatto un inchino a ciascuno degli anziani quando lo avevo fatto io: un gesto opportuno e intelligente che non era passato inosservato.

"Grande Cacciatore Szaro, hai riportato l'intruso vivo e slegato", aveva risposto l'Anziana Krathi in Universale, il suo sguardo fisso sulla femmina.

L'umana era rabbrividita e aveva lanciato uno sguardo ansioso verso di me. Per fortuna aveva tenuto a freno la lingua. Il tono calmo e positivo con cui l'Anziana aveva parlato mi aveva fatto sperare che il resoconto di Salha del salvataggio da parte dell'umana avesse predisposto l'Anziana ad una risoluzione più pacifica.

"È così", avevo risposto in tono fermo e stoico. "Come la compagna di mio fratello probabilmente vi avrà già riferito, l'umana ha sconfinato per salvare la sua vita e quella di suo figlio Eicu. Abbiamo osservato la femmina umana per tutto il giorno. Non una sola volta aveva violato il nostro editto fino a quando non ha visto due dei nostri in difficoltà. Poiché nessuna avidità o cattiva intenzione ha motivato questa offesa, abbiamo pensato che fosse meglio sottoporre il caso alla vostra saggezza".

"Abbiamo effettivamente saputo del salvataggio", aveva detto l'Anziana Krathi. "Dimmi, umana, la vostra Federazione non vi ha avvertito delle conseguenze della violazione?"

"Serena... il mio nome è Serena, Anziana Krathi", aveva

risposto la femmina nervosamente. “E sì, ci hanno avvertito, ed è per questo che ho rispettato le vostre regole finché non è stato più possibile. Lasciare morire una madre e il suo bambino quando ero in grado di salvarli sarebbe stato moralmente sbagliato”.

Non sapevo se essere colpito o rabbrividire per la sua “correzione” dell’Anziana dicendo il suo nome. Eppure, quell’audacia esercitava su di me lo stesso inspiegabile fascino che avevo provato quando lei si era congratulata con noi prima. Tuttavia, il tono educato della sua voce, oltre al suo ricordare correttamente il nome dell’Anziana Krathi e pronunciarlo in modo impeccabile, le avevano fatto guadagnare qualche favore presso il nostro capo.

“Anche a costo della tua vita?” aveva insistito l’Anziana.

“Non dovrebbe essere né l’una né l’altra”, aveva ribattuto l’umana... Serena, con una punta di indignazione che filtrava nella sua voce. “Avreste preferito che li avessi lasciati morire?”

“Certo che no”, aveva risposto l’Anziana Krathi con un gesto sdegnoso della mano.

“Eppure, sono stata portata davanti a voi per essere punita per aver fatto la cosa giusta”, aveva argomentato Serena.

“Sei stata portata davanti a noi per vedere se esiste un modo per risparmiarti”, aveva risposto l’Anziana Krathi, il tono più severo.

“Perché deve essere un problema così grande?” aveva chiesto Serena, chiaramente confusa. “Perché non potete semplicemente lasciarmi andare?”

“Perché gli altri stranieri che sono venuti qui con te per la Prima Caccia hanno provato ad osare, cercando di capire fin dove potevano spingersi e fino a che punto potevano farla franca”, aveva detto l’Anziana Jyotha con voce gentile. “Lo Zamoriano che attira gli Squoiatori ai nostri confini affinché i nostri maschi compiano il lavoro al posto suo è solo una delle tante offese che gli altri partecipanti hanno perpetrato finora”.

"Ma *io* non ho niente a che fare con questo!" aveva argomentato giustamente Serena.

"Tu no", aveva concesso l'Anziano Iskal. "Tuttavia, a prescindere dalle tue ragioni altruistiche, *tu* hai commesso quella più grave. La mappa che la Federazione ti ha fornito include anche un localizzatore che permette a loro *e* a noi di sapere dove è stato un cacciatore. Nel momento in cui hai oltrepassato il confine delle terre proibite, siamo stati avvertiti nello stesso momento in cui lo sono stati loro. A questo punto, tutti al tuo campo base sanno che uno dei cacciatori ha violato la regola primordiale. Il modo in cui risponderemo a questo avrà una conseguenza su quanto loro potranno diventare audaci".

"Ma le mie ragioni per averlo fatto..."

"Non faranno altro che creare un precedente per qualsiasi trasgressore che voglia fingere di avere motivi altrettanto altruistici", interruppe l'Anziana Krathi, delicatamente ma con fermezza. "Non vogliamo farti del male... Serena. Ma abbiamo cose più importanti da prendere in considerazione per il bene di tutto il nostro popolo. Qualsiasi soluzione a questa situazione dovrà essere un deterrente per gli altri".

"Anziana Krathi", era intervenuto Mandha, mentre anch'io aprivo la bocca per ribattere, "È stato contratto un debito di sangue. Due, a dire il vero". Mio fratello indicò con un cenno suo figlio e la sua compagna. "Ci deve essere una soluzione accettabile per l'umana, Serena".

"Comprendiamo la tua situazione, Cacciatore Mandha", avevo detto l'Anziana Krathi. "La decisione non sarà presa oggi. Serena sarà trattenuta fino a quando non avremo discusso la situazione con il rappresentante dell'Organizzazione dei Pianeti Uniti che sarà qui in mattinata."

"Avete contattato l'OPU?" aveva chiesto Serena, stupita ma con il volto pieno di speranza.

"No, Serena. L'hai fatto *tu* attraverso la tua Federazione", aveva risposto l'Anziana.

“Davvero?” aveva chiesto Serena con un’espressione confusa. Poi si era bloccata. Il suo volto era scattato verso la camera sopra la spalla mentre d’un tratto si rendeva conto. “Giusto... credo di averlo fatto”.

“È stato saggio registrare le tue azioni”, aveva proseguito l’Anziana Krathi. “Speriamo in una buona risoluzione”.

CAPITOLO 4
SERENA

Dire che stavo impazzendo sarebbe stato l'eufemismo dell'anno. Non era andata *per niente* come speravo. Che razza di incubo! Almeno tre cose mi davano speranza. Numero uno, i due fratelli Szaro e Mandha sembravano determinati a salvarmi. Secondo, gli Anziani non sembravano avere fretta di uccidermi, anche se non avevo dubbi che l'avrebbero fatto senza esitazione se non avessero trovato una soluzione più accettabile per me. E terzo, l'OPU...

Quando avevo inviato quel video alla Federazione avevo creduto sinceramente che sarei riuscita ad andarmene dal territorio Ordosiano senza essere scoperta. Non c'erano guerrieri in vista. Non ero certa che loro potessero rintracciarci, ma aveva senso nell'eventualità in cui uno di noi non fosse mai tornato, così da poter recuperare i nostri resti, ammesso che fosse stato possibile trovarne alcuno. Ma il fatto che l'Organizzazione dei Pianeti Uniti fosse coinvolta la diceva lunga sul loro desiderio di mantenere un rapporto pacifico con gli Ordosiani.

Quella coalizione intergalattica regolava non solo il commercio interplanetario, ma anche i conflitti diplomatici. I pianeti considerati primitivi come Trangor erano soggetti alla loro protezione. Poiché le specie più avanzate di questo pianeta non erano ancora in grado di sfruttare le possibilità del viaggio interstellare, queste non sarebbero mai dovute venire a conoscenza della nostra esistenza, come previsto dalla Prima Direttiva. Una spedizione scientifica era giunta qui con discrezione per recuperare campioni di piante e animali per la ricerca farmaceutica, scoprendo un tesoro che avrebbe rivoluzionato l'industria medica.

Tuttavia, gli sforzi degli scienziati per mimetizzarsi erano stati facilmente vanificati dalle capacità sensoriali quasi soprannaturali degli Ordosiani. Metà dell'equipaggio fu massacrato, gli altri riuscirono a malapena a salvare le proprie vite. Occorsero diversi anni di attenta osservazione per imparare la loro lingua, seguiti da contatti ancora più cauti che si svilupparono attraverso intense negoziazioni prima che i nativi iniziassero ad aprirsi a possibili collaborazioni con i consorzi affiliati all'OPU.

E ora stavano venendo lì per negoziare il mio rilascio.

C'era in gioco qualcosa di più grande di quello che si vedeva. Non sapevo cosa fosse, ma l'accolsi lo stesso. Se l'OPU avesse voluto sacrificarmi per un bene superiore, sarei già stata morta. Non avrebbero sprecato tempo e risorse per far volare qualcuno fino a Trangor.

Dopo che gli anziani ci congedarono, il Grande Cacciatore mi portò in una specie di casa. In effetti parlare di uno studio sarebbe stato probabilmente più preciso, dato che possedeva solo una singola stanza scavata direttamente nella montagna che circondava il villaggio. Presa dell'angoscia non avevo osservato con attenzione il villaggio in cui ero atterrata. La stanza era spoglia, a parte un tavolo con una brocca d'acqua e un bicchiere vuoto. Nell'angolo posteriore di questa, una grande placca quadrata sembrava incastrata nel pavimento. Un'enorme finestra lasciava entrare la luce del giorno, ma era posizionata in modo tale da non darmi una visione adeguata di nessuna attività nel villaggio.

"Resterai qui fino a quando gli Anziani non avranno conferito con il tuo rappresentante domani", disse Szaro con la sua voce esotica. "Non cercare di scappare. Se hai bisogno di qualcosa, agita la mano davanti al sensore vicino alla porta. Qualcuno verrà il prima possibile".

"Ok, ma... hmm... c'è la possibilità di avere una sedia e un letto?" domandai.

"Oh già! Gli umani hanno bisogno di mobili per sedersi", annuì Szaro, sembrando un po' imbarazzato. Agitò la parte inferiore del corpo e la coda. "Come potrai immaginare, non abbiamo sedie. Ma ti porteremo qualcosa che può servire a questo scopo. Cos'è un letto?"

Indietreggiai. Niente sedie aveva senso, ma niente letto?

"Il grande e spesso cuscino su cui dormi?" dissi, come se fosse evidente.

I suoi occhi a mandorla si posarono sulla placca sul pavimento in un angolo della stanza. "Dormiamo su lastre riscaldanti", disse.

"Bene... Beh, c'è qualche possibilità che io possa recuperare alcune delle cose che ho nello zaino e nel vano del mio speeder? Ho del cibo, un materasso gonfiabile e le mie pillole per purificare l'acqua", risposi.

"L'acqua che ti diamo è sicura da bere", disse Szaro, indicando la brocca sul tavolo. "E sì, puoi portare tutti gli oggetti che non siano armi. Tuttavia, dovremo ispezionarli per stabilire ciò che puoi avere oppure no".

Odiavo quando la gente passava al setaccio le mie cose. Mi faceva sentire violata. Ma date le circostanze, aveva senso che lo facessero. Gli rivolsi un cenno secco con la testa.

"Molto bene. Vado ad occuparmene", disse Szaro.

Si voltò e strisciò verso la porta.

"Szaro!" chiamai mentre raggiungeva la porta. Lui mi guardò con aria interrogativa da sopra la spalla. "Cosa mi succederà?"

Una strana espressione balenò sui suoi lineamenti alieni.

"Non ti darò una risposta che non possiedo, ma prometto di fare in modo di trovare una soluzione accettabile", rispose.

La sincerità della sua voce aveva un effetto calmante che mi colse di sorpresa. Incrociai il suo sguardo, e lui sostenne il mio con fermezza. Qualcosa avvenne dentro di me, e con mia grande sorpresa un timido sorriso si allungò sulle mie labbra.

"Grazie per avermi difesa là fuori", dissi con voce dolce.

La stessa strana espressione attraversò il suo viso.

"No, Serena. Grazie *a te* per aver salvato mia cognata e mio nipote", disse Szaro.

Con un ultimo sorriso, uscì dalla stanza che per me fungeva da cella. Venti minuti dopo, un bussare alla porta mi fece trasalire. Due uomini entrarono portando un blocco di legno quadrato con sopra un cuscino che mi sarebbe servito da sedia, il mio zaino e il mio materasso. Mormorai un grazie. Loro annuirono e uscirono senza dire una parola.

Dopo aver sistemato il mio materasso, fatto uno spuntino con una barretta energetica e bevuto un po' d'acqua, cominciai il lungo gioco dell'attesa mentre la giornata si allungava all'infinito.

Non ricordo di essermi addormentata, ma solo di essermi rigirata molto. Mi svegliai presto, solo per scoprire che anche un bel po' di altre persone nel villaggio si erano già svegliate. Non potevo vederli, ma potevo sentire dei suoni ovattati. Da quanto avevo capito la sera prima con mia grande costernazione, la stanza non conteneva una stanza per l'igiene. Per fortuna non avevo bevuto troppa acqua. Questo non significava che la mia vescica non si sarebbe lamentata prima o poi. Con un po' di fortuna, il rappresentante dell'OPU mi avrebbe fatto uscire di lì molto prima che ciò diventasse un problema.

Essendo abituata ad una vita spartana, tirai fuori un pezzo di stoffa dal mio zaino e versai un po' d'acqua dalla brocca per lavarmi via il sonno dalla faccia. Mentre i secondi diventavano minuti e poi ore, lottai contro l'impulso di chiamare qualcuno agitando la mano davanti al sensore. Sarebbero venuti a prendermi quando fossero stati pronti. Eppure, mi confondeva il fatto che, dopo la relativa gentilezza che mi avevano mostrato in quelle circostanze, fossero stati un completo disastro come padroni di casa. Nessuno era venuto a chiedermi se avessi bisogno di cibo, di usare il bagno, se mi annoiavo – cosa che naturalmente avveniva – o semplicemente se stavo bene. Mi avevano confiscato il parabraccio e il datapad, il che mi lasciava sola con i miei pensieri molto preoccupati.

Meditare non serviva a molto e appoggiare l'orecchio alla porta non mi permetteva di sentire nulla di comprensibile. Gli Ordosiani avrebbero comunque parlato nella loro lingua, che ovviamente non capivo. Dopo aver camminato un po' mi sistemai finalmente sulla sedia improvvisata che mi avevano portato e mangiai una delle mie barrette energetiche, sia per mettere a tacere la mia fame crescente, sia per avere qualcosa da fare. Stavo masticando il mio quarto boccone quando un energico bussare alla porta mi spaventò a morte. Quasi mi soffocai con il cibo, ma riuscii comunque ad invitarli ad entrare.

Saltai in piedi ancora tossendo un po', con il cuore che batteva all'impazzata mentre guardavo il volto solenne di Szaro che entrava nella stanza. Mi fissò con una strana espressione. Gli feci un sorriso nervoso a cui lui rispose con un cenno del capo prima di far entrare qualcuno. Allungai il collo per guardare dietro di lui. Mi cadde la mascella alla vista di un Temern.

Assomigliava ad un uccello del paradiso umanoide, con piume dorate, ali marroni e una lunga e soffice coda bianca. I membri della sua specie erano degli empatici molto rispettati, assunti come moderatori da grandi aziende, governi planetari e, naturalmente, dall'Organizzazione dei Pianeti Uniti. Qualunque cosa stesse succedendo nella mia situazione, era più grande di quanto avessi capito. Non si mandava un Temern a negoziare il rilascio di una cacciatrice di media fama.

"Salve, signora Bello. Sono Kayog Voln, il negoziatore inviato dall'OPU per gestire la sua situazione."

"Salve, Maestro Voln. Ma per favore, mi chiami Serena", dissi con un sorriso.

"Solo se mi dai del tu e mi chiami Kayog", rispose nel tono dolce e musicale che era comune al suo popolo.

Anche se mi restituì il sorriso, la sua bocca a forma di becco gli diede una rigidità che avrebbe potuto essere inquietante se non fosse stato per il barlume gentile nei suoi occhi. Prima che potessi rispondere, lo stesso uomo che mi aveva portato le mie cose la sera prima introdusse una seconda sedia di fortuna che mise di fronte al tavolo.

"Grazie, Irco", disse Kayog al maschio Ordosiano, che annuì in risposta prima di andarsene.

Le mie sopracciglia si sollevarono. Kayog era appena arrivato ed era già in confidenza con la gente del posto?

Doveva essere già stato lì prima.

Avrebbe avuto senso per loro mandare qualcuno che aveva già un buon rapporto con gli Ordosiani per aiutare a rendere i negoziati più agevoli.

"Vi lascio discutere in privato", disse Szaro, con la stessa espressione enigmatica sul viso, che mi faceva venire la pelle d'oca. "Sarò qui fuori quando avrete finito".

Scambiò uno sguardo con Kayog, che alzò le sue sopracciglia piumate in modo interrogativo. Szaro annuì nel modo in cui avviene quando si conferma che un piano, per quanto impegnativo, sarebbe andato avanti come concordato. Poi lasciò la stanza senza dire altro. La mia testa scattò verso il Temern e mi costrinsi a mettere a tacere il mio panico crescente.

"È il momento per dare di matto?" chiesi.

"No, Serena. Non ce n'è bisogno", disse Kayog con voce

rassicurante mentre prendeva posto. "Prego", aggiunse, indicando verso il mio posto.

Mi sedetti e strinsi le mani sul tavolo per non farle tremare.

Le sue ali si mossero mentre anche lui incrociava le mani sul tavolo. "So che sei estremamente stressata per questa circostanza, quindi andrò dritto al punto", disse Kayog con voce calma. "C'è un solo modo per uscire dalla tua attuale difficile situazione. Sfortunatamente non sarà negoziabile. Anche se non vogliono farti del male, i leader Ordosiani sono irremovibili sul fatto che questa regola debba essere rispettata. Ogni straniero che entra nelle loro terre proibite senza consenso esplicito perde la vita. Ma c'è una via d'uscita. Se diventi Ordosiana, non sarai più un'intrusa."

Mi cadde la mascella e gli occhi quasi mi schizzarono dalle orbite. "Oh, mio Dio! È così dannatamente semplice!" esclamai con una risata nervosa. "Quindi... cosa devo fare? Studiare la loro cultura, la loro lingua, il loro inno nazionale, e poi passare un test? Posso farlo! Sono una che impara in fretta."

Kayog mi rivolse un sorriso indulgente, anche se quella volta non si estese ai suoi occhi d'argento.

"Immagino che non sia così", dissi, abbassando le spalle.

"Sfortunatamente no", concordò lui. "Ci sono solo due modi per diventare Ordosiani. Devi avere un genitore che sia Ordosiano o sposarne uno".

Il Temern lasciò le parole sospese tra noi. Il mio cervello si bloccò, rifiutandosi di elaborarne il significato.

"Matrimonio? Dici sul serio?" chiesi infine.

"Temo di sì, Serena", disse lui con voce compassionevole.

"Io sono un'umana con le gambe e un utero!" esclamai. "Loro sono una specie di Naga con la coda di serpente che depongono uova".

"In realtà, gli Ordosiani sono vivipari", ribatté Kayog. "Le loro femmine portano a termine la propria gravidanza e danno alla luce dei piccoli vivi".

"Va bene, d'accordo", dissi, liquidando la questione con un cenno della mano. "Ma non per questo siamo compatibili! Voglio dire, per l'amor del cielo, i serpenti non hanno due piselli coperti di punte? Mi faranno a pezzi!"

Il Temern si spostò sulla sedia. Nonostante le piume gli coprissero il viso, vidi che stava arrossendo. Mi sentivo quasi in colpa per essere stata così grossolana con il maschio più anziano. Nonostante il suo aspetto giovanile, il colore delle sue piume indicava che non era un pulcino.

"A dire il vero, Serena, non so come siano i loro organi riproduttivi", confessò lui. "Non ho idea se le vostre specie siano compatibili, ma so che questo è l'unico modo per salvarti la vita".

Deglutii a fatica e passai nervosamente una mano sui miei capelli intrecciati. Di sicuro non ero pronta a essere giustiziata affinché gli Ordosiani potessero creare un precedente. Ma essere intrappolata per il resto della mia vita in un matrimonio senza amore con un compagno incompatibile era meglio?

"So che sei sconvolta. Posso avvertire la tua angoscia, ma la prospettiva non è così oscura", disse Kayog. Alzò una mano rassicurante quando gli lanciai uno sguardo incredulo. "Normalmente non mi occupo di questo tipo di questioni diplomatiche. Tuttavia, dopo aver studiato il tuo caso, io e la mia stirpe abbiamo concordato che questo sarebbe stato l'unico modo per salvarti, e gli Anziani hanno detto lo stesso quando sono venuto a incontrarli. Sono l'agente capo dell'Agenzia Primaria e un esperto in unioni interspecie. Szaro è un buon maschio. Come empatico posso dirti che, dal punto di vista della personalità, voi due siete una coppia perfetta. Non me lo aspettavo".

"Szaro? Sarebbe *lui* mio marito?" chiesi.

Anche se ero ancora spaventata da tutto quel casino, la notizia mi tranquillizzò molto più di quanto avessi pensato fosse possibile.

"Sì", disse Kayog con un cenno del capo. "Ti renderai conto

che sta facendo un grande sacrificio per salvarti. Solo una piccola percentuale di Ordosiani si sposa veramente. La maggior parte di loro sono felici di essere partner di qualcuno per tutto il tempo che dura la relazione o semplicemente per avere dei figli. Ma il matrimonio è esclusivo e per la vita. Come Grande Cacciatore della tribù dei Krada, è un maschio di prima scelta, molto ricercato. Sposandosi, rinuncia a qualsiasi speranza di avere una propria prole".

"È un'assurdità", dissi, la mia frustrazione e la mia rabbia aumentavano. "Perché dovrebbe fare quel sacrificio per un debito di sangue che non è nemmeno suo? Ho salvato sua cognata e suo nipote".

"Ma è un uomo d'onore e di principio, *e* si dà il caso che si preoccupi per te", disse Kayog.

Sbuffai. "Per favore, non sa un accidente di me. Abbiamo parlato un paio di volte, per appena un minuto".

"Eppure tu lo affascini", disse Kayog, in modo diretto. "E ho avvertito la tua reazione a lui quando è entrato nella stanza. Non sei indifferente a Szaro. Parlando con te ora, percependo il tuo carattere, posso affermare di nuovo che avete una corrispondenza di personalità perfetta".

"Sia come sia, probabilmente non siamo fisicamente compatibili. E anche se lo fossimo, ho una vita che non prevede di stabilirsi su un pianeta primitivo. Questa è una condanna a vita!"

Un'espressione corrucciata segnò la fronte del Temern, che mi lanciò uno sguardo intenso che mi fece venire voglia di contorcermi sulla sedia. "Nonostante gli Ordosiani si sposino per tutta la vita in passato si sono verificati dei divorzi, di solito perché uno dei due partner ha commesso un reato grave che lo ha fatto bandire dalla tribù. Quindi, se si arriva a questo punto puoi divorziare e andartene. MA, secondo le regole dell'Agenzia Primaria, se accetti questa unione, *dovete* rimanere sposati per almeno sei mesi. Normalmente chiediamo anche che il matrimonio venga consumato la prima notte di nozze, ma nel tuo caso questo requisito è definitivamente revocato".

"Stai dicendo che se lo sposo non dovrò mai andare a letto con lui e potrò divorziare dopo sei mesi?" domandai, il mio cuore che esultava.

Dal modo in cui i muscoli della sua mascella si contraevano, pensai che Kayog si stesse pizzicando il becco contrariato, la supposizione fu ulteriormente confermata dalla mancanza di calore nei suoi occhi.

"Sto dicendo che sposerai un buon uomo che sta mettendo a repentaglio la sua vita per salvare la tua. Lui non pretenderà da te nessun privilegio coniugale. E se entrambi sarete veramente infelici in questa unione, essa potrà essere terminata solo dopo un periodo di almeno sei mesi", disse Kayog.

"E Szaro è d'accordo?" insistetti.

Kayog tirò un sospiro. "Sì, è così. Ma devo metterti in guardia. Per tutto il villaggio, e per le altre tribù Ordosiane, la tua unione con Szaro sarà reale. Anche se hai già in mente di andartene tra sei mesi, devi stare al gioco fino ad allora e non lasciartelo sfuggire in nessun modo. Non devi fingere di provare dei sentimenti per lui; tutti sanno che non è un matrimonio d'amore, ma devi comportarti come se fosse una vera unione. Non posso prevedere quale contraccolpo potrebbe derivare dal fatto che tu non ci riesca. Saresti in grado di gestire la cosa?"

Annuii. "Sì, sì, posso farlo. Ma... perché tu lo stai facendo? Perché mi stai aiutando? Cosa ci guadagna l'OPU?"

Kayog sorrise e inclinò la testa di lato in un modo tipico degli uccelli. "Ci sono voluti anni per far sì che gli Ordosiani si avvicinassero agli estranei, se così si può dire", spiegò il Temern. "La flora e la fauna di Trangor sono un tesoro per l'industria medica e farmaceutica. E gli Ordosiani sono i loro guardiani. Questo è un pianeta selvaggio e crudele. Senza la costante vigilanza e gli sforzi di queste tribù per mantenere l'equilibrio, sciami di bestie come gli Squoiatori spazzerebbero via intere specie su questo pianeta, specie che possono aiutarci a produrre la cura o i trattamenti per alcune delle peggiori malattie della galassia. *Dobbiamo* mantenere un buon rapporto con la gente del posto e rafforzare questo legame. E tu puoi essere di grande aiuto in questo".

"Io?!" esclamai, sconcertata. "Sono solo un ex ginnasta diventata cacciatrice di mostri. Non sono un diplomatico".

"No, ma tu hai una bella anima, grandi valori morali e una personalità altruista", replicò Kayog. "Questo ti rende l'ambasciatrice perfetta per mostrare agli Ordosiani che gli abitanti del mondo esterno non sono poi così male".

"Capisco", dissi, imbarazzata dalla raffica di complimenti. "Allora... cosa succede adesso?"

"Ora ti lascerò confermare il tuo consenso a Szaro. Poi avremo un matrimonio umano accelerato in modo che la vostra unione possa essere trascritta formalmente nel registro galattico. Faremo trasferire qui tutti i tuoi effetti personali che si trovano attualmente al campo base della Federazione, e potrai darmi istruzioni su come far trasportare qui qualsiasi effetto personale straniero che desideri."

Avevo le vertigini. Stava succedendo tutto troppo in fretta.

"Sei angosciata, il che è perfettamente comprensibile. Ma fatti coraggio, Serena", disse Kayog con una voce paterna che mi fece stringere la gola. "In ogni caso, alla fine tutto si risolverà per te. Szaro è un buon maschio. Se la vostra unione non dovesse funzionare, fai conto di aver usufruito di una vacanza di sei mesi nel resort più esclusivo del mondo. Nessun altro straniero potrà mai sperimentare la profondità della bellezza e della ricchezza di Trangor e dei suoi abitanti".

"È vero, ma sono sei mesi senza lavoro né reddito che dovrò recuperare una volta libera", borbottai, sentendomi subito arrogante per questo.

Sì, avrebbe intaccato il mio gruzzolo, ma non mi avrebbe messo sulla strada. E il pensiero di esplorare veramente Trangor in un modo che nessun altro avrebbe mai potuto fare aveva un fascino innegabile. Questo pianeta era l'Australia della galassia. C'era la fauna più strana e bizzarra mai vista, e la maggior parte di essa voleva ucciderti solo per divertimento.

Il Temern sorrise, i suoi occhi d'argento si illuminarono. "In realtà, non dovresti subire un danno troppo grande. Sarai comunque ricompensata per tutte le uccisioni che hai compiuto finora come parte della Prima Caccia. Inoltre, come punizione per aver attirato gli Squoiatori, mettendo in pericolo la popolazione locale e causando indirettamente la tua attuale situazione, lo zamoriano di nome Bayrohnziyiek Skortheatis è stato privato di tutte le sue presunte "uccisioni" lungo il confine della tribù Krada. Piuttosto, queste sono state attribuite a te e aggiunte al tuo punteggio personale, il che per il momento ti pone decisamente in testa. Inoltre, una volta che la tua situazione sarà risolta con gli Anziani della tribù, sarai libera di riprendere la caccia."

"Dici sul serio?!" esclamai, la mia mente vacillava. Anche se alla fine mi avessero scalzata dal primo posto, ciò mi avrebbe comunque assicurata una situazione finanziaria molto confortevole una volta riconquistata la libertà.

"È così. MA, tieni presente che la tua libertà di movimento sarà probabilmente limitata per le prime settimane", avvisò Kayog. "Tutti sanno che non sei felice di accettare questa unione. Non ti daranno una facile scappatoia, né saranno tentati di farlo. Si creerebbe una situazione diplomatica molto difficile per noi".

"Non preoccuparti", dissi con un rapido cenno del capo. "Manterrò la mia parte dell'accordo. Comunque, se fuggissi, l'OPU e la Federazione mi farebbero rimpiangere il giorno in cui ho rinnegato l'accordo".

"Sono contento che ci capiamo", disse Kayog con un cenno di approvazione. "Hai altre domande?"

"Oh, sono sicura che me ne salteranno in mente un milione una volta che te ne sarai andato, ma per ora voglio solo portare a termine questa cosa", dissi onestamente, sentendomi un po' avvilita. "Resterò terribilmente stressata finché quella terribile Anziana Krathi non dirà che sono un membro della tribù e che la minaccia che pende sulla mia testa è stata eliminata".

"Molto bene. Anche se possono sembrare primitivi in superficie, e tecnicamente lo sono per gli standard galattici, gli Ordosiani possiedono una grande quantità di tecnologia, compresi i sistemi di comunicazione a lungo raggio. Potrai contattarmi se avrai bisogno di qualcosa, anche se potrà esserci qualche ora di ritardo prima che io riceva il tuo messaggio e prima che possa giungerti la mia risposta".

"Grazie, Kayog", dissi con sincera gratitudine. "Grazie per avermi salvato le chiappe".

"Ricordati di ringraziare anche Szaro", disse l'agente con voce dolce. "Senza di lui, non avremmo potuto salvarti."

"Non lo dimenticherò", lo rassicurai.

Lui sorrise, si alzò e andò a bussare alla porta. Questa si aprì quasi istantaneamente. Szaro mi lanciò un'occhiata prima di guardare Kayog con curiosità. L'agente annuì in risposta alla sua domanda inespressa. Con mia grande sorpresa, le spalle dell'Ordosiano si rilassarono quasi impercettibilmente in conseguenza di quello che potevo supporre essere soltanto sollievo. Aveva temuto che io avrei rifiutato?

Kayog lasciò la stanza e Szaro scivolò dentro, fermandosi di fronte a me. Feci per alzarmi, ma lui mi fece segno di rimanere seduta. La sua coda si avvolse ordinatamente dietro di lui in una S stretta e lui si abbassò sopra di essa, nell'equivalente di una posizione seduta che lo pose quasi all'altezza dei miei occhi. Ci fissammo in silenzio per qualche secondo. Sembrava che stesse cercando cosa dire, proprio come me.

"Grazie per esserti offerto volontario per salvare la mia vita", dissi alla fine.

"Ho promesso che avremmo trovato una soluzione", rispose lui gentilmente.

"Ma a quale prezzo per te?" domandai.

Lui non rispose all'inizio, i suoi occhi da rettile studiavano i miei lineamenti. "Il tempo lo dirà. Non siamo una coppia tradizionale, ma sono successe cose più strane".

Mi irrigidii nel sentire quelle parole. Anche se Kayog aveva accennato a questo, il sottinteso di Szaro rendeva chiaro che avevamo bisogno di esprimere apertamente le nostre aspettative reciproche prima di imbarcarci in quella cosa. Comunque, mentre quel pensiero mi attraversava la mente, una scheggia di paura si fece largo dentro di me. Non volevo ingannarlo sul fatto che avevo intenzione di portare le mie chiappe fuori di lì non appena i sei mesi fossero finiti. Ma se questo gli avesse fatto revocare la sua offerta di sposarmi?

Kayog aveva detto che lui era d'accordo...

La sua lingua guizzò e i suoi occhi si restrinsero, facendo salire la mia ansia di una tacca.

"Posso sentire la preoccupazione che le mie parole hanno suscitato in te", disse Szaro. "Ti prendo come mia compagna, Serena Bello. Gli Ordosiani si legano per la vita. Non ho alcun controllo su quello che farai, solo sulle mie azioni. Pertanto, mi sforzerò di essere il miglior compagno possibile per te fino a quando avrò respiro, o fino a quando deciderai che non ne sono degno."

"Non ha niente a che fare con il tuo esserne meritevole", sostenni dolcemente. "Attraverso le tue azioni, hai dimostrato finora di essere un maschio onesto. Ma siamo di specie completamente diverse e probabilmente non siamo compatibili".

"Credo che siamo molto più compatibili di quanto pensi, Serena", disse Szaro con quel sensuale rantolo di fondo nella sua voce. "Avremo un sacco di tempo per scoprirlo. Per quanto possa sembrarti strano, so che non mi trovi ripugnante. Io ti considero gradevole alla vista, e l'insolito ruolo di cacciatore per una femmina mi intriga. Non mi aspetto nulla da te che tu non sia disposto a dare. Ti chiedo solo di avere una mente aperta, di essere fedele al tuo nuovo popolo e di adattarti alle nostre usanze. E se non troverai la felicità qui, non ti tratterrò contro la tua volontà."

"Questo... questo è più che giusto. E sì, posso farlo", dissi, le mie guance avvampavano all'idea che lui si era reso conto che io avevo apprezzato il paesaggio.

"Allora siamo d'accordo. Vieni, mia compagna", disse Szaro, raddrizzandosi. "Lascia che ti conduca fuori da questa stanza per concludere il rituale di legame del tuo popolo. Stanotte saremo legati secondo le usanze Ordosiane".

Il mio stomaco sussultò nel sentire il modo possessivo in cui mi aveva chiamato la sua compagna. Avrebbe dovuto terrorizzarmi. Tutta quella situazione incasinata avrebbe dovuto farmi correre in giro urlando come una pazza. Eppure, Szaro aveva un modo inspiegabile di farmi sentire al sicuro, come se tutto andasse bene. Alzandomi dalla sedia, lo seguii verso il folle destino che ci aspettava.

CAPITOLO 5
SZARO

Mentre parlavo con la mia compagna, l'Anziana Krathi aveva dato il permesso a un funzionario umano di volare a Krada. Oltre a portare gli effetti personali di Serena dal campo base della Federazione, a quanto pare era anche legalmente autorizzato a presiedere alle unioni umane. Kayog mi aveva avvertito che avremmo beneficiato solo della forma accelerata del loro rituale, dandomi una rapida panoramica del processo. Non avrei mai immaginato che sarebbe stato così sbrigativo.

Mentre mi trovavo faccia a faccia con Serena sulla piazza davanti alla statua della Dea, il maschio in piedi accanto a noi ci chiese di ripetere dopo di lui.

"Serena Bello, vuoi tu liberamente prendere questo maschio Ordosiano, Szaro Kota, come tuo legittimo sposo?" disse.

"Lo voglio", rispose Serena.

"Szaro Kota, vuoi tu liberamente prendere questa femmina umana, Serena Bello, come tua legittima sposa?

"Lo voglio", risposi.

"Kayog Voln, confermi di essere testimone del fatto che

Serena Bello e Szaro Kota hanno liberamente condiviso il loro desiderio di sposarsi legalmente?"

"Sì, lo confermo", disse Kayog.

"Per il potere conferitomi dall'Organizzazione dei Pianeti Uniti, vi dichiaro marito e moglie", disse il maschio. "Congratulazioni, puoi baciare la sposa".

Anche se ero scioccato dalla brevità di quella cerimonia, ammesso che si potesse considerare tale, trattenni un sorriso. Prima, Kayog mi aveva spiegato il bacio, che mi era familiare visto che gli Ordosiani lo praticavano. A quanto sembrava, dato che questo si era rivelato la pietra d'inciampo per un certo numero di compagni che si era accoppiato con gli umani in passato, adesso lui si assicurava di avvertirli per evitare futuri imbarazzi quando l'officiante chiedeva loro di farlo. La mia compagna sollevò il viso verso di me, la sua espressione indecifrabile mentre mi chinavo in avanti per premere le mie labbra contro le sue.

Queste erano piacevolmente morbide e calde, proprio come il palmo della mano che lei premeva sul mio petto, come per sostenersi. Il tocco di Serena fu fugace, così come il bacio. Prima che potessi assaporare adeguatamente la sensazione, la mia compagna si staccò da me e mi rivolse un timido sorriso. Istintivamente feci guizzare la lingua, assaporando la sua risposta. Anche se lei cercava di nasconderlo, la mia lingua dava fastidio alla mia compagna. Eppure, costituiva una parte integrante di me e della mia specie nel suo insieme alla quale avrebbe dovuto abituarsi. E in sua presenza la mia lingua premeva costantemente per uscire.

Il suo profumo aveva un sapore squisito. Delicato e fresco, come l'aria pulita delle prime ore di una giornata di sole, prima che la rugiada del mattino evapori dalle foglie e prima che il vento mescoli i profumi del mondo ridesto in un grande crogiolo. E al di sotto di tutto ciò, quella piccola goccia di calore, la stessa che si era effusa da Serena la prima volta che avevamo parlato al confine, dopo che le avevo portato lo Squoiatore morto. La sua timida attrazione nei miei riguardi si prendeva gioco di me nel modo più strano. Intendevo assaporarla in tutta la sua pienezza una volta che Serena si fosse liberata del pensiero di andarsene e avesse iniziato ad accettare la nostra unione.

"Per favore, firmi qui", disse il maschio umano, sottraendomi dai miei pensieri.

Serena premette il pollice nel riquadro sull'interfaccia del datapad dell'uomo. Ripetei il suo gesto nella casella vicina dopo di lei.

"Ancora congratulazioni", disse il maschio, mettendo via il datapad nella borsa che penzolava al suo fianco. "Auguro a entrambi il meglio".

Nonostante si fosse rivolto a entrambi, il modo in cui il suo sguardo si era soffermato su Serena esprimeva chiaramente il pensiero che lei sarebbe stata infelice. Questo mi fece arrabbiare. Anche se probabilmente non avrei mai nemmeno contemplato l'idea di corteggiare una femmina umana in modo romantico, adesso Serena era la mia compagna, e io avevo intenzione di rendere la cosa definitiva.

"Grazie", rispose Serena gentilmente.

Io mi limitai ad annuire e rivolsi lo sguardo ai tre Anziani in piedi lì vicino.

"Serena e Szaro, congratulazioni per la vostra unione. E benvenuta, Serena Bello, nella tribù Krada di Trangor e nella grande famiglia Ordosiana", disse l'Anziana Krathi. "Stasera celebreremo la vostra unione secondo la nostra tradizione, in modo che tu possa diventare ufficialmente parte del popolo".

"Grazie, Anziana Krathi", rispose Serena educatamente.

Gli altri Anziani ci sorrisero prima di andarsene, mentre il resto della tribù che era venuto ad assistere si disperdeva con la stessa espressione indifferente sui volti. Quella notte avrebbe rimediato.

Dopo che io e Kayog ci fummo salutati, ritirai dal campo

base le due grandi borse che contenevano i modesti effetti personali di Serena.

"Ti porterò alla nostra dimora", dissi, con il cappuccio che mi prudeva per l'imbarazzo.

Nonostante mi fossi assicurato una posizione privilegiata per la mia dimora, questa non era neanche lontanamente pronta per una compagna. Nel corso degli anni avevo immaginato come avrei minuziosamente costruito il nido perfetto per la mia compagna, progettato specificamente per lei come testimonianza di quanto bene la conoscessi e la adorassi: una comprensione acquisita in mesi, se non anni, di assiduo corteggiamento. Invece, stavo accogliendo una compagna che non conoscevo e che a malapena capivo in uno spoglio abbozzo di una casa.

Come la maggior parte delle tenute di pregio, la mia era stata scavata direttamente nella montagna che offriva una protezione naturale su due lati del villaggio, incorniciata a nord dal fiume Bayagi.

"Temo che la mia dimora non sia pronta per una compagna, tanto meno per un'"umana", dissi scusandomi, mentre aprivo la porta. "Dovrai dirmi di cosa hai bisogno, e io provvederò al più presto. Per ora, ho chiesto a Irco di portarti queste due sedie", dissi indicando verso di esse accanto al grande tavolo di pietra che occupava lo spazio davanti al lavandino vicino alle grandi finestre.

Serena annuì distrattamente mentre il suo sguardo vagava intorno alla stanza altrimenti spoglia. La pietra grigia chiara delle pareti, quasi bianca, non era stata perfettamente levigata e lisciata, perché sarebbe stata rilavorata una volta saputo quale tipo di design sarebbe stato adatto alla mia compagna. Anche il pavimento era un po' grezzo, sebbene molto pulito. Nessuna decorazione adornava le pareti, nessuna mensola esponeva trofei o ricordi. Le uniche cose da ammirare nella stanza, a parte il tavolo e le due sedie di fortuna appena aggiunte, erano il lavandino e i due bicchieri sulla mensola sopra di esso.

Nonostante i suoi sforzi per mantenere un'espressione neutra, Serena non avrebbe potuto essere meno colpita.

"La stanza privata è da questa parte," dissi, morendo d'imbarazzo, per quanto fosse irrazionale. Non era la negligenza la ragione per cui la mia dimora era così spoglia.

"Una stanza privata?! Ne hai una?" esclamò lei, il suo viso si illuminò con un misto di sollievo e gioia.

Nonostante la sua reazione mi fece piacere, riuscì anche a confondermi molto. Perché non avrei dovuto avere un posto per riposare?

"Sì, da questa parte", dissi, indicando la prima porta a sinistra del corridoio dalla stanza principale.

Aprii la porta e la condussi dentro. Non appena fu entrata nella stanza, i suoi lineamenti crollarono verso il basso.

"Oooh, una *camera da letto* privata", disse, sgranando il viso.

Sbattei le palpebre, non capendo l'intensità della sua delusione.

"Cosa ti aspettavi invece?" domandai, confuso dalla sua reazione.

"Pensavo che ti riferissi alla stanza dell'igiene, il posto dove fai le tue cose in privato", spiegò Serena. Poi indicò la stanza. "Questa è quella che noi chiameremmo una camera da letto. Ma voi non avete letti", aggiunse, lanciando un'occhiata alla mia lastra riscaldante.

"Oh, abbiamo uno spazio per l'igiene", risposi con un pizzico di sollievo.

"Davvero?" chiese Serena, voltandosi a guardare fuori della porta aperta.

"Sì, ma non all'interno di questa dimora", spiegai. Le sue spalle si abbassarono, la delusione tornava a insinuarsi nei suoi lineamenti. Questo faceva male. "Ti mostrerò dov'è dopo che avremo finito qui. Questo cassettone contiene i miei ornamenti", continuai indicandolo. "Irco ne porterà uno per te nella prossima ora. Puoi anche dargli la descrizione di tutti i mobili di cui hai bisogno per dormire, per sederti o per qualsiasi altra cosa."

"Ok, sarebbe bello", disse lei con un sorriso grato.

"Ti prego, non scoraggiarti nel trovare questa dimora così inadeguata", dissi, fissandola dritto negli occhi. "Questa condizione austera è normale per un maschio Ordosiano non accoppiato. Noi prepariamo il nido appositamente per la femmina che abbiamo scelto durante il lungo periodo di corteggiamento, cosa che io e te non abbiamo avuto. Per ora, posso solo procurarti l'essenziale perché tu possa sistemarti. Renderò questa dimora degna di te nei giorni e nelle settimane a venire".

Serena si mosse sui piedi, un'espressione colpevole calò sui suoi lineamenti. "Non c'è bisogno di prendersi tanto disturbo. Dico sul serio. Mi... mi dispiace se la mia reazione ti ha messo a disagio o ti ha fatto sentire in imbarazzo per la tua casa", disse con un sorriso timido. "Non so nulla del vostro popolo. Siete la prima specie senziente con una coda al posto delle gambe con cui ho interagito. Ma ora mi sto rendendo conto che, al di là delle nostre differenze fisiche, la vostra cultura mi è ancora più estranea di quanto potessi immaginare."

"In base a quel poco che ho visto finora della cultura umana, sono d'accordo sul fatto che dovrai adattarti a molte cose. Ma ti aiuterò a riuscirci", dissi con un sorriso.

"Lo apprezzo. Ti chiedo solo di essere paziente con me e soprattutto di non offenderti per le mie reazioni", aggiunse Serena, con una strana espressione. "Ho un viso eccessivamente espressivo, e guardandomi si potrebbe sempre pensare che le cose siano molto peggio di come siano in realtà. Quindi non farti assolutamente scoraggiare se sembro depressa o turbata. È solo il mio viso che fa i capricci. Se c'è veramente un problema, *te lo dirò*."

"Bene, sono contento di sentirtelo dire".

"Il che ci riporta a questa storia dei mobili", proseguì Serena. "Non c'è bisogno che tu mi faccia costruire nulla di sfarzoso. Sono una ragazza semplice. Sono abituata a vivere all'aperto nei boschi. Che sia pratico è abbastanza buono per..."

"No", la interruppi con decisione, facendola indietreggiare per la sorpresa. "Tu sei la mia compagna. Non avrai niente di meno che il meglio. Questo *non* è negoziabile", aggiunsi quando lei aprì la bocca per discutere. "Vieni, lascia che ti mostri il resto".

Lei fece un'espressione che sembrava suggerire che quella discussione non fosse finita, ma mi assecondò mentre la conducevo attraverso il corridoio fino alla porta che dava sulla nostra stanza privata.

"Questa è l'unica altra stanza ad non essere completamente vuota in questa dimora", dissi aprendo la porta.

Non so quale reazione mi aspettassi da Serena, ma non che la sua mascella cadesse e i suoi occhi si riempissero di stelle mentre osservava il contenuto della stanza. Lo sguardo di meraviglia sul suo viso alieno ma grazioso, mi fece correre un brivido piacevolissimo lungo la schiena.

"Porca vacca! Questo è dannatamente incredibile!" sussurrò Serena.

Entrò lentamente nell'armeria, i suoi occhi sfrecciavano in ogni direzione per ammirare le mie armi. Si fermava solo un momento per guardare un arco, un pugnale o una lancia, prima di passare al tavolo o alla rastrelliera successiva.

"Puoi toccare", dissi, soddisfatto oltre ogni dire dalla sua reazione al mio più grande orgoglio. Le femmine Ordosiane erano poco interessate all'attrezzatura da caccia.

"Davvero?", chiese lei, raggiante. Quando io annuii, lei rispose: "Grazie!

E toccò in effetti, con una delicata carezza della punta delle sue graziose dita o con il tocco delle sue nocche. La mia compagna maneggiava le mie armi con la cura e la riverenza di un'amante... così come doveva essere.

"Si tratta di artigianato squisito", disse con malcelata ammirazione.

"Grazie", dissi con orgoglio.

La sua testa sussultò verso di me e lei mi rivolse un'occhiata stupita. "Le hai fatte tu?"

Annuii. "Sì, mia compagna. Ogni singola arma in questa stanza l'ho fabbricata con le mie mani."

"C'è qualche possibilità che io possa corromperti per lasciarmele usare uno di questi giorni?" chiese lei, sbattendo gli occhi nel più strano ma adorabile dei modi.

Sorrisi. "Si può fare", risposi, felice che avessimo trovato un terreno comune, il nostro primo, speravo. La mia mente già ribolliva di idee di armi che avrei potuto creare per lei. "Vieni, lascia che ti mostri il resto della casa".

Lei annuì e lanciò un ultimo sguardo stupito alla mia armeria prima di seguirmi nel corridoio.

"Ci sono altre sette stanze che possono essere modificate se necessario", dissi mentre le permettevo di dargli un'occhiata. "In origine erano state pensate come stanze private per la mia futura prole, una stanza dei giochi o dello studio, o qualsiasi altra cosa che la mia compagna avrebbe ritenuto opportuna. Pensa a cosa ti piacerebbe fare di questo spazio".

Non mi sfuggii il modo in cui lei aggrottò la fronte, prima di nasconderlo rapidamente, quando menzionai la prole. Avevo sempre desiderato dei piccoli, almeno due, ma meglio ancora quattro o cinque, da cui il gran numero di stanze. Dalla nascita del figlio di Mandha, Eicu, quel desiderio era diventato ancora più forte. In alcune occasioni avevo seriamente preso in considerazione l'idea di far nascere un piccolo da una delle tante femmine non accoppiate della tribù che avevano espresso il loro interesse a generare la mia prole. Ma avevo resistito alla tentazione perché volevo crescere i miei piccoli nella mia dimora che avrei condiviso con la loro madre, la mia compagna.

Lanciai a Serena un'occhiata di traverso. Non sapevo se

fossimo compatibili. Gli umani portavano a termine la gravidanza proprio come le nostre femmine. Ma supponendo che il mio seme avesse potuto attecchire nel suo grembo, come sarebbe stata la nostra prole? L'immagine di un giovane cacciatore, con scaglie marrone dorato del colore della pelle di Serena, i suoi lineamenti armoniosi, una coda lunga e spessa, e un cappuccio largo quanto il mio, mi balenò nella mente. Misi a tacere il violento desiderio che mi colpì. La mia compagna non era neanche lontanamente pronta a prendere in considerazione l'idea di giacere con me, ammesso che fossimo compatibili. E anche se l'avessimo fatto e fossimo riusciti a concepire, c'era una reale possibilità che la nostra prole avrebbe avuto un aspetto umano con tanto di gambe.

E a me sarebbe piaciuto lo stesso e l'avrei accettato volentieri.

Quella consapevolezza mi fece piacere tanto quanto mi sbalordì. Avevo sei mesi per convincere la mia compagna di far funzionare il nostro legame e avevo ogni intenzione di riuscirci, come era di regola in tutte le mie imprese.

"Questa è la terrazza", dissi, aprendo la grande porta sul retro dell'abitazione.

"Oh. Mio. Dio!" sussurrò lei quando mi scostai per farla uscire.

Serena si bloccò e rimase incredula e meravigliata di fronte alla vista mozzafiato della valle nascosta all'interno della montagna, delle due cascate e del fiume che scorreva settantacinque metri più in basso. Una spessa ringhiera di pietra delimitava il grande balcone che misurava dieci metri di larghezza e cinque di profondità. Gli uccelli aggiungevano le proprie voci al ronzio delle cascate, mentre una varietà di erbivori pacifici si aggirava sulla riva sottostante.

La mia compagna si avvicinò alla ringhiera, camminando con un'espressione stordita mentre osservava l'ambiente circostante.

"Questo è un vero paradiso", disse. "È più che incantevole. È ipnotizzante".

"Sono felice che ti piaccia", dissi, non facendo alcuno sforzo per nascondere quanto la sua reazione mi facesse piacere.

"Non ci sono parole per descrivere quanto mi piace", disse.

"E questa non è che la prima delle tante meraviglie del tuo nuovo mondo che ti mostrerò", risposi sfrontatamente.

Lei sbuffò, capendo immediatamente il mio messaggio non proprio sottile, riferendomi a quello come al *suo* nuovo mondo.

"Non vedo l'ora", rispose con un sorriso.

"C'è una piattaforma hover e un sentiero nascosto accessibile da qui per scendere al fiume", dissi, indicando il cancello appena percettibile nell'angolo posteriore della ringhiera. "Nei prossimi giorni ti porterò giù per una passeggiata nella valle. È un santuario dove diamo rifugio a creature molto uniche ma pacifiche che altrimenti andrebbero incontro all'estinzione se rimanessero nei loro habitat naturali. Trangor è un posto pericoloso".

"Sarà fantastico", disse Serena con una scintilla nei suoi occhi che accese un piacevole calore nella bocca del mio stomaco.

Adoravo compiacere la mia compagna.

"Questo conclude il giro della casa. Ora ti porterò nell'area per l'igiene", dissi.

"Aspetta", disse Serena con cipiglio. "Non ho visto nessuna cucina o angolo cottura. Nessun frigorifero, unità di raffreddamento o dispensa. C'è solo il lavandino per l'acqua in quella che immagino sia la zona pranzo all'ingresso. Voglio dire, nessuna stanza per l'igiene è già abbastanza strano, ma nessuna cucina? Non ti viene fame?"

"Gli Ordosiani non hanno bisogno di dedicare un'intera stanza in ciascuna delle loro abitazioni per queste cose", spiegai con un leggero cipiglio. "Se una stanza non viene usata quotidianamente o almeno ogni due o tre giorni, non ha senso averla in una casa".

"Beh, non devi mangiare tutti i giorni, e liberarti di tutte le cose che mangi almeno un paio di volte al giorno?" chiese lei, sbalordita.

"Tutti i giorni? Per fortuna no. E tu?"

"Sì!" esclamò Serena. "Gli umani mangiano normalmente tre pasti al giorno, per non parlare degli spuntini in mezzo. E usiamo la stanza dell'igiene in media altrettante volte al giorno. Alcuni anche più spesso di così".

Fissai la mia femmina con orrore. "TRE? Per la Dea... È da mezzogiorno di ieri che non ti abbiamo dato nutrimento. Ti abbiamo affamato e impedito di liberarti! Mi dispiace tanto mia compagna! Non lo sapevo. Perché non l'hai detto? Andrò subito a prendere del cibo per te. Che cosa...?"

"No, no, Szaro, sto bene", mi interruppe lei posando delicatamente un palmo sul mio petto nudo. "Avevo delle barrette energetiche nello zaino. Ne ho mangiate alcune ieri, e un'altra per colazione questa mattina. Non avrò fame per un altro paio d'ore. Tuttavia, la mia vescica non è troppo contenta di me in questo momento e apprezzerebbe davvero una pausa. Quindi, visitare quella stanza dell'igiene in un futuro molto prossimo sarebbe una buona idea".

"Naturalmente, mia compagna. Da questa parte", dissi, facendo strada fuori dalla dimora attraverso l'entrata principale. "Dopo di che, potremo occuparci delle tue esigenze nutrizionali".

"Quanto spesso mangiano gli Ordosiani?" chiese Serena mentre uscivamo dalla dimora.

"Io tendo a mangiare una volta ogni due o tre settimane, a meno che non stia partendo per una lunga spedizione. In quel caso, consumo un pasto molto abbondante che può sostenermi fino ad un mese", spiegai mentre la conducevo attraverso la piazza e lungo il sentiero a nord-est che si apriva sulla grotta dell'igiene, quasi sotto la cascata. "Non avrò bisogno di cibo per un altro paio di settimane. I giovani mangiano più spesso. I più piccoli, come mio nipote Eicu, devono mangiare almeno una volta alla settimana, anche se molto spesso tendono a farlo una volta ogni quattro o cinque giorni. I più giovani consumano piccoli pasti ogni due giorni."

"Wow, immagino che deve essere comodo non doversi preoccupare del cibo per settimane quando si è fuori a caccia", disse lei, guardandomi con incredulità. "Alla faccia delle cene di famiglia", borbottò sottovoce.

Aprii la bocca per rispondere, ma il sussulto della mia compagna mi fece tacere. Mi piaceva il modo in cui il suo viso si illuminava quando scopriva il mio mondo. Mentre avevo capito la sua reazione sulla terrazza che si affacciava sul fiume, questa mi sembrava divertente. La gente raramente fissava a bocca aperta la stanza della pulizia. Questa era semplice e funzionale, un posto dove ci si strofinava via lo sporco dal corpo e si svuotavano le viscere. Tuttavia, ciò mi costrinse a guardarla con occhi nuovi.

La grotta naturale di pietre chiare aveva molte aperture nel soffitto attraverso le quali l'acqua colava, permettendo ad almeno cinquanta persone di fare la doccia allo stesso tempo. L'acqua si accumulava sul terreno rientrante, profondo dieci centimetri, e profondi solchi in pendenza, abbastanza stretti da permetterci di strisciarci sopra, drenavano l'acqua verso la grande finestra sul retro della grotta in modo che potesse cadere attraverso le sbarre della ringhiera di protezione. La vista sulla valle da qui era ancora una volta stupefacente. Le pietre incandescenti incastonate nelle pareti illuminavano l'area.

"È bellissimo", disse Serena con sincera ammirazione. "Voi sapete davvero come sfruttare la bellezza della natura".

"Noi siamo i suoi guardiani", risposi, gonfiando il petto.

Avanzai nell'acqua e le feci segno di seguirmi. Lei esitò e si guardò i piedi.

"Hai paura di bagnarti le scarpe?" domandai.

"No. Questi stivali sono impermeabili", rispose lei scuotendo la testa. "Non voglio sporcare l'acqua".

Risi. "Una volta che l'acqua raggiunge il terreno, è considerata acqua di scarico che viene filtrata nel suo percorso verso il fiume a valle".

"Acque reflue?" chiese Serena. "Ma è..."

Si bloccò, i suoi occhi si allargavano mentre dava una seconda occhiata alla stanza della pulizia. "Aspetta, queste sono le vostre docce? Questa è come una grande doccia comune?"

"Sì", risposi, confuso dal suo improvviso cambiamento d'umore.

"Sicuro... No. Questo non va bene per me", disse lei, facendo involontariamente un passo indietro. "Noi non ci esponiamo nudi in pubblico. Almeno, non io".

Sbattei le palpebre, poi lasciai che il mio sguardo vagasse su di lei. La maggior parte del suo corpo era effettivamente coperta di pelle. Tutti gli umani che avevo incontrato indossavano sempre molti vestiti, a volte a più strati.

"Mi rendo conto che questo è un non-problema per gli Ordosiani", disse lei in un tono ragionevole. "La vostra specie è essenzialmente sempre nuda. Però, le vostre cosine sconce sono nascoste. Nel caso degli umani, una volta che ci spogliamo, rimane tutto esposto fuori per essere guardato dal mondo. Questo è un no-no".

"Cosine sconce?" Domandai, inclinando la testa di lato.

"I nostri genitali", spiegò lei timidamente.

"Va bene..." dissi lentamente, non essendo sicuro di cosa intendesse dire. "Quindi?"

"Quindi non ci esponiamo in pubblico. Solo al nostro compagno in privato", rispose. "Ecco perché le abitazioni umane hanno tutte almeno una, a volte due o più stanze per l'igiene. E nelle docce pubbliche, di solito ci sono divisori con tende o porte che si chiudono, in modo da poterci lavare in un ambiente comune preservando il nostro pudore".

"Capisco", risposi, nonostante non mi fosse molto chiaro.

Certo, capivo le sue parole, ma non riuscivo a vederne la logica. Gli umani sapevano come erano fatti gli altri umani, in base al loro sesso. Perché nasconderlo agli altri? Perché mostrare i propri genitali solo al proprio compagno? Non c'era niente di male se gli altri vedevano, purché non toccassero. Per molte delle specie che proteggevamo, ostentare gli attributi riproduttivi delle loro compagne non era solo una fonte di orgoglio, ma una dimostrazione di dominio. Solo il maschio migliore poteva assicurarsi l'affetto di una femmina così stellare. Ma avrei avuto tempo più tardi per indagare ulteriormente su quello strano comportamento umano.

"Se poniamo un muro divisorio o delle tende intorno a una delle pozze d'acqua, ciò ti andrebbe bene?" domandai.

Lei annuì. "Sì. Ma ci dovrebbe essere un po' di spazio lontano dall'acqua che gocciola per potermi asciugare e rivestire", aggiunse con un'espressione di scusa.

"Sarà fatto", dissi, prima di dare un'occhiata alla piccola quantità di pelle che mostrava. "Devi asciugarti? La tua pelle non elimina l'acqua?"

"Non esattamente. Voglio dire, l'acqua ci rimane addosso per un po' se non usiamo un asciugamano, anche se col tempo evapora. Ma è ancora peggio con i miei capelli. Rimangono bagnati per ore se non li asciugo", rispose lei. "Perché, tu non rimani bagnato?"

Scossi la testa. "Aspetta, ti faccio vedere".

Mi diressi verso una delle buche e lasciai che l'acqua mi cadesse addosso. Dopo qualche secondo, tornai dalla mia compagna. Quando la raggiunsi, quasi ogni goccia era già scivolata via.

"Mi prendi in giro?" sussurrò lei mentre alzava una mano verso di me.

I miei muscoli addominali si contrassero nell'attesa ma, con mia grande delusione, lei si fermò all'ultimo minuto, tirando via la mano. Mi incuriosiva la sensazione della sua mano su di me, ma anche la consistenza della sua pelle morbida e senza scaglie.

“Mi dispiace”, disse lei scusandosi.

“Non scusarti, Serena”, dissi con voce gentile. “Sono il tuo compagno. Hai il diritto di toccarmi quando vuoi. Fai pure”, dissi in tono incoraggiante.

Lei esitò ancora un secondo e poi procedette. Repressi a malapena un brivido mentre lei faceva scivolare con delicatezza la punta delle dita contro le scaglie del mio braccio sinistro. Mi solleticava in modo stuzzicante. Ma volevo un vero tocco... che lei mi negò.

“Questo è davvero forte”, disse, lasciando cadere la mano.

Anche se il termine ‘forte’ suonava strano in quel contesto, capii il suo significato implicito.

“I condotti dei rifiuti sono qui”, dissi, conducendola verso la zona di scarico sul lato sinistro leggermente rialzato della grotta.

Il terreno era asciutto e un muro alto fino alla vita con una barra di sostegno lo separava dall’area della pulizia. In un’ampia rientranza del terreno, dieci dischi, a due metri di distanza l’uno dall’altro, coprivano i fori di scarico.

“Qui è dove svuotiamo la cloaca”, spiegai. “C’è un sensore che apre il condotto quando qualcuno si mette in posizione. Dato che non hai una coda, potremmo aver bisogno di fare qualche prova per trovare l’angolo giusto per te o apportare qualche modifica per farlo funzionare con la tua anatomia”.

Lo sguardo diffidente sul volto di Serena, che includeva un accenno di orrore, mi fece capire che anche questo non sarebbe stato ben accolto.

“C’è abbastanza spazio tra i condotti per aggiungere una barriera per la tua privacy”, anticipai subito. Anche se questo sembrò tranquillizzarla un po’, la mia compagna aveva ancora quell’espressione “questo-non-va-assolutamente-bene-per-me” sul viso. “Lascia che ti mostri come funziona”.

Avanzai fino al bordo, dove iniziava la rientranza, poi guardai la mia compagna.

"Tu metti le mani sulla barra in questo modo per sostenerti", dissi, facendolo allo stesso tempo. "Come puoi vedere, il disco si apre automaticamente, rivelando il condotto. Come Ordosiano, devo solo avanzare ulteriormente per allineare la mia cloaca con il foro". Anche se non avevo bisogno di liberarmi in quel momento, aprii la mia cloaca per mostrargliela. "Ora, le mie squame sono separate sopra il condotto, e l'incavo mi impedisce di entrare in contatto con esso. Una volta fatto, premo l'interfaccia qui sulla barra".

Lo feci, e un forte getto d'acqua schizzò fuori, pulendo l'apertura della mia cloaca, l'acqua cadde poi nel condotto. Chiusi le mie squame e indietreggiai, il disco si chiuse sul condotto non appena fui abbastanza lontano.

Un solo sguardo al volto della mia compagna mi bastò per capire che *decisamente questo non* avrebbe funzionato.

CAPITOLO 6
SERENA

Fissai Szaro con assoluta e completa meraviglia. Dall'altro lato della stanza vi era una configurazione simile con un'altra dozzina di buchi in un piccolo fosso lungo l'area sopraelevata sulla quale ci trovavamo. Sembrava la versione Ordosiana delle latrine pubbliche dell'antica Roma. Le uniche due differenze erano che gli autoctoni stavano in piedi invece che seduti, e che avevano un elegante bidet invece delle spugne con cui i romani si lavavano il sedere.

"Ok... Quindi... anche con le pareti per la privacy, questo NON funzionerà", dissi, ancora stordita dal fatto che, per un istante, avevo pensato che il mio marito nuovo di zecca stesse per farla proprio davanti a me. Di tutte le cose da *non* fare al primo appuntamento, questa era sicuramente una di quelle. Per fortuna non l'aveva fatto. "Gli umani hanno bisogno di un sedile con un buco nel mezzo per questo. Non ci accovacciamo su buchi del genere, a meno che non ci troviamo nel mezzo della giungla e dobbiamo arrangiarci. Cioè, l'uomo può urinare in piedi, ma per i rifiuti solidi deve comunque sedersi. Le donne devono sedersi per entrambe le cose".

Szaro indietreggiò, con un'aria un po' confusa. "Perché usate posizioni diverse? Non avete una cloaca per gestire entrambe le cose? E perché non è lo stesso per maschi e femmine?"

"No", dissi, prima di dargli una rapida lezione di anatomia umana. "Quindi, accovacciarsi su un buco mentre ci si aggrappa a una sbarra non figura molto in alto nella mia lista di cose da fare".

Szaro si grattò l'interno del suo cappuccio mentre fissava il mio inguine come se potesse vederlo attraverso i miei vestiti.

"Capisco", disse con una voce che esprimeva piuttosto il contrario. "Con quanta urgenza hai bisogno di liberarti in questo momento?"

"Non è ancora urgente, ma sta decisamente per diventarlo", risposi.

"Vieni, ti porterò da Irco. Troveremo rapidamente una soluzione per te. Avrai il sedile per i rifiuti di cui hai bisogno", disse Szaro con una voce solenne che mi fece venire voglia di ridacchiare, ma mi preoccupò anche un po'.

Stava prendendo *molto* sul serio il ruolo di marito. Questa era una grande cosa per me, ma mi preoccupava il fatto che, il giorno in cui me ne sarei andata, lui sarebbe rimasto ferito. Szaro sembrava sinceramente un bravo ragazzo. Se fosse stato umano mi sarebbe piaciuto uscire con lui. Amavo gli sforzi che stava facendo per assicurare il mio comfort. Se la mia permanenza lì fosse stata breve avrei ingoiato il rospo e avrei trovato un posto discreto nel bosco per fare i miei bisogni. Ma sei mesi erano troppo lunghi per resistere inutilmente.

Detto questo, avrei dovuto tenerlo a freno. Da come parlava, Szaro aveva davvero intenzione di fare di tutto per trasformare la sua abitazione nella mia casa dei sogni. La parte egoista di me voleva approfittarne e vedere quali meraviglie si potevano ottenere con la sua caverna. Il potenziale certamente c'era. E quella terrazza...! Ma sarebbe stato ingiusto nei confronti di lui e della sua vera futura moglie.

Mentre mi riaccompagnava verso la piazza del villaggio, mi

presi finalmente un minuto per osservare davvero ciò che mi circondava. Krada era un villaggio esteso, racchiuso dalla montagna. Oltre alle molte abitazioni scolpite direttamente nella montagna, molte altre case a un piano incorniciavano la piazza. Costruite in pietra chiara, avevano un'aria tropicale, gli elementi moderni e high-tech si amalgamavano perfettamente. Nonostante la grande quantità di vegetazione tutt'intorno, compresi fiori, alberi e cespugli, gli Ordosiani non avevano cercato di integrare le costruzioni artificiali con l'ambiente. Avevano pavimentato ogni passaggio con pietre, mattoni o qualche tipo di marciapiede.

Mentre tutte le residenze erano state costruite al centro intorno alla piazza, gli edifici comunitari come la scuola, la biblioteca e le strutture di intrattenimento erano state collocate a sinistra, vicino all'area dell'igiene. All'altra estremità, sul lato destro, avevano raggruppato gli edifici commerciali. Questi non avevano un aspetto all'avanguardia. Sembravano semplicemente delle versioni più grandi delle abitazioni in pietra, tranne che per un'enorme serra. Quando ci avvicinammo mi resi conto che era più un giardino interno o un atrio, perché potevo vedere piccole creature volare all'interno. La mia curiosità fu interrotta da Irco che sbucava da un edificio e ci veniva incontro a metà strada.

Dopo rapide presentazioni, Szaro spiegò alcune delle cose di cui avevo bisogno, mentre io stavo lì, sentendomi un po' mortificata e chiedendomi se il costruttore Ordosiano mi avrebbe considerato una diva. Con mia piacevole sorpresa, Irco si rianimò.

"Esigenze interessanti", disse il costruttore con un ampio sorriso. "Lasciate che prenda un tablet per fare uno schizzo e possiamo tornare all'area delle pulizia per vedere come possiamo accontentarti".

"Grazie", dissi, il sollievo mi pervadeva.

"Avremo tutto ciò di cui hai bisogno in pochissimo tempo", disse Szaro con orgoglio mentre guardavamo Irco scivolare nell'edificio per prendere il suo tablet. "Irco è molto creativo e molto abile. Ponigli una bella sfida".

"Oh, non voglio gravarlo..."

"Non è un peso, mia compagna", disse Szaro con fermezza, interrompendomi. "Al di là del fatto che voglio solo il meglio per te, Irco ne sarà felice. Ama i progetti che lo costringono a superare sé stesso. È un po' annoiato dalla routine quotidiana. Dagli qualcosa con cui divertirsi".

"Beh, se la metti così, potrei farlo", dissi.

Szaro mi sorrise. Ciò ammorbidiva davvero i suoi lineamenti alieni, anche se non diminuiva l'intensità del suo sguardo. Aveva un modo di guardarmi come se potesse vedere nel profondo della mia anima.

"Szaro!"

Le nostre teste scattarono di lato per vedere Mandha che si avvicinava rapidamente.

"Fratello?" chiese Szaro quando il suo consanguineo ebbe colmato la distanza che ci separava.

"Dobbiamo dirigerci verso la Valle di Chiswa", disse Mandha con una punta di rabbia nella voce. "C'è un branco di Squoiatori che si sta scatenando. Siamo convinti che lo Zamoriano stesse attirando le bestie da questo branco principale che ha finito per vagare più a nord".

Szaro emise un sibilo cupo pervaso da un suono leggermente rantolante. Era dannatamente spaventoso e tuttavia vi era qualcosa di intrinsecamente sexy in questo.

"Esci con gli altri", disse Szaro. "Vi raggiungerò a breve".

Mandha annuì prima di girarsi e muoversi a velocità vertiginosa. Ancora una volta, mi colpì quanto fossero silenziosi i loro movimenti. Per qualche motivo, avevo sempre pensato che le loro squame inferiori avrebbero emesso un suono stridente sul terreno lastricato di pietra.

"Non voglio trattenerti", dissi.

"Non lo fai", rispose Szaro in tono gentile. "Ma la Valle di Chiswa, che prende il nome dalla principale specie che la abita, è ancora in una condizione fragile. Sono creature piccole e vulnerabili che si stanno appena riprendendo da una brutta infezione che ha decimato la loro popolazione. Non possono resistere a un altro colpo così presto dopo il loro recupero".

"Posso immaginarlo", dissi con un cipiglio preoccupato.

"Quando tutto questo sarà finito, ti ci porterò", promise Szaro guardandomi alle spalle.

Mi girai e vidi Irco tornare con un'espressione entusiasta.

"Devo lasciare la mia compagna nelle tue mani", disse Szaro non appena il costruttore ci raggiunse. "Ha anche molte esigenze riguardo la dimora. Dalle quello che desidera. Quando hai finito, informa Salha. Lei si occuperà degli altri bisogni di Serena".

"Capito", disse Irco con una deferenza che mi prese alla sprovvista.

Szaro non era il capo della sua tribù, ma sembrava essere il loro miglior cacciatore. Questo gli conferiva un qualche tipo di status o una posizione gerarchica superiore? Certamente agiva con un livello di autorità che gli altri riconoscevano.

"Grazie", rispose Szaro prima di girarsi verso di me. "Tornerò in tempo per la nostra unione. È un bellissimo rituale. Spero che ti piacerà".

"Ci vediamo dopo", dissi con un sorriso, sentendomi a disagio per la situazione. Non ero una sposa che arrossiva e fremeva di eccitazione al pensiero delle mie nozze imminenti. "Fai attenzione là fuori".

"Certo, mia compagna", rispose lui con un sorriso.

Lo guardai allontanarsi in fretta e furia, sentendomi stranamente affranta. Per quanto minaccioso, mio "marito" emanava un'aura rassicurante di forza e sicurezza. Dopo che scomparve dalla vista, mi voltai di nuovo verso Irco e indietreggiai quando lo trovai a fissarmi intensamente.

"Szaro ha aspettato a lungo per trovare colei che avrebbe chiamato la sua compagna", disse Irco con un tono strano. "Ha combattuto molte battaglie e vinto molte sfide per guadagnarsi una delle dimore più ambite di Krada dove poter costruire il nido più perfetto per la sua *Ashina*... la sua dea. Ha grandi aspettative, e io ho contato i giorni fino al momento in cui avrei potuto lavorare a quel capolavoro. Niente è troppo. Se riesci ad immaginarlo, troverò il modo di costruirlo. Sfidami, compagna del Grande Cacciatore".

Il mio stomaco si annodò nel sentire quelle parole. Se si fosse trattato di un matrimonio d'amore sarei stata al settimo cielo sapendo che mio marito mi stava dando carta bianca per costruire la mia casa da favola. Ancora una volta, il senso di colpa mi sopraffece. Mi sembrava così ingiusto che fossi io a dover ostacolare il sogno della sua vita e rendere tutto una farsa. Meritava molto di più.

Non volevo apportare grandi cambiamenti strutturali che potessero spiacere alla femmina con la quale lui sperabilmente si sarebbe accoppiato dopo la mia partenza. Eppure, come da istruzioni di Kayog, dovevo recitare abbastanza la parte per convincere la tribù che io e lui stavamo tentando davvero di fare funzionare quella relazione.

"Beh, questo è un compito arduo", dissi con una risata nervosa. "Prima di discutere di trasformare la sua dimora in un castello, cominciamo con le necessità di base. Possiamo pensare a perfezionare il resto della casa nei giorni e nelle settimane seguenti."

"Certo, Serena", disse Irco con un gran sorriso. "Tali imprese richiedono tempo e accortezza. Non vedo l'ora di collaborare con te. Andiamo a vedere questa stanza della pulizia".

Mi condusse nella loro sala comune per l'igiene e passammo la mezz'ora successiva a discutere le opzioni, la posizione e ad abbozzare variazioni. Irco era un dannato genio. Ogni nuovo schizzo superava il precedente. Aveva una mente acuta, un'incredibile immaginazione, e per finire, ascoltava attentamente per capire cosa volessi invece di cercare di farmi accettare ciò che preferiva. Non appena giungemmo ad un accordo sul design, lui aveva già messo al lavoro quattro persone, per prima cosa sulla toilette – con l'eterna gratitudine della mia vescica. Ero particolarmente impaziente di vedere il box doccia. Secondo il progetto, avrebbe dovuto affacciarsi sulla valle nascosta e includere un portasciugamani fatto con una pietra riscaldante e un angolo per cambiarsi, con una panca su cui avrei potuto appoggiare i vestiti per evitare che si inzuppassero.

Poi tornammo alla casa dove passammo un paio d'ore a discutere degli elementi essenziali: un letto, una specie di cucina, un soggiorno e, soprattutto, comodi posti a sedere per la terrazza. Avevo intenzione di godermi quel posto. Per la mia gioia, il fatto di potersi connettere non era un problema lì. Non ne ero certa, visto che gli Ordosiani non mostravano chiaramente quale tecnologia possedessero. Con mio grande stupore, Irco aveva già scaricato un vasto catalogo di mobili umani che sfogliammo per un po' di tempo per identificare i pezzi che volevo venissero fabbricati.

Quando finimmo quel primo giro, gli operai avevano già costruito una toilette abbastanza funzionale da permettermi finalmente di liberare la mia vescica prima che Irco mi consegnasse a Salha. La femmina era bellissima, con scaglie verdi e blu scintillanti che mi ricordavano la coda di un pavone.

A differenza dei maschi, che erano tutti più larghi e mi sovrastavano, Salha mi eguagliava quasi perfettamente in altezza e dimensioni. Una versione più delicata delle pinne degli Ordosiani adornava il lato esterno delle sue braccia, e il suo cappuccio, piegato ai lati, come nella maggior parte delle femmine, dava quasi l'illusione che avesse capelli blu lisci che incorniciavano il suo nobile volto. Due grandi braccialetti d'oro ingioiellati le adornavano il polso, e una grande collana le pendeva dal collo.

"Ciao, cognata", disse Salha con la sua voce leggermente sibilante, ma stranamente piacevole. "Spero che sia andato tutto bene con Irco?"

"Meravigliosamente! È incredibile. È così paziente e creativo. Non vedo l'ora di vedere il prodotto finito", risposi in tutta sincerità.

"Bene!" disse Salha con un sorriso soddisfatto. "È come dovrebbe essere. Szaro vorrà il meglio per la sua compagna".

"È quello che ha detto", risposi, il senso di disagio che si insinuava di nuovo.

Salha inclinò la testa di lato, rivolgendomi uno sguardo strano. "Questo non sembra farti piacere", disse.

Il mio viso avvampò e ringraziai silenziosamente Dio per la mia pelle più scura che nascondeva il mio imbarazzo. Mia cognata era fin troppo perspicace.

"Mi fa piacere sposare un uomo così generoso", dissi, scegliendo attentamente le mie parole. "Mi sento solo in colpa per il fatto che ha passato così tanti anni a preparare tutto questo per la sua compagna perfetta e invece è rimasto incastrato con me".

"Non è *incastrato* con te", disse Salha con convinzione e una fermezza che mi prese alla sprovvista. "La Grande Dea Isshaya ti ha mandato da noi per una ragione. Oggi, io e mio figlio viviamo perché tu sei venuta da noi. E stasera, il Grande Cacciatore di Krada si legherà finalmente a una compagna. Hai idea di quante delle nostre femmine avrebbero voluto questo onore?"

"Ma non ha *scelto* me!" esclamai, il senso di colpa che mi tornava addosso vendicandosi. "Si è sacrificato per dovere perché si sente in debito con me per aver salvato te e tuo figlio".

Salha mi rivolse un sorriso enigmatico mentre scuoteva la testa. "No, sorella mia. Szaro non fa mai qualcosa che ritiene sbagliato per obbligo. Se non ti avesse voluto come compagna, avrebbe lasciato la tribù e ti avrebbe portato al sicuro prima di permettere che ti venisse fatto del male. Dopo si sarebbe occupato delle conseguenze diplomatiche".

Mi cadde la mascella nel sentire quelle parole. Lei sorrise prima di valutare la stanza principale con un'occhiata. Salha girò lentamente intorno al tavolo, le sue dita sottili accarezzavano il piano liscio e lucido.

"La prima volta che Szaro ha visto questa dimora sapeva che sarebbe stata sua e che sarebbe diventata il nido perfetto per la sua *Ashina"*, disse malinconicamente. "Il fratello del mio compagno prende le cose sul serio. Una volta che ha deciso di volere qualcosa non si allontana dal sentiero, non importa a quale costo o con quali difficoltà per raggiungere il suo obiettivo. La prima volta che ti ha visto il suo cuore ti ha reclamato, anche se la sua mente non lo sapeva".

Sbuffai incredula. "Ne dubito fortemente. La prima volta che ci siamo incontrati, mi ha guardato come se fossi una specie di piccolo affascinante insetto".

"Hai ragione sulla parte del fascino", disse Salha. "Ho visto il suo atteggiamento mentre ti difendeva davanti agli Anziani, ieri. Dopo averti lasciato nella sala di detenzione, è venuto nella nostra dimora e ho sentito le sue parole su di te. I Temern non lo hanno convinto a legarsi a te. Szaro aveva già deciso di reclamarti come sua compagna ieri sera. Nella sua mente l'ha fatto per salvarti, ma io conosco mio cognato. È il suo cuore che ha parlato. C'è una ragione se nessuna delle nostre femmine ha trovato grazia di fronte ai suoi occhi."

"E qual è?" domandai, arrovellandomi.

"Sei una Cacciatrice, come lui", disse Salha con tono deciso. "Le femmine Ordosiane non cacciano e non combattono".

"Perché? Non vi è permesso?" chiesi, accigliandomi.

Salha rise. "Ognuno è autorizzato a fare ciò che vuole, purché non minacci la sicurezza della tribù o del mondo a noi affidato", disse con un sorriso indulgente. "Semplicemente non è nella nostra natura. Siamo nate nutritrici e pensatrici. Alleviamo i giovani, dirigiamo tutte le imprese scientifiche e mediche e guidiamo le nostre tribù. I nostri maschi cacciano, costruiscono e proteggono sia le nostre tribù che la natura selvaggia di cui ci prendiamo cura".

"Giusto", dissi. "Non sono un granché come scienziato e non ho alcun desiderio di comandare. Ma amo cacciare e ho sempre immaginato di diventare un ranger in qualche parco nazionale".

"E ora potrai essere un ranger accanto al tuo compagno, per un intero pianeta, con le creature più esotiche della nostra galassia", disse Salha compiaciuta.

Detto così suonava molto affascinante.

"So che consideri una punizione essere stata costretta a prendere questa strada per aver mostrato pietà a me e a mio figlio", disse Salha con voce gentile. "Ma questo è il destino. Ho visto il modo in cui guardi Szaro. Gli Ordosiani possono essere strani per te nell'aspetto, ma sei comunque attratta dal nostro Grande Cacciatore. Non pensare troppo alla tua situazione, Serena. Lascia che la natura faccia il suo corso. Sei esattamente dove sei destinata ad essere."

Mi spostai sui piedi, sentendomi più turbata di quanto avrei mai ammesso. Non potevo negare di provare una certa attrazione per Szaro. Eravamo tecnicamente sposati ora, e nessuno mi aspettava a casa. *Potevo* esplorare le possibilità di una relazione con lui, se volevo. Ma al momento non potevo pensare in quei termini. Era tutto ancora troppo recente e troppo travolgente.

"Vediamo come si evolvono le cose", dissi senza impegno.

"D'accordo", rispose Salha. "Ora ti mostrerò dove trovare del cibo ogni volta che hai fame. Ho capito che oltre alla carne hai bisogno anche di frutta e verdura".

"Sì, è vero", dissi, seguendola fuori dalla casa. "Irco mi costruirà una piastra e un forno in modo che io possa cuocere i miei pasti, specialmente la carne".

"Tu cuoci tutto?" chiese Salha con un'espressione strana.

"La carne, sì", dissi con un cenno del capo. "Per gli umani è difficile digerire la carne cruda. Non solo è più difficile per noi da masticare e digerire, ma ne ricaviamo anche meno nutrienti *e* potremmo prendere un'intossicazione alimentare dai batteri che alcune carni possono contenere."

"Hmmm, non sarebbe una buona cosa", disse Salha.

"Decisamente *no*", risposi con una risatina.

"Allora, come cuocete la carne?", chiese.

Le spiegai i diversi metodi di preparazione della carne, dal brasato, alla griglia, all'arrosto, alle spezie e alle marinate, ai contorni. Lei mi fissava scioccata mentre le parlavo delle varie portate di un pasto, dagli antipasti ai dolci, all'abbinamento dei vini, ecc. Anche il fatto che avevamo diversi tipi di pasti per momenti specifici della giornata sembrava sconvolgerla.

"Se devi mangiare tre volte al giorno, quanto tempo dedichi alla preparazione di questi pasti? Il processo di cottura sembra complicato", chiese Salha sbalordita, mentre entravamo nell'edificio che avevo scambiato per una serra.

"Dipende. Alcuni pasti possono essere preparati molto velocemente, mentre altri richiedono molto tempo", dissi. "La colazione può essere preparata in una manciata di minuti, a meno che non si cominci ad orientarsi sulle cose molto più sofisticate. Lo stesso può valere per qualsiasi altro pasto, a patto che tu abbia tutto a portata di mano nel tuo frigorifero, e che tu non stia seguendo ricette complicate. Comunque sì, preparare e mangiare il cibo richiede una parte notevole della giornata. Tuttavia, per noi è anche un importante rituale sociale e per legare".

"Come mai?" chiese lei, attirandomi sul retro di quel magnifico atrio dove un certo numero di piccole creature si muovevano, mentre altre ancora più strane volavano tra gli alberi alti e il fitto fogliame.

"Spesso organizziamo grandi cene con la famiglia o gli amici. Ciò implica una quantità di cibo che di solito richiede qualche ora per essere preparato, e il pasto stesso può durare un paio d'ore o più mentre parliamo e ricordiamo le cose o ci prendiamo in giro."

Salha si accigliò, un'espressione preoccupata le attraversò i lineamenti. "Quanto ti sconvolgerebbe non poter più avere quelle grandi cene di famiglia?"

“Sono un po’ una solitaria. Quindi, non rimarrei sconvolta di per sé, ma non posso negare che mi mancherebbe l’occasionale sedere insieme per mangiare un boccone o bere qualcosa”, risposi con un’alzata di spalle. “Da questa domanda deduco che gli Ordosiani non si riuniscono per condividere i pasti”.

Lei scosse la testa e corrugò il viso. “Mangiare è un compito che ci piace sbrigare in fretta. Ma è anche un momento di vulnerabilità per noi”.

Si fermò per indicare gli alberi da frutta nell’atrio.

“Puoi prendere qualsiasi frutto direttamente dagli alberi e dai cespugli qui, ma puoi anche venire in questo punto sul retro dove ne abbiamo raccolti molti in questi contenitori e unità di raffreddamento. Attraverso la porta sul retro, troverai sia i nostri giardini che i recinti”, disse Salha prima di prendere un cesto vuoto sul tavolo e aprire la porta. “Raccogli quello che vuoi e scegli qualsiasi creatura desideri per la carne. Ti chiedo solo di non cogliere niente di più grande di quello che puoi consumare. Anche se, nel tuo caso, possiamo tagliare la carne e metterla in un’unità di raffreddamento per i pasti futuri.”

Annuii guardando la varietà pazzesca di verdure, ordinatamente etichettate nel grande giardino.

“Perché hai detto che il cibo è un incombenza e che vi rende vulnerabili?” domandai.

“Ingoiamo il nostro cibo intero, di solito ancora vivo”, disse Salha con disinvoltura. “Può volerci del tempo perché vada giù, tempo durante il quale siamo praticamente inutili, se non semiletargici. E poi, a seconda di quello che abbiamo mangiato, specialmente nel caso di una creatura pelosa o con le corna, rigurgiteremo quelle parti non commestibili. Non è doloroso, ma non è nemmeno esattamente divertente. Come ho detto, è solo una seccatura. Ed è per questo che è così bello doversene occupare solo una o due volte al mese da adulti”.

Ci volle ogni grammo della mia forza di volontà per mantenere un’espressione neutra sul mio viso. *Non* volevo immaginarli con le loro bocche che si allargavano a dimensioni impossibili mentre ingoiavano un coniglio intero, o i loro colli che si allungavano oltre il normale, o che vomitavano artigli e corna come un gatto butta fuori palle di pelo. Niente di tutto questo evocava un'immagine sexy.

"Capisco", dissi a bassa voce, il che sembrò solo divertire Salha, per niente fuorviata.

I recinti contenevano un numero impressionante di piccole creature, alcune non più grandi di un grosso topo e altre più simili a una piccola capra.

Mentre Salha continuava a parlare, raccolsi alcune verdure e scelsi un kweelzy, una piccola creatura che assomigliava vagamente a un maialino. Per la mia gioia, uno degli Ordosiani che serviva come custode per alcuni degli animali carnivori nell'atrio, lo macellò per me. Anche se avrei potuto farlo da sola, con le mie limitate attrezzature attuali, apprezzai che mi venisse risparmiata la fatica.

Quando tornai a casa, un'unità di raffreddamento nella mia futura cucina accolse il cibo che avevo appena ottenuto, e Salha mi fornì alcune comodità di base come cuscini, bicchieri e utensili. Quando mi lasciò per prendersi cura dei suoi piccoli e preparare il mio matrimonio Ordosiano, la mia casa cominciava a prendere forma.

CAPITOLO 7
SZARO

Un brivido mi attraversò mentre tornavamo al villaggio. Nonostante la stranezza della nostra situazione, ero entusiasta di incontrare la mia futura compagna e di vedere come aveva iniziato a fare della nostra dimora una casa. Le differenze tra noi si stavano dimostrando molto più grandi di quanto avessi previsto, almeno dal punto di vista anatomico, ma ci sarebbe voluto molto di più per distogliermi dal mio obiettivo.

Un sorriso mi increspò le labbra quando mi avvicinai alla mia dimora e trovai Irco che preparava un angolo cottura accanto al muro di sinistra, giusto all'esterno.

"Eccoti qua!" disse Irco con calore. "Sto facendo buoni progressi".

"Vedo", risposi.

"Sono parzialmente in debito con il Temern", confessò il costruttore.

"Hhm?"

"Ha mandato una piastra e un forno da cucina con un adattatore per le nostre fonti di energia", continuò Irco. "Senza questo, ci sarebbero volute almeno un paio di settimane per costruirne uno da zero per la tua compagna".

Anche se contento di quella rapida soluzione, mi accigliai. “Hai chiesto delle forniture a Kayog?”

Irco si mise a ridere. “No, Grande Cacciatore. Kayog le ha inviate, insieme a varie cose di cui la tua compagna potrebbe aver bisogno, come coperte, asciugamani, pentole e altre cose. L’ha chiamato un regalo di nozze a nome dell’OPU”, spiegò.

“Ah... molto bene, allora”, dissi, sollevato. “Ma perché lo stai costruendo all’esterno?”

“Serena ed io abbiamo convenuto che, essendo la dimora all’interno di una grotta, nonostante la buona ventilazione, è meglio relegare la cottura all’esterno”, rispose Irco. “Dato che abbiamo un clima caldo tutto l’anno, non sarà un problema per lei. Tuttavia, fabbricherò un tetto e delle mezze pareti in modo che possa ancora usarlo quando piove. Aggiungerò un paio di banconi qui e qui”.

“Si può inserire un lavandino?” domandai.

“Sì”, disse Irco, serrando le labbra. “Ma dovrò perforare il muro per collegarlo a quello interno”.

“Fallo. Voglio il meglio per la mia compagna”, dissi con fermezza. “E le sue esigenze igieniche?”

“La doccia è già pronta. Il ‘bagno’ è funzionale, ma è ancora un lavoro in corso. In verità, volevo discuterne con te prima di finire”, disse Irco timidamente.

“Cosa c’è che non va?” domandai, subito preoccupato.

“Non c’è niente di male, ma la tua compagna è piuttosto modesta nelle sue richieste”, disse Irco, spostandosi a disagio. “In base a quello che mi ha spiegato, gli umani usano i loro bagni più volte al giorno, a differenza di noi che ci andiamo solo una volta alla settimana o giù di lì”.

“È corretto”, dissi.

“Beh, lei accenna al fatto che a volte devono andarci durante la notte”, continuò Irco. “Sembra piuttosto scomodo per la tua femmina dover lasciare la propria dimora nel cuore della notte per andare nell’area delle pulizie solo per usare il bagno. Le nostre notti possono essere fredde, e gli umani non hanno una visione notturna come la nostra".

Mi irrigidii, i miei occhi si sgranarono per la consapevolezza. "Ottima osservazione, Irco", dissi, rimproverandomi per non averci pensato io stesso. "Sarebbe meglio avere una toilette direttamente all'interno della nostra dimora, e anche una doccia, già che ci siamo".

"Sono d'accordo", disse Irco, alzandosi di scatto. "Ma la tua compagna ha subito respinto l'idea quando l'ho suggerito. Pensava che fosse troppo lavoro quando avevamo già qualcosa di funzionale e che, come nuovo membro della nostra tribù, avrebbe dovuto adattarsi ai nostri modi."

Sebbene la sua risposta diplomatica a Irco mi avesse fatto piacere, conoscevo la vera ragione dietro il suo rifiuto. Serena stava cercando di ridurre al minimo le modifiche alla nostra abitazione, in modo che non sarebbe troppo difficile da disfare una volta che se ne fosse andata. Anche quella cucina all'aperto sarebbe potuta essere smontata facilmente senza lasciare alcuna traccia della sua esistenza se quel giorno fosse arrivato.

Avrei fatto in modo che non accadesse mai.

"Un sentimento ammirevole", dissi con nonchalance, "ma non voglio che la mia compagna vada in giro di notte perché non le ho fornito tutti i comfort adeguati alla sua specie. Costruirai in casa un'adeguata stanza per l'igiene per la mia compagna. Lei ama la vista sulla valle nascosta. Potrebbe essere fabbricata sul retro della casa con una grande finestra che guarda fuori?"

"Sì, Szaro", disse Irco, la sua voce gorgogliava di eccitazione. "Sarà un po' complicato, ma si può sicuramente fare. Abbiamo sfogliato immagini di stanze per l'igiene umana. Oltre alla doccia e al sedile di scarico, molte contenevano grandi vasche che si riempiono d'acqua in cui gli umani possono rilassarsi o fare il bagno. C'era questo modello che piaceva molto alla tua compagna", disse, facendo scorrere le immagini del suo tablet per mostrarmelo. "Posso ricreare qualcosa di simile in una delle vostre stanze sul retro. E Terya può scolpire sulle pareti delle decorazioni simili a questa".

Un lento sorriso mi distese le labbra. "Fallo. E lasciale incastonare le pietre incandescenti nei cerchi più grandi del disegno", aggiunsi.

"Oh, sì! Sarà un bel tocco!" esclamò Irco con approvazione. "Lo dirò a Terya".

"Ora vado a trovare la mia compagna e mi preparo per il nostro legame. Ci vediamo più tardi", dissi.

"A presto, Grande Cacciatore", rispose Irco mentre mi giravo per entrare nella mia dimora.

Fui accolto dal silenzio. Per un momento mi chiesi se lei fosse uscita, ma Irco me l'avrebbe detto. Stava dormendo? Scacciai immediatamente quell'idea. Gli umani erano esseri diurni come noi. Feci guizzare la lingua, assaggiando l'aria alla ricerca di tracce di Serena.

La terrazza.

Naturalmente, avrei dovuto saperlo. L'aveva molto affascinata. Mi diressi subito verso il retro dell'abitazione e spinsi la porta, che si aprì silenziosamente sul balcone. La visione che mi aspettava mi tolse il fiato.

In piedi con la schiena verso di me, di fronte alla splendida vista della valle, Serena stava eseguendo strani movimenti su un tappetino nero, tenendo strane pose allungate per alcuni momenti prima di passare ad altre. Per la prima volta, potei ammirare la bellezza dorata della sua pelle marrone nuda. A piedi nudi, la mia compagna non indossava nient'altro che un indumento inferiore aderente alla pelle dalla vita alla metà delle cosce, facendo sembrare le sue gambe infinite, e un top sbracciato che le copriva solo i seni.

La osservavo in silenzio, ipnotizzato dalla grazia dei suoi movimenti, le pose impossibili che eseguiva, l'innegabile forza che alcune di esse richiedevano e il suo incredibile senso dell'equilibrio per mantenerle. Ma ancora più affascinanti erano le cose che riusciva a fare con le gambe. Non so per quanto tempo restai lì, folgorato dalla mia compagna. Lei assunse una strana posa, appoggiandosi sugli avambracci, che rimanevano piatti sul tappetino, la testa sollevata per guardare dritto davanti a sé con il corpo inarcato sopra di lei, i piedi a punta che quasi penzolavano davanti al suo viso. Se li avesse spinti oltre, il suo corpo avrebbe formato una vera e propria O.

Lei dovette accorgersi infine della mia presenza, poiché la sua testa scattò verso il basso, e Serena guardò dietro di lei tra le braccia che sostenevano il suo corpo. Gli occhi della mia compagna si spalancarono per la sorpresa e il suo corpo si ribaltò in avanti. Gridò mentre cadeva e finì per sdraiarsi sulla schiena.

"Serena!" urlai, correndo al suo fianco.

Dal modo in cui era caduta, avrebbe potuto rompersi le braccia. Mentre mi accovacciavo al suo fianco, lei si mise a sedere, roteando le spalle e facendo una smorfia.

"È tutto a posto?" chiesi, la preoccupazione che mi contorceva le viscere.

"Sì, sto bene", rispose lei, rivolgendomi un sorriso rassicurante. "Mi hai spaventato, tutto qui. Ero concentrata e non ti ho sentito entrare".

"Mi dispiace. Avrei dovuto annunciare il mio arrivo", dissi, controllando ancora se c'erano segni che fosse rimasta ferita. "Ero solo affascinato da quello che stavi facendo. Cos'era?"

"Si chiama yoga", spiegò Serena. "È un ottimo modo per meditare, fare esercizio e lavorare sulla forza e sulla flessibilità".

"È piuttosto sorprendente. Non pensavo che gli umani potessero muoversi in quel modo", dissi, sinceramente impressionato.

"Non hai idea di tutti i modi in cui posso muovermi", disse Serena compiaciuta, stuzzicando ulteriormente la mia curiosità. "Un giorno dovrò mostrarteli".

"Non vedo l'ora", risposi con un sorriso. "Volevo solo farti sapere che sono tornato".

"Com'è andata la caccia?" chiese Serena con una curiosità

sincera che mi riscaldò dentro.

"È andata bene. Per fortuna siamo arrivati abbastanza presto per evitare gravi danni alla popolazione Chiswa. Ma ci sono altre mandrie che vagano vicino alle zone proibite a nord-ovest. I nostri esploratori stanno monitorando i loro progressi per vedere se dovremo intervenire oppure no".

"Sono felice di sapere che siete riusciti a contenerlo. Nessuno è ferito, spero?" chiese, mentre cominciava ad alzarsi.

Istintivamente allungai una mano per aiutarla. Lei non ne aveva bisogno e sembrò confusa dal gesto. Tuttavia, accettò il mio aiuto con un sorriso. Un calore improvviso mi attraversò al tocco morbido della sua mano nella mia e alla setosità della sua pelle. Non l'avevo mai toccata prima, né nessun altro umano. Non me lo aspettavo. Quando si staccò delicatamente dalla mia presa, cercai quasi di afferrarla di nuovo. Deglutii a fatica e feci guizzare la lingua per avere un altro assaggio di lei in mancanza del suo tocco. Le mie dita bruciavano per il bisogno di esplorare ulteriormente quella delicata meraviglia che era la mia compagna, ma lei non era pronta a fare certe cose con me... non ancora.

"Nessuno è ferito", confermai. "INOLTRE, trentasei nuovi Squoiatori sono stati aggiunti al tuo punteggio nella Caccia", continuai con un sorriso compiaciuto.

"COSA?!" esclamò Serena, lo shock dipinto sul viso.

"Ora sei Ordosiana e mia compagna. Le uccisioni della tribù sono le tue uccisioni. Le ho rivendicate tutte per te", dissi con orgoglio.

"Ma... perché l'hai fatto? Voglio dire, non fraintendermi, è fantastico! Ma perché l'hai fatto?" domandò Serena, con aria sinceramente confusa. "Immaginavo che ti saresti infuriato per qualunque cosa relativa alla caccia".

"La caccia ha i suoi lati positivi e negativi", dissi con un'alzata di spalle. "Ma tu sei la mia compagna. È mio dovere occuparmi del tuo benessere presente e futuro. Qualunque cosa il destino e la Dea abbiano pianificato per noi, voglio che tutti i tuoi bisogni siano ben curati. Questi crediti extra aiuteranno ad assicurare il tuo comfort, sia per riprendere i tuoi viaggi che per acquistare beni stranieri e farli consegnare qui".

"Sei davvero dolce e premuroso", disse Serena, guardandomi con un'espressione che non riuscivo a decifrare.

"Solo con te", dissi scherzando per nascondere il mio imbarazzo. "Ma ora dobbiamo prepararci per la nostra cerimonia di unione", aggiunsi con voce gentile. "Inizierà entro un'ora".

"Oh!" disse lei, uno sguardo incerto che si dipingeva sui lineamenti. "Cosa... cosa dovrei fare? Cosa devo indossare?"

"Dobbiamo fare la doccia, così da andare incontro l'uno all'altro mondi da ogni peso del nostro passato", spiegai. "Le femmine di solito si presentano nude, perché portano saggezza, nutrimento e vita all'unione, tutte cose che hanno in loro stesse. È il maschio che si adorna per mostrare la sua forza e la sua capacità di provvedere alla sua dimora. Poiché la tua specie non va in giro nuda, puoi indossare ciò che preferisci".

"Ok, posso farlo", disse lei, leccandosi le labbra nervosamente. "C'è qualcosa di specifico che ci si aspetta che faccia durante la cerimonia?"

"Normalmente, ci sarebbe", risposi gentilmente, "ma sarebbe troppo complesso da imparare per te, e dubito che la tua anatomia ti permetterebbe di eseguirlo perché richiederebbe una coda e una forza fisica maggiore di quella che possiedi. Ne abbiamo già discusso con gli Anziani, e sono d'accordo su come procedere", aggiunsi rapidamente quando lei sembrò sull'orlo del panico. "Ti siederai e osserverai il rituale, poi ti unirai a me. Ci abbracceremo e ci baceremo sotto la benedizione degli Anziani. Tu devi solo stare lì e abbracciarmi, io mi occuperò di tutto. Non ci vorrà molto, quindi non dovrebbe essere troppo impegnativo".

"Oh, va bene", rispose lei con una risata nervosa. "Posso stringerti per tutto il tempo necessario. È solo che non voglio rendermi ridicola o metterti in imbarazzo".

"Non lo farai", dissi in tono rassicurante. "Vieni, andiamo a farci una doccia. Prendi i vestiti che intendi indossare perché non tornerai qui. Salha ti porterà direttamente dalla stanza di purificazione al Grande Cerchio."

"Salha? Tu dove sarai?" chiese lei, confusa.

"Tornerò qui per adornarmi", risposi con un sorriso.

"Giusto, l'avevo dimenticato. Va bene allora", disse Serena con cipiglio e con il volto che assumeva un'espressione pensierosa.

Sospettai che stesse ripassando mentalmente i vestiti che aveva per scegliere qualcosa di appropriato. Si diresse verso la nostra stanza privata, che non avevo visto dal mio ritorno. Per la mia gioia, un grande letto in stile umano era stato sistemato accanto alla mia lastra riscaldante. Irco aveva portato una cassettiera per Serena, così come una rastrelliera su cui erano appesi alcuni dei suoi vestiti. Più tardi, le avrebbe costruito uno spazio adeguato dove mettere quei vestiti. Ma in quel momento, vedere il mio spazio, prima vuoto, affollarsi di cose della mia compagna e riempirsi del suo profumo, mi risvegliava quella sensazione di calore nel petto.

"Temo di non avere un abito bianco, come è nostra tradizione", disse Serena timidamente. "Ma spero che questo vestitino nero sia accettabile".

"I vestiti umani hanno poco senso per me", dissi in tono apologetico. "Tutto ciò che conta è che tu sia felice e a tuo agio con quelli che indosserai stasera".

"Mi piace quel vestito", disse lei con un timido sorriso. "Mi fa sembrare bella... credo".

"Allora vada per il vestitino nero", risposi, trovando la sua espressione adorabile. "Andiamo, mia compagna".

Mentre ci dirigevamo verso l'area di purificazione, passammo davanti ad un certo numero di persone della mia gente, molte delle quali già adornate per la celebrazione. I loro ornamenti erano semplici e anonimi, in modo che io potessi brillare in mezzo a loro. Mentre Serena sembrava diventare più nervosa, in me ribolliva l'eccitazione. Era irrazionale. Avrei dovuto essere preoccupato come la mia femmina ma, per quanto illogico fosse, tutto ciò mi sembrava giusto.

Mi separai da Serena quando entrammo e mi diressi verso Mandha e Raskier, che mi aspettavano con delle pietre per strofinare. A poca distanza da noi, vicino alla finestra che si affacciava sulla valle nascosta, Salha aspettava la mia compagna accanto alla sua doccia chiusa appena realizzata.

I miei compagni di tribù erano timidi all'inizio, incerti sul mio stato d'animo in quelle circostanze. Ma quando videro il mio umore allegro, entrambi i maschi si rilassarono e mi presero in giro con i tradizionali commenti volgari prima dell'unione, mentre mi lavavano la coda e la schiena. Allo stesso tempo, io lucidai la mia fronte, il viso e le braccia con le pietre.

Terminammo prima che Serena avesse finito. Una buona cosa, perché mi avrebbe dato più tempo per adornarmi adeguatamente. Mandha venne con me nella mia dimora, assistendomi ulteriormente mentre indossavo la mia collana fatta con i denti levigati delle bestie più feroci che avevo sconfitto per mostrare la mia forza, un paio di bracciali fatti di metalli preziosi e gemme per mostrare la mia capacità di provvedere, e anelli per la parte superiore del braccio – proprio sotto le mie spalle, ma appena sopra le mie pinne – che avevo fatto io stesso per mostrare non solo le mie abilità, ma anche il mio status e i miei successi. Poi mi spostai nella mia armeria per selezionare il bastone da battaglia più raffinato che possedevo, che poteva essere diviso per trasformarsi in un paio di terribili lame. Quella sera, insieme a Raskier anche Mandha avrebbe eseguito la danza del guerriero insieme a me, così come avevo fatto io per lui la notte della sua unione.

Uscimmo dalla mia dimora e ci dirigemmo verso il Grande Cerchio dove mi aspettava il mio destino.

CAPITOLO 8

SERENA

Non capivo perché mi sentissi così nervosa mentre Salha mi conduceva all'enorme anfiteatro che chiamavano il Grande Cerchio. Non sarebbe stato un vero matrimonio, solo una formalità per assicurarmi un soggiorno sicuro con la tribù per i prossimi mesi. Eppure, mi sentivo nervosa. Ma quelle preoccupazioni passarono rapidamente in secondo piano mentre mi rifacevo gli occhi con l'affascinante spettacolo davanti a me.

Dato che non potevano comodamente affrontare le scale, l'area dei "posti a sedere" era fondamentalmente una pendenza, non così ripida da renderla scomoda, ma quanto bastava affinché le persone dietro stessero più in alto di quelle davanti e potessero comunque avere una chiara visione di ciò che stava accadendo sull'enorme piattaforma circolare in basso. Grandi bracieri circondavano il cerchio, e un'incantevole fiamma blu pallido bruciava al loro interno. Sembrava quasi una fiamma magica.

In piedi intorno ai bordi del cerchio, una dozzina di femmine Ordosiane tenevano lunghi nastri dello stesso colore blu pallido delle fiamme. Nella dilagante oscurità dell'inizio della notte, un leggero bagliore si irradiava intorno a loro. Mi ricordavano i nastri dai vecchi tempi, quando facevo ginnastica ritmica. Dietro di loro, su una pedana elevata, i tre Anziani sovrastavano la zona. E oltre, a completare questo magnifico scenario, il fiume scorreva placido.

Il silenzio scese sulla tribù riunita per l'evento mentre Salha mi conduceva allo sgabello imbottito a forma di U sul bordo del cerchio, proprio dove finiva l'area dei "posti a sedere". Prima di occuparlo mi fece togliere le scarpe. Non appena mi fui sistemata, Salha andò a raggiungere le dodici donne al centro. Una di loro allungò un paio di nastri a mia cognata, che infilò le mani in una specie di guanto all'estremità di ciascuno.

Mi cadde la mascella quando tutte le femmine sollevarono la punta della coda e le loro squame si separarono, rivelando bulbi biancastri che sembravano gonfiarsi. Da dove ero seduta, le punte delle loro code assomigliavano vagamente ai mughetti. Salha emise un gemito lungo e prolungato che mi fece trasalire. Non era un grido o un urlo, ma più un richiamare a raccolta. Non appena si fermò, le femmine cominciarono a scuotere le loro code in una sincronia quasi perfetta, il suono simile a un forte vento che fruscia tra le foglie di un albero. Pochi secondi dopo, iniziarono a cantare in un modo simile ai cantanti di gola Inuit. La folla rispose presto a quel canto ossessivo emettendo dei suoni di gola in certi momenti, e anche lo scuotere delle loro code si unì alla mischia.

Rapita, fissai in soggezione mentre le femmine cominciavano a ondeggiare da un lato all'altro in un movimento incredibilmente sensuale. Salha fece di nuovo quel suono di richiamo prima di alzare le braccia e muoversi in un cerchio stretto, il tutto agitando i suoi nastri. Le altre femmine la imitarono per qualche secondo, poi si lanciarono in una coreografia incantevole. Sembravano scivolare intorno al cerchio, con i nastri che giravano e roteavano intorno a loro, dando quasi l'impressione che vi fossero onde di luce che danzavano in aria nella crescente oscurità.

Salha, ancora al centro del cerchio, stava eseguendo ciò che avrebbe potuto essere la versione Ordosiana della danza del ventre. In quell'istante, mi resi conto che lei stava eseguendo la danza che avrei dovuto fare io. Mentre una parte di me era grata che mi avessero risparmiato tutto ciò, un'altra sentiva che, siccome quello era il mio matrimonio, avrei dovuto eseguire una mia versione della danza.

Ma il suono dei tamburi che venivano battuti una volta ogni due secondi mi fece sobbalzare la testa a sinistra e poi a destra. Quattro maschi sgusciarono dai lati, battendo i loro tamburi in perfetta sincronia mentre prendevano posizione al bordo del cerchio.

Un grido di guerra si levò in lontananza. Riconobbi la voce come quella di Szaro. Un piacevolissimo brivido di anticipazione mi attraversò. Due voci fecero eco al suo grido di guerra, il loro tono minaccioso. Come se fosse una risposta diretta, i quattro maschi vicino al cerchio cominciarono a battere i propri tamburi in modo marziale. Le femmine si spostarono ai bordi, ondeggiando da un lato all'altro mentre continuavano a sventolare i loro nastri. Salha si spostò al mio fianco.

Mi si mozzò il fiato in gola mentre guardavo Szaro entrare nel cerchio con un'espressione selvaggia sul volto, il terribile bastone da battaglia che avevo ammirato nella sua armeria stretto saldamente nel pugno. I due maschi che ancora non vedevo continuavano a lanciare grida di guerra dai lati, mentre Szaro iniziò a eseguire una danza tutta sua, agitando il bastone con la destrezza di un tamburo maggiore di una banda, facendolo roteare intorno al corpo e al collo, lanciandolo in aria e afferrandolo senza problemi, mentre fletteva i muscoli, allungava il cappuccio per sembrare ancora più spaventoso e imponente, e ondeggiava in un modo che allo stesso tempo mi eccitò ed inquietò.

Si avvicinò a me e batté il suo bastone sul terreno. Il movimento dei suoi fianchi fece contrarre i suoi muscoli addominali, facendomi venire l'acquolina in bocca. Lui fece vibrare la punta della sua coda vicino al mio orecchio, e il suono risuonò nel profondo del mio cuore.

I miei capezzoli si indurirono all'istante, e l'umidità si accumulò tra le mie cosce. Szaro mosse la lingua e le sue pupille a fessura si allargarono. Uno sguardo affamato scese sui suoi lineamenti, facendomi contorcere sulla sedia.

Proprio mentre stavo per cedere all'impulso bruciante di allungare la mano e toccarlo, Szaro si allontanò. Mandha e Raskier si precipitarono nel cerchio, ognuno armato di un'arma. Lo attaccarono immediatamente in una battaglia degna della più epica coreografia di arti marziali. Non avrei saputo dire se fosse un vero combattimento oppure no, ma mi tenne con il fiato sospeso. Mi eccitò anche molto più di quanto volessi ammettere a me stessa.

Quando Szaro divise il suo bastone in due, rivelando terribili lame sulle punte di ciascuna metà per combattere simultaneamente i suoi due avversari, fui così presa dal momento che saltai in piedi e cominciai a gridare il mio incoraggiamento. La risata di Salha accanto a me mi fece uscire dal mio stordimento. Il suo sorriso comprensivo e lo sguardo di approvazione mi fecero arrossire. Ma quando il ritmo dei tamburi e i canti gutturali delle donne e della folla raggiunsero un crescendo, tutto si fermò improvvisamente. Il silenzio scese sul cerchio. Mandha e Raskier strisciarono all'indietro, con la testa china, i cappucci piegati e le braccia allargate con le armi abbassate in un gesto di sconfitta.

Szaro si spostò al centro del cerchio ed emise un grido di guerra vittorioso al quale tutti risposero con lo scuotere delle loro code. Quel suono non ebbe lo stesso effetto su di me come quando Szaro l'aveva eseguito vicino al mio orecchio. Lui ricongiunse le due metà del suo bastone in un'unica arma, la posò a terra al suo fianco e allungò entrambe le mani verso di me. Salha mi condusse da lui. Mi attirò nel suo abbraccio, e io lo avvolsi con le braccia.

Diamine! Le mie ginocchia si mutarono in gelatina alla dura

sensazione del suo petto contro il mio. Mi aspettavo che le sue squame fossero dure e che mi graffiassero la pelle, ma erano lisce al tatto. Lui mi sovrastava di una buona testa, il suo cappuccio esteso, bloccando la luna piena dietro di lui. Le sue pupille si allargarono mentre il suo sguardo fissava il mio, ipnotizzandomi. La coda di Szaro ci avvolse due volte, attirandomi ancora più vicino a lui, ma lasciandone comunque abbastanza perché la sua punta si sollevasse vicino al mio orecchio e ondeggiasse. Un gemito mi sfuggì mentre un lampo di lussuria mi esplodeva alla bocca dello stomaco.

Un sorriso feroce gli distese le labbra, mettendo a nudo le zanne che sembravano più lunghe che mai. Mi si mozzò il fiato in gola quando lui si piegò in avanti, con un brontolio che vibrava dal suo petto. Le mie dita scavarono nella sua schiena muscolosa, aspettandomi l'imminente puntura delle sue zanne che affondavano nella mia carne, ma lui si limitò a strofinare la sua guancia contro la mia da un lato e poi dall'altro, segnandomi con il suo odore. Il delicato raschiare delle scaglie intorno alla sua mascella sulla mia pelle risuonò direttamente nel mio cuore. La sua presa si rafforzò mentre gemevo di nuovo, il continuo rumore della sua coda agiva come il più potente degli afrodisiaci.

Quando si raddrizzò per guardarmi, un lampo di azzurro al limite della mia visione mi fece capire che le femmine avevano ripreso la loro danza, facendo roteare i loro nastri intorno a noi. Sentii alcuni di essi sfiorarmi le braccia e la schiena, ma non mi importava: Szaro sì. La sua forte mano scivolò lungo la mia spina dorsale fino ad abbracciare la mia nuca un attimo prima di reclamare la mia bocca. Il fuoco liquido si riversò nelle mie vene. Non era il casto bacio del nostro matrimonio umano. Questo era possessivo, dominante e appassionato.

Proprio mentre mi stavo sciogliendo tra le sue braccia, lui interruppe il bacio, le sue labbra tracciarono una scia bruciante lungo la mia mascella e lungo il mio collo. Mi sfuggì un leggero rantolo, che si trasformò in un gemito quando la sensazione di pizzicore delle sue zanne che perforavano la parte carnosa della mia spalla fu presto seguita da un senso generale di benessere dovuto a qualsiasi cosa mi avesse appena iniettato.

Szaro si raddrizzò quando il silenzio ci avvolse di nuovo. Sentendomi un po' disorientata, notai che le femmine si erano spostate di lato mentre i tre Anziani erano scesi dalla pedana. Ci circondarono, tutti e tre tenendosi per mano per formare un cerchio intorno a noi. Cominciarono a parlare in Ordosiano, recitando qualcosa a una sola voce. Non avevo idea di cosa dicessero, ma potevo indovinare che fosse una specie di benedizione. Szaro sorrise con una tenerezza che mi sconvolse prima di premere la sua fronte sulla mia.

Rimanemmo così mentre gli Anziani continuavano a parlare, la tribù che intonava in coro una sola parola di tanto in tanto. Infine, fu solo l'anziana Krathi a parlare. Szaro rispose nella loro lingua, spaventandomi.

"Serena, accetti liberamente Szaro Kota come tuo compagno di vita?" l'Anziana Krathi chiese in Universale questa volta.

"Sì", risposi.

"Serena Bello, Szaro Kota, siete legati a vita davanti alla Dea Isshaya e al popolo di Krada. Possa la vostra unione essere felice, fertile e senza fine negli anni", disse l'Anziana Krathi con voce solenne.

Il suono dell'intera tribù che scuoteva la coda era come un'onda anomala, e mi mandò un brivido lungo la schiena. Gli Anziani si lasciarono le mani e si allontanarono da noi, rompendo il cerchio. La stretta di Szaro intorno a me si fece sempre più forte. Sollevando la fronte dalla mia, mi baciò le labbra un'altra volta e poi la fronte, prima di lasciarmi andare con evidente riluttanza. Anche se non avrei potuto giurarlo, il mio istinto mi diceva che quegli ultimi due baci non facevano parte della cerimonia. Con mio totale sgomento, avrei voluto che non si fosse fermato.

L'ora successiva passò in uno stato di stordimento, mentre la tribù scendeva dall'area "a sedere" dell'anfiteatro per congratularsi con noi. Szaro mi presentò ad ogni membro della tribù, i loro nomi volarono via dalla mia mente in pochi secondi, alcuni di loro intavolarono brevi conversazioni con noi, poi lentamente si dispersero. Alla fine, la maggior parte della tribù si era allontanata, lasciando solo Salha, il suo compagno e il loro figlio. Con mia grande sorpresa, lei mi avvolse nel suo abbraccio.

"Benvenuta in famiglia, sorella mia", disse affettuosamente prima di liberarmi dal suo abbraccio.

"Benvenuta in famiglia", ripeté Mandha, chinando la testa mentre Salha mi lasciava andare.

"Benvenuta in famiglia", disse Eicu con la sua voce giovane e acuta, restando seminascosto dietro suo padre.

"Grazie", dissi, sentendomi sia commossa che ipocrita.

"Goditi il momento, sorella mia", disse Salha, restituendomi le scarpe. "Ricorda che sei proprio dove sei destinata ad essere".

Con queste parole, ci salutò e se ne andò con la sua famiglia.

"Pronta a tornare a casa, mia compagna?" chiese Szaro, la sua voce suonava più profonda di prima.

Improvvisamente intimidita, annuii, incapace di dire una parola. Lui posò la mano sulla mia schiena per darmi una spintarella in avanti. Repressi a malapena un brivido, sentendo subito la mancanza del suo tocco troppo breve. Mentre tornavamo a casa nostra, mi resi conto di quanto Szaro avesse dovuto rallentare la sua velocità naturale per adattarsi al ritmo della mia normale andatura umana. Per fortuna la cosa non sembrava turbarlo.

"Hai bisogno di cibo?" domandò con sollecitudine non appena entrammo nella nostra dimora.

Scossi la testa, commossa dalla sua attenzione. "No", risposi con un sorriso. "Ho mangiato poco prima del tuo arrivo. Starò bene fino a domattina".

"Molto bene", disse lui, sembrando altrettanto incerto di come mi sentivo io.

"È stata una bella cerimonia", dissi con sincerità. "Tutti voi ballate incredibilmente bene. È stato impressionante, specialmente quando tu hai lottato contro quei due maschi".

Szaro si raddrizzò con orgoglio, un ampio sorriso gli distese le labbra. "Sono contento che ti sia piaciuto."

Un silenzio imbarazzante si creò tra noi mentre entrambi cercavamo qualcosa da dire. Cercai di pensare a qualcosa, ma il mio stupido cervello pieno di lussuria continuava a tornare alla sensazione del suo corpo duro avvinghiato intorno a me e alle sue labbra che premevano contro le mie. Come potevo sciogliermi per un maschio con cui probabilmente non ero nemmeno compatibile?

"Credo che dovrei prepararmi per andare a letto", dissi nervosamente. "È stata una giornata lunga e movimentata".

"Certo", disse Szaro.

Mi diressi verso la nostra camera da letto mentre Szaro andò nella sua armeria per mettere via la sua arma. Proprio mentre stavo chiudendo il cassetto del mio comò dopo aver recuperato una delle mie camicie da notte, la porta si aprì su Szaro. La mia testa scattò verso di lui mentre scivolava dentro togliendosi uno dei suoi bracciali. Si fermò di colpo quando notò l'espressione sul mio viso.

"C'è qualcosa che non va, mia compagna?" chiese con una punta di preoccupazione.

Mi morsi il labbro inferiore, sentendomi ancora più goffa e sciocca per essere così imbarazzata. In quanto mio marito, aveva il diritto di vedermi nuda. Ma quello non era un matrimonio tradizionale.

Ed ero fin troppo desiderosa di una ripetizione dopo quel bacio.

"Va tutto bene. È solo..." Cercavo le parole per spiegare che ero solo una stupida puritana quando il suo sguardo si fermò sull'indumento stretto tra le mie mani.

Il suo viso si illuminò di comprensione. "Privacy", sussurrò sottovoce. “Gli umani non si spogliano davanti agli altri, tranne che per il loro compagno. Avrai privacy finché non ti sentirai pronta ad accogliermi come compagno. Io aspetterò fuori. Fammi sapere quando posso tornare.”

“No! Non devi farlo!” esclamai, sentendomi uno schifo. “Mi sto comportando da sciocca”.

“No, mia compagna. Sei stata catapultata in una situazione per la quale non eri pronta”, disse lui dolcemente. “Il giorno in cui ti denuderai in mia presenza sarà perché lo *vuoi*, non perché senti di doverlo fare. Non voglio che tu ti senta mai a disagio a causa mia. Io sarò qui fuori”.

Si voltò ed uscì dalla stanza, chiudendosi la porta alle spalle. Anche se non c’era condanna nei suoi occhi, e anche se non dubitavo della sincerità delle sue parole né del sentimento che le alimentava, mi sentivo comunque colpevole e combattuta. Ciononostante, mi liberai alla svelta della mia seconda pelle in forma di un vestitino nero per indossare il mio négligé di seta blu notte.

“Puoi entrare”, chiamai mentre appendevo il vestito sul mio appendiabiti temporaneo.

Szaro tornò, il suo sguardo vagava su di me come una dolce carezza. Mi dava strane sensazioni, ed ero sconcertata nel realizzare che, nonostante il mio corpo umano, mio marito sembrava essere genuinamente attratto da me. Quando Salha aveva parlato della sua attrazione per me, avevo pensato che avesse esagerato per aiutare le cose tra noi.

“Questo colore e questo tessuto stanno benissimo su di te”, disse Szaro semplicemente, prima di girarsi verso il suo cassettone.

“Grazie”, dissi lusingata. “È il mio colore preferito”.

Salii sul mio letto, lo sguardo fisso su di lui mentre si toglieva con cura i suoi ornamenti e li rimetteva dentro il suo cassettone.

“Mi stai fissando”, disse senza voltarsi a guardarmi.

Divenni tesa. “Come lo sai?”

Come i cobra reali, gli Ordosiani avevano due disegni sul retro del loro cappuccio che sembravano occhi.

“Lo sento”, rispose lui, in maniera decisa, mentre si girava verso di me.

“Scusa”, borbottai, stropicciando il viso.

“Perché scusarsi? Sono il tuo compagno. Hai il diritto di guardare e toccare quanto vuoi”, disse con un’alzata di spalle. “Non ho segreti per te. È mio dovere soddisfare la tua curiosità su di me o sulla mia specie nel suo insieme”.

Mi misi a sedere nel mio letto e incrociai le gambe sotto di me, la coperta che copriva qualsiasi parte birichina che la mia gonna corta avrebbe potuto rivelare. Lo scrutai, il mio sguardo vagava lentamente su di lui. Le sue labbra si contorsero divertite e lui allargò le braccia prima di roteare lentamente di trecento-sessanta gradi.

Sbuffai. “Qualcuno si sta mettendo in mostra”, dissi scherzando.

“E’ mettersi in mostra soltanto se agli spettatori piace quello che vedono”, rispose lui con tono secco. “Devo presumere che il mio aspetto, per quanto possa sembrare strano per un umano, non ti dispiaccia?”

Ridacchiai, chiedendomi se fosse in cerca di complimenti. “Devo ammettere che, per quanto ti abbia trovato minaccioso la prima volta che ci siamo incontrati, stai iniziando a piacermi. Non sei sgradevole alla vista, con il cappuccio, le squame, la coda e tutto il resto”.

Fu il suo turno di ridacchiare. “Mi lusinghi, mia compa-gna”, disse, chinando la testa. “Io trovo che il tuo viso sia incantevole, e la tua pelle una meraviglia, sia per il suo unico colore dorato che per l’incredibile morbidezza. Le gambe sono ancora un mistero per me, ma quello che puoi fare con loro mi affascina oltre ogni dire. Quello che hai fatto prima sulla terrazza, avrei potuto guardarti per ore. Non sei semplicemente non sgradevole alla vista, mia compagna, sei un piacere da ammirare".

Lo fissai senza parole per un istante. "Wow... Di sicuro sai come parlare a una donna", dissi, oltremodo commossa.

"Devo considerarlo un complimento?" domandò lui esitante.

Annuii. "Decisamente".

Lui sorrise, le sue spalle si rilassarono. Sembrava così diverso dal cacciatore spaventoso che avevo incontrato per la prima volta al confine.

"Ma chiedi pure. Sono sicuro che ci sono cose che vuoi sapere di me", insistette Szaro.

Avvolse ordinatamente la sua coda e si abbassò su di essa in quella che consideravo la sua posizione seduta. Sorrisi con gratitudine perché ciò lo poneva all'altezza dei miei occhi mentre ero seduta sul letto, invece di dover sforzare il collo per guardarlo.

"In effetti avrei qualche domanda", ammisi timidamente. "Per favore, dimmi subito se sono scortesi o ti mettono a disagio. Non voglio offenderti".

"Non avverrà. Chiedi pure. Sono curioso di sapere quali sono le cose di noi che ti intrigano."

Mi schiarii la gola, mi spostai sul letto e poi proseguii. "Tu... fai la muta?"

Szaro esplose in una risata. Era potente, profonda e sexy, con lo stesso sottile suono vibrante che accompagnava sempre il parlare degli Ordosiani.

"La facciamo", disse con un cenno del capo. "Ed è assolutamente insopportabile. Il prurito è tale da portare alla follia. Potrai vedermi impazzire tra due o tre settimane".

Non potei fare a meno di ridere della sua espressione abbattuta. "È davvero così brutto?" domandai in tono commiserante.

"Lo è", rispose lui stizzito. "Vorresti solo tirarle via, ma non puoi, o rischieresti di strappare alcune delle nuove squame. Se non altro, alla mia età facciamo la muta solo una o due volte all'anno. Per i giovani è una volta al mese". Si accigliò prima di lanciarmi un'occhiata giocosamente malefica. "Probabilmente morirai dalle risate guardandomi per dieci giorni mentre mi strofino su ogni superficie ruvida che incontro per aiutare la rimozione della vecchia pelle".

Ridacchiai di nuovo nell'immaginare la vista di Szaro che si grattava contro una roccia o un albero come un grande orso in preda al prurito.

"E si stacca in un unico pezzo come per la maggior parte dei serpenti?" chiesi.

Lui scosse la testa. "No. La pelle vecchia delle braccia tende a cadere per prima. Potresti supporre che quella intorno alla nostra coda sia la prima, dato che viene costantemente strofinata a terra, ma non è così. Il nostro cappuccio e la schiena vengono al secondo posto. E poi il torso e la coda si staccano in un unico pezzo. A questo punto le nostre squame sono tutte belle e lucenti, e così non ci sentiamo più confinati in una pelle troppo stretta per contenerci".

"Deve essere una bella sensazione", dissi.

"Molto! Fino ad allora, mi scuso in anticipo per quanto potrei essere irritabile in quel periodo", aggiunse con una faccia colpevole. "Bere molta acqua e stare a mollo nel fiume aiuta ad alleviare alcuni dei sintomi".

"Allora immagino che nuoteremo molto fra due settimane", dissi scherzando.

"Infatti. Cos'altro vuoi sapere di me?"

"Hmm... Tu non hai orecchie, o almeno nessuna visibile. Come fai a sentire quello che dico?" domandai.

"Non abbiamo orecchie esterne, ma abbiamo quelle interne. Il suono viaggia dalla nostra pelle ai muscoli della mascella, all'osso quadrato vicino all'osso dell'orecchio, e da lì, le onde sonore entrano nel nostro orecchio interno".

"Ingegnoso", dissi, fissando il punto sotto il suo cappuccio dove le orecchie esterne si sarebbero trovate su un umano e chiedendomi come sarebbe stato sentire in quel modo.

"Che altro?"

Serrai le labbra, reprimendo la domanda che volevo davvero fare, e scegliendo di facilitare prima l'argomento con una domanda diversa.

"Mi ha sorpreso scoprire che gli Ordosiani si baciano", dissi con cautela. "Non avrebbe dovuto essere così, considerando che avete labbra identiche alle nostre. Ma vi baciate anche con la lingua?"

"Lo facciamo", rispose lui con un sorriso birichino che mi fece contorcere.

"Ma... non la usate per annusare?" sostenni.

"Facciamo anche questo", ammise. "La nostra lingua è ancora più sensibile agli odori del nostro naso. Rivela molte cose, dalla distanza, al sesso, allo stato di salute, alla gravidanza, alla paura e all'*eccitazione*, per citarne alcune. È uno strumento molto potente".

Le mie guance bruciavano dall'imbarazzo. Il modo in cui aveva enfatizzato la parola *eccitazione* rendeva chiaro che aveva colto il mio odore in almeno una delle molte volte in cui mi aveva fatto eccitare.

"Capisco", dissi, perdendo il coraggio di proseguire con l'altra mia domanda.

Lui strizzò gli occhi verso di me, con il suo viso che assumeva un'intensità inquietante.

"Vai avanti, Serena. Chiedimelo", disse improvvisamente Szaro, il suo sguardo divenne cupo e la sua voce si abbassò di quasi un'ottava. "Te lo sei chiesto dalla prima volta che hai posato gli occhi su di me, e ancora di più dopo che Kayog ti ha informata che dovevamo legarci per salvarti la vita. Chiedimelo".

"Se sai di cosa sono curiosa, perché non me lo dici e basta?" lo sfidai, stropicciando la faccia per l'imbarazzo.

"Perché voglio che me lo chieda tu", rispose con una voce stranamente autoritaria.

"Bene", dissi in tono un po' brusco. "Hai gli emipeni come la maggior parte dei serpenti e delle lucertole?"

Un lento sorriso gli distese le labbra, facendomi sussultare lo stomaco. C'era qualcosa di sessuale che prometteva un sacco di momenti piccanti.

"No, mia compagna, non c'è bisogno di due peni", disse in tono roboante. "I serpenti ne usano comunque solo uno alla volta. Quindi, averne due sarebbe inutile".

Quella rivelazione mi fece estremamente piacere. Mi leccai le labbra nervosamente e raccolsi tutto il mio coraggio per fare la domanda seguente.

"I peni dei serpenti hanno alcune punte. E nel vostro caso?" domandai, scioccata dalla mia stessa audacia.

"Alcune?" ripeté Szaro come se avessi detto qualcosa di offensivo. "Non ne abbiamo poche. I nostri peni ne sono ricoperti".

La mia mascella cadde e le mie spalle si abbassarono, lo shock e l'amara delusione combattevano dentro di me. Non avrei dovuto essere così depressa. Le sue parole avevano solo confermato quello che avevo sempre saputo: non eravamo compatibili. Era comunque un peccato. Per un istante durante la nostra cerimonia, mentre lui mi teneva tra le braccia, mi ero chiesta se avrei potuto dare una vera possibilità a tutto ciò...

Szaro scoppiò a ridere alla mia espressione affranta. "Non hai idea di quanto mi faccia piacere che tu sia così delusa. Io e te siamo compatibili. Sono punte, non spine", spiegò. "Non sono affilate e rigide. Le loro estremità sono arrotondate, e hanno la giusta ruvidezza per aumentare il piacere di una donna. E quando sono eccitato, posso farle pulsare per ottenere sensazioni ancora maggiori".

Rimasi a bocca aperta, senza parole, senza sapere come reagire o cosa pensare. "Dici sul serio?" chiesi alla fine, scioccata dal fatto che erano quelle le parole che mi erano uscite di bocca.

"Molto sul serio. Vuoi vedere?" chiese con tono deciso.

Il mio cervello si bloccò per un secondo mentre lo fissavo incredula. "Ti sei appena offerto di mostrarmi il tuo cazzo?"

"Se per 'cazzo' intendi pene, allora sì. Il mio corpo è tuo", disse Szaro con un'alzata di spalle. "Non ho niente da nasconderti. Mi sto semplicemente offrendo di mostrarlo. Non sto cercando di sedurti".

Morsicai il mio labbro inferiore. La mia curiosità arrivava alle stelle. "Va bene, sì. Mi piacerebbe davvero vedere cosa avete là sotto", dissi, con il viso in fiamme.

Il sorriso trionfante sul volto di Szaro mi fece chiedere per un momento se fosse stato un errore. Ma ogni pensiero di quel tipo fuggì dalla mia mente quando le scaglie a poca distanza sotto il suo ombelico, dove sarebbe stato l'inguine di un uomo, si aprirono per rivelare una linea di giunzione da cui emergeva un'asta spessa e lubrificata. Mio marito non aveva scherzato quando aveva detto che la sua asta era coperta di punte. Tuttavia, ora che potevo vederle, le loro estremità arrotondate cancellavano davvero qualsiasi paura che avevo inizialmente provato. Non erano spine o mostruosità simili ad artigli che mi avrebbero fatto a pezzi. Invece, mi ritrovai ad immaginare che sensazione avrebbero dato.

"Vedi?" disse Szaro con un sorriso. "Non è così minaccioso, vero?"

Scossi la testa, anche se i miei occhi rimasero bloccati sulla sua asta.

"Cosa stai facendo?" esclamai mentre lui cominciava ad accarezzarsi lentamente.

"Ti mostro come posso controllarli una volta che sono eccitato", disse con nonchalance.

Il mascalzone si stava prendendo gioco di me, godendo del mio imbarazzo. Eppure, guardai con fascino mentre la sua mano si muoveva lungo la sua lunghezza ancora un paio di volte.

"Non ci credo!" esclamai quando, pochi istanti dopo, smise

di accarezzarsi, tenendo la sua asta alla base in modo che potessi vedere cosa stava succedendo.

Le sue punte si estesero un po' di più, e la cappella del suo cazzo si allargò per qualche secondo prima che entrambe tornassero alle loro dimensioni normali. Ripeté il movimento alcune volte, il suo sguardo che pesava su di me.

"Noi riassorbiamo entrando e distendiamo uscendo", spiegò.

La sorda pulsazione tra le mie cosce mi fece desiderare di poter infilare la mano sotto la gonna e occuparmi della cosa. La mia faccia doveva aver mostrato quanto calore e sconvolgimento lui mi stava dando, perché Szaro mosse la lingua un paio di volte nella mia direzione.

"Non farlo", dissi, stropicciando il viso per nascondere il mio imbarazzo.

"Non fare cosa? " chiese Szaro con il più finto sguardo innocente sul suo volto. "Assaggiare il profumo della tua eccitazione?"

"Sì", sibilai.

"Perché non dovrei? È divino ed è la mia ricompensa da raccogliere", disse compiaciuto. "Non c'è niente di male nell'essere eccitata dal tuo compagno, Serena. Al contrario... Prima lasci andare le tue inibizioni e le tue paure, prima potremo davvero iniziare la nostra vita insieme."

Rilasciò il suo cazzo e lo ritrasse all'interno del suo corpo, le sue squame si richiusero perfettamente. Forzai un'espressione neutra sul mio viso per nascondere quanto avrei voluto che fosse ancora fuori e che lo usasse su di me.

"Una cosa che posso prometterti, mia Serena, è che una volta che sarai stata con un Ordosiano non avrai più bisogno di uomini umani", sussurrò con un tono di fusa che mi sconvolse dentro.

Sussultai per l'incredulità di fronte ad una presunzione così esorbitante.

"Sogni d'oro, mia compagna", disse Szaro prima che potessi

replicare. “Che possano essere pieni di piacevoli pensieri di te e di me”.

E detto questo si spostò verso la sua lastra riscaldante, avvolgendo la sua lunga coda in un cuscino rotondo prima di riposarci sopra. Lo fissai ancora per qualche secondo, sentendomi tradita. Combattendo un gemito frustrato, mi stesi sul letto, spensi la luce e feci molti sogni bollenti su di noi.

CAPITOLO 9

SZARO

Mi svegliai ancora una volta da quella che era stata la più inquieta delle notti. Il mio sguardo si posò immediatamente sulla forma addormentata della mia compagna, così vicina a me eppure irraggiungibile. Il profumo della sua eccitazione pervase ancora una volta la stanza. Desideravo eccitarmi e reclamare ciò a cui il nostro legame mi dava diritto e che anche la mia compagna desiderava, nonostante la sua resistenza. Ma tenni a freno l'impulso. Ero il più grande Cacciatore della mia tribù e amavo i buoni inseguimenti. Mai come in quel caso ne valeva la pena. Per quanto lei lo negasse, la mia preda era già stata catturata. Dovevo solo essere paziente finché non si fosse arresa volontariamente.

E lo avrebbe fatto.

Mi aspettavo di dover combattere una battaglia più ardua per cambiare il modo in cui lei mi guardava e trovare grazia di fronte ai suoi occhi. Mi faceva enormemente piacere che anche lei sentisse la chimica naturale che esisteva tra di noi. E la sera prima, durante la cerimonia, quando l'avevo tenuta tra le braccia, ci eravamo uniti ad un livello profondo che nemmeno lei poteva negare. In quell'istante, le mie preoccupazioni che Serena mi avrebbe lasciato alla fine dei nostri sei mesi di prova erano evaporate. Avrei conquistato il suo cuore.

Anche in quel momento, per quanto il suo profumo mi torturasse come aveva fatto per tutta la notte, non potevo evitare il sorriso compiaciuto che mi distendeva le labbra. Avrei dato qualsiasi cosa per dare una sbirciata a qualsiasi sogno stesse alimentando la sua passione in quel momento. Sapevo, a livello viscerale, che aveva come protagonisti noi due.

Continua a sognare di noi, mia compagna. Presto renderò le tue fantasie una realtà.

Mentre il sonno continuava a sfuggirmi recuperai il mio tablet, che raramente usavo, e ripresi a leggere informazioni a proposito della vita quotidiana degli umani. La specie della mia compagna era molto sociale, cosa che gli Ordosiani non erano. Ci riunivamo per cose specifiche come il legame della notte scorsa, l'occasionale esibizione dei membri della nostra tribù propensi all'arte, per un voto, una sentenza o un verdetto e per l'allenamento o la caccia.

Gli esseri umani si raggruppavano di continuo con i non parenti solo per passare del tempo insieme. Alcune cose avevano poco senso, come andare nei grandi centri commerciali per ore, spesso senza alcuna intenzione di comprare qualcosa. Costituiva un enorme spreco di tempo ed energia, ma apparentemente svolgeva un ruolo importante come strumento per legare tra coetanei o amici. Qui non avevamo centri del genere, quindi soffermarsi su quella parte non serviva a nulla.

La mia più grande preoccupazione era per le altre forme di raggruppamento sociale. La maggior parte sembrava ruotare intorno al cibo e alle bevande. Gli umani si invitavano l'un l'altro nelle loro rispettive abitazioni per condividere grandi pasti, o andavano in posti specializzati nel servire cibo agli avventori, o ancora si recavano in luoghi dove potevano ballare insieme e consumare anche bevande alcoliche. Noi non avevamo nulla di tutto ciò.

Quanto era essenziale per lei?

Le esigenze nutrizionali della mia compagna erano un'altra grande fonte di preoccupazione per me. La mia mente si arrovellava con la varietà di cibi, spezie e bevande che loro consumavano. Per la frutta, la carne e la verdura, potevamo trovare equivalenti accettabili. La sfida era rappresentata da tutte le altre cose che non producevamo perché nessuno di noi le usava, dagli oli da cucina, alla farina, agli ingredienti per la cottura, e quella polvere da semi neri chiamata caffè di cui gli umani sembravano così dipendenti. Su Trangor non avevamo neppure olive, grano o chicchi di caffè. Avrei dovuto parlare con Kayog per vedere con quali mezzi alcune delle merci non deperibili e non ottenibili qui potessero essere inviate da altri mondi.

Non avrei permesso che fosse questo il motivo per cui lei mi avrebbe lasciato o si fosse sentita infelice vivendo qui.

Inoltre, avrei chiesto ai nostri botanici di effettuare un controllo incrociato dei nostri frutti, verdure e cereali disponibili per trovare il loro equivalente nella dieta umana. Quando interruppi la ricerca il sole stava già sorgendo su Krada. Mi alzai con cautela dalla mia lastra riscaldante e uscii silenziosamente dalla nostra stanza per non svegliare la mia compagna. Mi diressi verso l'atrio per raccogliere e lavare alcuni frutti e riempii una ciotola con una varietà di noci per darle un po' di proteine.

Con mia grande gioia incontrai Hijara, una delle custodi degli animali nell'atrio e nella valle nascosta. Spesso si alzava presto per assicurarsi che le creature deboli e ferite in uno di questi santuari fossero adeguatamente nutrite. Discussi con lei circa le componenti di base di una delle colazioni umane standard. In pochi minuti lei mi fornì tre diversi tipi di uova e tagliò alcune fette sottili di due diverse carni prese da una delle unità di raffreddamento.

"Chiedi alla tua compagna di provarle", disse Hijara. "Hanno gusti molto diversi. Possiamo sperare che una delle due avrà un sapore simile a quelli del suo mondo natale".

"Grazie, Hijara", dissi alla femmina con un sorriso riconoscente. "Sei la migliore".

Lei ricambiò il sorriso, anche se non mi sfuggì il leggero barlume di tristezza nei suoi occhi d'argento. Chinai la testa e me ne andai, con le braccia colme di roba. Hijara non era stata l'unica femmina della tribù a sperare che la scegliessi come compagna, ma era stata certamente una delle più insistenti. Come collaboratrice di Salha, aveva spesso persuaso mia cognata a parlarmi bene di lei nella speranza di suscitare il mio interesse.

Tornai alla mia dimora, ma proprio quando raggiunsi la porta questa si aprì, facendomi trasalire. Serena sussultò e fece un passo indietro, sembrando altrettanto sorpresa.

"Buongiorno, mia compagna. Non mi aspettavo che fossi già in piedi", dissi con un sorriso.

"Sono mattiniera", rispose lei distrattamente, il suo sguardo vagava sul cibo nel cestino che portavo. "Sei andato a prendere tutto questo per me?"

"Sì", dissi, gonfiando il petto. "Ci sono frutta e noci, ma anche uova e carne affettata. Speriamo che alcune di queste cose possano avvicinarsi ai sapori del tuo mondo natale".

Serena guardò il cestino per un altro secondo prima di rivolgere i suoi bellissimi occhi castano chiaro verso di me. "È stato così premuroso da parte tua", disse con una voce morbida che sembrava una carezza. "Sei molto dolce, Szaro".

"Il mio obiettivo è quello di farti stare bene", risposi.

"E ti assicuro che lo fai senz'altro", rispose Serena con un sorriso. Si fece da parte per farmi entrare in casa. "Stavo andando a farmi una doccia, ma credo che invece farò prima colazione".

"Di nuovo una doccia?" domandai, sorpreso. "Ne hai fatta una ieri, poco prima di sera".

Lei sorrise con indulgenza. "La maggior parte degli umani si fa la doccia una volta al giorno, altri anche più spesso, a seconda del tipo di lavoro che fanno, dove sono stati o a quale attività hanno partecipato. Quando gli umani svolgono un'intensa attività fisica, sudiamo molto. Se non ci laviamo dopo, finiamo per puzzare. Inoltre, mentre gli Ordosiani hanno la muta solo una o due volte l'anno, gli umani perdono continuamente le cellule morte della pelle. Quindi, se sudo o la mia pelle si inumidisce, le cellule morte vi si attaccano insieme allo sporco presente nell'aria. Un paio di giorni senza una doccia e ti garantisco che non ti divertirai a fare sgusciare quella tua lingua ficcanaso nella mia direzione".

Ridacchiai e istintivamente feci guizzare la lingua verso di lei. "Beh, in questo momento, il tuo profumo è ancora abbastanza delizioso", dissi sinceramente.

"Adulatore", borbottò lei, poi si voltò a frugare nel cestino che avevo messo sul tavolo, sospettavo per nascondere il suo imbarazzo. "Hmm, questa 'pancetta' dovrebbe produrre abbastanza grasso da permettermi di friggere le uova. Vediamo che sapore ha questa roba!"

Il suo entusiasmo era contagioso. Serena mi fece portare il cestino fuori, sui banconi temporanei che Irco aveva installato accanto alla cucina. Nel frattempo, andò a prendere un piatto e un paio di utensili, insieme a due bottigliette, una con una polvere grigio scuro e l'altra con piccoli granelli bianchi. Accese l'unità di cottura e, in poco tempo, un aroma piuttosto piacevole si levò dalla padella in cui le grasse e sottili fette di carne stavano cuocendo. Mi chiesi quanto nutrimento fosse rimasto quando finalmente le tolse per metterle nel piatto. La carne si era notevolmente ristretta, la maggior parte del grasso si era sciolta. Serena ruppe le uova nel restante olio nella padella, assicurandosi di tenerle separate in modo da distinguerle. Poi cosparse su di esse un po' di granelli di polvere grigia e bianca.

Mentre le uova cuocevano, la mia compagna affettò della frutta che aggiunse al suo piatto. Quando tolse le uova dalla padella con una spatola, stavo ancora cercando di capire come facesse a sapere che erano pronte *in quel momento* piuttosto che trenta secondi prima, quando il colore sembrava lo stesso. Portò il piatto con il cibo in casa e si sedette al tavolo, mentre io riposi la frutta restante nell'unità di raffreddamento della cucina.

"Ti dispiace se guardo?" chiesi mentre prendeva forchetta e coltello. "Ho letto che è considerato raccapricciante".

Serena ridacchiò. "*E'* super raccapricciante. Ma tu ieri sera mi hai lasciato guardare. Immagino che oggi tu possa guardare me", aggiunse in tono scherzoso.

Sbuffai. "Sono due cose difficilmente paragonabili, ma te la farò passare liscia... questa volta".

Serena mi sorrise e cominciò a tagliare una delle fette di "pancetta" usando la forchetta e il coltello. Portò il piccolo pezzo alla bocca con la forchetta e cominciò a masticare, accigliandosi quasi subito.

"È cattivo?" domandai con voce preoccupata.

Scossi la testa. "No, non male. Solo non il sapore della pancetta. In effetti è un po' selvatico. Non sgradevole. Solo inaspettato", disse prima di tagliare un pezzo della seconda carne che Hijara aveva fornito. "Oh sì!" Serena esclamò con un sorriso non appena iniziò a masticare. "Non è pancetta, ma ci si avvicina molto. È quasi come il prosciutto. In mancanza di qualcos'altro, sarei molto felice di arrangiarmi con questo per la colazione del mattino".

Non riuscivo a togliermi quel sorriso sciocco dalla faccia mentre lei passava alle uova. Due di esse si rivelarono difficili da distinguere dalle uova di gallina ma, secondo la mia compagna, la terza sembrava un po' più gommosa, come un uovo d'anatra. Non avevo idea di cosa fosse un'anatra o una gallina, ma finché Serena aveva prosciutto e uova soddisfacenti per colazione, ero contento.

Finì il suo pasto e portò il piatto nel lavandino.

"No", ordinai quando lei aprì l'acqua per iniziare a lavarlo. "Questo è mio dovere. Nella cultura Ordosiana il ruolo del maschio è quello di mantenere l'abitazione in buon ordine, il che include costruire, riparare e pulire."

"Wow! Se stai cercando di farmi piacere, stai facendo un lavoro eccellente in questo momento", disse Serena, guardandomi con occhi sgranati. "Ma sai, nella cultura umana, ci dividiamo i lavori di casa. Non mi dispiace..."

Uno sguardo severo da parte mia fu sufficiente. Lei alzò i palmi delle mani in segno di resa, con un'espressione divertita sul viso.

"Ehi, se vuoi avere il monopolio di tutto questo *spasso*, accomodati! Chi sono io per negarti il diritto di indulgere nelle tue forme preferite di divertimento?"

La guardai male, il che la fece ridere ancora di più. Mi piaceva la qualità musicale della sua risata e il modo in cui le illuminava il viso. Nonostante i suoi tratti esotici, e forse proprio per questo, la mia compagna era una bella femmina.

"Ora vado a fare la doccia", disse. "Tornerò presto!"

Mi misi al lavoro non appena se ne andò, con un sorriso sciocco stampato in faccia. Le pulizie non mi avevano mai pesato. In effetti, mi piaceva la pace e la tranquillità, e il tempo per la riflessione e l'introspezione che si creavano. Inoltre, ero molto orgoglioso della pulizia della mia dimora e di avere tutto in ordine. Dopo aver riordinato l'angolo cottura di Serena e lavato i piatti, andai nella nostra stanza privata. Mi infastidì scoprire che aveva già sistemato il suo letto.

Un rintocco dal mio dispositivo di comunicazione mi fece trasalire. Una rapida occhiata fece svanire tutto il calore delle battute con la mia compagna. Inviai un messaggio di gruppo a tutti i cacciatori e iniziai a indossare il mio equipaggiamento da battaglia. Sentii Serena entrare proprio mentre stavo mettendo un pugnale nella mia cintura delle armi.

Il leggero scalpiccio dei suoi piedi si fermò davanti alla porta aperta della mia armeria. L'espressione felice e spensierata sul suo viso svanì non appena vide il mio abbigliamento e la borsa di medicine e trattamenti nella mia mano.

"Sono un sacco di armi", disse Serena con un filo di tensione nella voce. "È successo qualcosa di brutto?"

"C'è un grosso branco di Squoiatori che imperversa a nord-ovest, vicino alle grotte di nidificazione degli Acales. Come per molte altre specie su Trangor, questo mese e il prossimo sono la loro stagione delle nascite. Gli Acales sono più vulnerabili in questo periodo, non solo con tutti i piccoli indifesi, ma anche perché le femmine sono tutte partite per andare a caccia di cibo, mentre i maschi si occupano dei piccoli. Nella loro specie, i maschi sono più piccoli e più deboli. Non saranno in grado di proteggere i loro nidi".

"Ahi, è un guaio", disse Serena con un'espressione accigliata. "Pensi che siano stati attirati lì?"

Esitai per un secondo prima di scuotere la testa. "Dal rapporto che ho ricevuto non ci sono chiari segni di tradimento. Il villaggio Ordosiano più vicino è troppo lontano a ovest dal covo degli Acales perché abbia senso attirarli in quella zona. Ci sono state molte segnalazioni di Squoiatori che si sono allontanati verso aree che normalmente non frequentano. Credo che stiano evitando la presenza di così tanti cacciatori della vostra Federazione, e questo li sta spingendo più a nord-ovest. A quelle bestie piacciono le prede facili".

"Giusto..." disse Serena, guardandomi con un'espressione strana.

"Cosa c'è, mia compagna?" domandai.

Lei si leccò le labbra, strinse le spalle e mi fissò dritto negli occhi. "Voglio venire a cacciarli con te e gli altri".

Mi bloccai, preso alla sprovvista da quella richiesta. Una femmina non si era mai unita a un gruppo di caccia, ma del resto non avevamo mai avuto una femmina umana in mezzo a noi. Quella richiesta non avrebbe dovuto sorprendermi. In verità, avrei dovuto non solo anticiparla, ma proporla a lei per primo.

La tensione crebbe nella mia femmina, le sue spalle si irrigidirono e un muscolo le cominciò a pulsare sulla tempia. Mi resi conto allora che la mia risposta avrebbe potuto avere un impatto significativo sulla nostra futura relazione.

"Le nostre femmine lasciano molto raramente la regione in cui sono nate e non si uniscono mai ad una caccia", dissi con attenzione. "Tuttavia, a differenza loro tu sei una cacciatrice esperta. Non ho nulla in contrario se ti unisci alla caccia, MA..." aggiunsi rapidamente quando il suo viso si illuminò, "ci sono alcune condizioni che devi impegnarti a rispettare".

"Sto ascoltando", disse Serena, fissandomi intensamente.

"Hai visto come affrontiamo gli Squoiatori per eseguire un'uccisione più pulita e pietosa possibile", dissi. Lei annuì. "Dato che non hai una coda che ti aiuti a immobilizzare le bestie, dovrai dimostrare di poter compensare ciò con un altro mezzo senza mutilare le creature o causare un danno indebito, l'alternativa è quella di occuparti del pugnalarle".

"Se lavoro con la tua squadra, posso usare le bolas su impostazione non letale. Semplicemente immobilizzeranno lo Squoiatore", rispose rapidamente Serena. "Ho detestato mutilare quegli Squoiatori al fiume, ma non sarei sopravvissuta a combattere da sola contro due maschi adulti senza farlo. Le mie precedenti uccisioni non erano perfette come le tue, ma erano pulite".

"Ho visto le tue precedenti uccisioni, ed è l'unica ragione per cui sono disposto a lasciarti unire a noi", dissi, in modo diretto. "Ma sappi che, quando sei sul campo di battaglia, io sono il tuo Capo Caccia, non il tuo compagno. Seguire gli ordini senza fare domande può significare vita o morte per l'intero gruppo di caccia".

"Non ho problemi a seguire le tue indicazioni", disse Serena con un cenno deciso.

"Siamo d'accordo allora", dissi.

"Sììì!!!" gridò Serena, agitando entrambi i pugni. "Sei il migliore! Ora vado ad attrezzarmi!"

Non potei fare a meno di ridacchiare e scuotere la testa mentre lei si precipitava nella nostra stanza privata per cambiarsi.

"Raggiungimi fuori quando hai finito", dissi attraverso la porta chiusa della nostra stanza.

"Ok!" rispose lei, la sua voce ovattata che vibrava di eccitazione.

Sorridendo, uscii dalla nostra dimora. Avrei dovuto essere terrorizzato al pensiero di mettere la mia compagna in pericolo, ma solo un brivido mi permeava. Amavo il fatto che avrei condiviso l'aspetto principale della mia vita con la mia femmina.

Tuttavia, un senso di inquietudine si fece sentire nella bocca dello stomaco mentre guardavo Raskier e mio fratello Mandha in piedi accanto al loro Drayshan. Poco più avanti, gli Anziani aspettavano, pronti a darci la loro benedizione prima della nostra partenza. Quando le avevo permesso di unirsi alla caccia, non avevo pensato ai problemi che la mia compagna avrebbe dovuto affrontare nei primi giorni del nostro legame. Dovevo gestire la situazione con attenzione per evitare che Serena diventasse prigioniera nella sua nuova casa.

Tirando un sospiro, mi diressi verso gli anziani.

"Saluti, Anziani", dissi a tutti e tre, anche se mi fermai davanti all'Anziana Krathi, il nostro capo villaggio.

"Saluti, Szaro", rispose l'Anziana Krathi con un tono quasi materno. "È un peccato che tu debba essere chiamato per una caccia a lungo raggio la mattina del tuo legame".

"Lo è", dissi con un cenno del capo. "Avevo sperato di mostrare alla mia compagna le bellezze di Krada, ma questo dovrà aspettare".

I tre Anziani annuirono con un sorriso di commiserazione.

"Ma desidero informarvi che, come cacciatrice esperta, la mia compagna ha chiesto di unirsi a noi in combattimento, e io ho accettato", dissi in tono deciso.

Come Grande Cacciatore della tribù, prendevo tutte le decisioni quando si trattava di cacciare, difendere il villaggio o passare all'offensiva. Gli Anziani avevano il diritto di porre il veto alla mia decisione solo se questa rappresentava una chiara e attuale minaccia per la tribù. Come previsto, i loro volti divennero indecifrabili. Nonostante l'efficacia con cui nascondevano le loro emozioni, potevo leggere i pensieri che attraversavano le loro menti.

"Posso immaginare quali valide preoccupazioni risvegli in voi questa notizia", dissi in tono rassicurante. "Anche se il mio legame è recente ed è stato iniziato in circostanze tutt'altro che perfette, c'è un'amicizia e un affetto genuini tra me e la mia compagna. Lei è una femmina onorevole e non coglierà questa opportunità per tentare la fuga".

Non avevo alcuna prova di questo, eppure, a livello viscerale, sapevo che era vero. Dopo aver parlato con la mia compagna e averla valutata con le sue capacità empatiche, Kayog aveva concluso che eravamo una coppia perfetta. Aveva anche garantito che lei possedeva alti standard morali.

"Comunque, per alleviare qualsiasi comprensibile preoccupazione che voi, e chiunque altro nella tribù, potreste avere a riguardo, Serena viaggerà con me sul mio Drayshan e non sul suo speeder," continuai. "Dagas non permetterà ad un altro di partire senza di me e Serena non riuscirà a tornare al campo base della Federazione a piedi."

Il volto dell'Anziana Krathi si ammorbidì. "Una precauzione sensata", rispose. "Approvo questa linea d'azione".

Il sollievo mi invase. Avevo temuto un confronto se lei avesse messo in discussione la mia decisione.

"Ho sentito un forte legame formarsi tra te e la femmina umana durante la cerimonia di ieri sera", continuò l'Anziana in tono pensieroso. "Dobbiamo dedurre che sei soddisfatto del vostro accoppiamento?"

"La Dea ha mandato Serena da me", dissi con convinzione. "Sono molto soddisfatto dell'accoppiamento".

"Mi scalda il cuore, Grande Cacciatore", rispose l'Anziana Krathi, quella stessa espressione materna che scese di nuovo sui suoi lineamenti.

"E la mia", rispose l'Anziano Jyotha, mentre l'Anziano Iskal annuiva in accordo.

"Grazie, Anziani", dissi, grato per il loro sostegno. "Speriamo di tornare stasera, ma vi terrò informati sull'evoluzione della situazione".

"Fai quello che ritieni giusto, Grande Cacciatore", disse l'Anziana Krathi. "Buon viaggio, e che la Dea guidi il tuo braccio".

Chinai la testa rispettosamente, poi mi diressi verso mio fratello che aveva portato fuori Dagas, il mio Drayshan. Serena uscì dalla nostra dimora prima che io lo raggiungessi, e si diresse immediatamente verso di noi. Non potei fare a meno di sentirmi un po' deluso alla vista dell'uniforme da caccia in pelle che copriva ogni centimetro della sua bella pelle, a parte il viso e le mani.

"Sono tutti pronti?" Domandai a mio fratello.

"Sì", rispose lui, anche se il suo sguardo sorpreso rimase fisso sulla mia compagna che si avvicinava. "Lei viene con noi?"

"Sì", risposi, infastidito dal mio tono difensivo. Mandha sorrise ma non disse nulla, il che mi irritò ulteriormente. "Fai montare tutti", ordinai con fare sbrigativo.

Il sorriso di Mandha si allargò e io gli mostrai le zanne. L'odioso mascalzone scoppiò a ridere prima di eseguire i miei ordini. Serena si fermò accanto a me con uno sguardo interrogativo.

"Dammi la tua borsa", dissi, allungando una mano verso di lei. "La metterò con la mia e le altre sul trasportatore Drayshan."

"Oh, non ce n'è bisogno. Posso inserirla nel vano del mio speeder, dato che non avrò il materasso e le altre cose", ribatté lei.

"Non cavalcherai il tuo speeder", dissi in tono apologetico.

"Cosa? Perché?" domandò Serena, indietreggiando.

Le spiegai gentilmente la situazione.

"Io non scapperei!" disse Serena, irrigidendo la schiena.

"Ti credo, mia compagna", dissi dolcemente. "Ti credo *davvero*", ripetei, tenendo fisso il suo sguardo. Questo sembrò tranquillizzarla un po'. "Ma capisci il perché coloro che hanno interagito poco con te potrebbero avere qualche preoccupazione?"

Serena si mordicchiò le labbra e mi rivolse un cenno rigido.

"Andiamo, mia compagna. Su con la vita", dissi in tono scherzoso. "Comunque, chi ha bisogno di uno speeder? Stai per diventare la prima femmina di qualsiasi clan Ordosiano ad andare a caccia *e* la prima umana, o la prima straniera di qualsiasi specie, a cavalcare un Drayshan."

"Se la metti così sembra davvero un bel modo di potersi vantare", rispose lei con delle adorabili labbra imbronciate che mi fecero sentire il bisogno di baciarla.

Lei mi passò con riluttanza la sua borsa, e io andai a metterla con la mia e le altre sul supporto Drayshan. Quando tornai al fianco della mia compagna, lei stava guardando Dagas con un misto di curiosità e sospetto.

"Lo cavalcheremo entrambi?" chiese in tono dubbioso.

"Sì. Tu sali per prima e io mi sdraierò sopra di te".

Scoppiai a ridere allo sguardo sbalordito che mi rivolse. Era ancora più divertente il fatto che non stessi scherzando.

"Normalmente, ci si dovrebbe semplicemente sedere o sdraiare nell'incavo sulla sua schiena", spiegai, indicandolo. "Questi gli consente di portare i loro piccoli fino a quando non sono abbastanza forti da camminare da soli. A causa della nostra anatomia, due Ordosiani adulti di solito non cavalcano insieme perché è piuttosto scomodo. Ma nel tuo caso, sarà perfetto. Puoi sdraiarti qui e mettere le tue gambe ai suoi lati, proprio qui dove è inclinato. Questo dovrebbe essere comodo per te e fornire un buon supporto per le tue gambe."

"E tu ti sistemerai tra le mie gambe?" Anche se l'aveva formulata come una domanda, stava facendo un'affermazione del tipo "dici sul serio?" che mi fece venire voglia di sorridere di nuovo.

"La mia parte inferiore del corpo lo farà, e la mia coda avvolgerà il suo corno posteriore", dissi in un tono canzonatorio.

"E se io non ne fossi felice?" chiese lei.

"Questa è una tua prerogativa, ma devi comunque adeguarti... o rimanere nel villaggio", dissi con tono secco.

Mi rivolse una smorfia, facendomi ridacchiare di nuovo. Girandosi verso Dagas, la mia compagna raggiunse una delle tre ossa ricurve che sporgevano dal suo fianco. Con una destrezza sorprendente, Serena mise il piede destro sullo scudo esoscheletrico protettivo sopra il suo ginocchio piegato, come passo per aiutarsi a issarsi sulla sua schiena. Dagas girò la testa per guardarla con il suo occhio arancione. Gli accarezzai il posteriore, attirando la sua attenzione su di me, facendo capire che era giusto portarla. Lui emise uno sbuffo di accettazione e si voltò di nuovo in avanti.

Ignara di tutto questo, la mia compagna stava aggiustando la sua posizione sul Drayshan, chinandosi per aggrapparsi alle corna più vicine lungo i lati del suo collo. Serena sembrava così aggraziata sulla mia cavalcatura che sarei potuto rimanere lì per ore ad ammirare il quadro. Con mia vergogna, però, la delicata curva arrotondata del suo didietro continuava ad attirare i miei occhi. C'era qualcosa di innegabilmente attraente. Gli Ordosiani non avevano un sedere come quello, e in realtà non ne avevano alcuno.

Ma oltre all'apprezzamento di quella forma armoniosa, pensieri meno innocenti riempivano la mia mente. Dalle mie ricerche sugli umani, avevo scoperto che potevano accoppiarsi in una posizione simile, con il maschio in piedi dietro la femmina piegata. Gli Ordosiani non potevano farlo. I nostri accoppiamenti dovevano essere faccia a faccia, sempre nella stessa posizione a causa della posizione della fessura della nostra femmina. Il pensiero di quanto creative potessero essere le cose tra me e Serena risvegliò la mia regione inferiore in un modo di cui non avevo davvero bisogno in quel momento.

Mettendo una mano sull'osso ricurvo sul fianco di Dagas e un'altra sulla groppa, mi sollevai sulla sua schiena, facendo attenzione a non schiacciare la mia compagna mentre mi sistemavo dietro di lei. La morbidezza dei fitti riccioli dei suoi capelli neri, ordinatamente legati in quelle che lei chiamava trecce francesi, sfiorò le scaglie della mia guancia destra mentre mi chinavo su di lei.

"Fammi sapere se ti sto schiacciando", dissi dolcemente nel suo orecchio mentre raggiungevo le corna sul lato del collo della nostra cavalcatura. "È meglio se lasci che mi occupi io delle corna. Puoi aggrapparti alle mie braccia, se lo desideri. Ma probabilmente sarà più comodo per te appoggiare semplicemente i palmi delle mani sulle sue spalle".

"Ok", disse Serena, spostandosi sotto di me.

Il suo didietro strofinava contro la mia zona pelvica nella tortura più squisita. Anche se odiavo quanto il suo vestito da caccia coprisse la sua pelle, si stava rivelando un sollievo non poter sentire il suo calore nudo sotto il mio petto.

"Sto bene. Così dovrebbe essere a posto ed è sorprendentemente comodo", aggiunse la mia compagna, sembrando piuttosto stordita.

"Sono contento di sentirtelo dire", risposi, sinceramente contento. "Non esitare a dirmi in qualsiasi momento se provi disagio".

"Lo farò", disse lei con un cenno del capo.

Lanciai il segnale agli altri che stavano pazientemente aspettando, e finalmente partimmo.

CAPITOLO 10
SERENA

Non ero mai stata una che soffriva di cinetosi. Il costante dondolio avanti e indietro di Dagas mentre sfrecciava attraverso il bosco a velocità vertiginosa non era responsabile del fatto che le mie interiora si fossero liquefatte e trasformate in una pozza di lava ribollente. Il corpo sodo di Szaro che si strofinava contro il mio ad ogni passo galoppante del Drayshan mi stava facendo impazzire. La sua dannata lingua che guizzava di tanto in tanto, il sorriso compiaciuto che gli distendeva le labbra e l'occasionale sguardo canzonatorio che mi lanciava, confermavano soltanto che lui sapeva che effetto avesse su di me quella corsa.

Cercai di ignorare l'inebriante sensazione di lui avvinghiato intorno a me e mi concentrai sulla vista mozzafiato di ciò che avevamo intorno. Grazie alla posizione inclinata in cui eravamo sdraiati sulla schiena del Drayshan, non dovevo sforzare il collo per tenere la testa alta e guardare avanti.

Lasciammo la regione di Krada, oltrepassando la valle dove avevo cacciato lungo il loro confine e ci spostammo più a nord-ovest in territori nuovi per me. Szaro iniziò a indicare vari punti di riferimento e mi diede alcune informazioni di base e storie sulla flora e la fauna locali. Ero così presa da quella visita guidata improvvisata, per di più cullata dal suono ipnotico della sua voce profonda con quel suono di fusa rantolante, che il lontano stridio di uno Squoiatore mi fece trasalire.

Szaro si tese dietro di me. La squadra rallentò le proprie cavalcature, dirigendole verso la catena montuosa che stavamo seguendo. Alcuni degli Ordosiani smontarono dai loro Drayshan prima ancora di fermarsi completamente. Nessuno di loro si preoccupò del Drayshan trasportatore e non appena Szaro fece loro un cenno si precipitarono verso le bestie urlanti poco più avanti,. La velocità con cui strisciarono via mi fece chiedere perché mai usassero delle cavalcature.

Corsi verso il trasportatore per prendere la mia borsa. Szaro estrasse il bastone, ma non lo attaccò a un'imbracatura sulla schiena, e mi raggiunse. Mi aspettavo che corresse per raggiungere gli altri e che mi dicesse di seguire al mio passo. Invece, mi voltò le spalle.

"Sali sulla mia schiena", ordinò.

Mi bloccai per mezzo secondo, poi mi infilai lo zaino e mi sistemai dietro Szaro, con le gambe ai lati della sua coda. Lui chiuse il cappuccio, piegando ogni lembo contro la testa, mentre io gli avvolgevo le braccia intorno al collo.

"Puoi tenere il mio bastone?" chiese, allungandolo verso di me.

Lo afferrai con la mano destra, e Szaro fece scivolare entrambe le sue dietro le mie ginocchia per sollevare le mie gambe ai suoi lati, portandomi a cavalcioni.

"Tieniti forte", ordinò.

Prima che potessi rispondere Szaro si slanciò in avanti, trasportandomi senza sforzo e muovendosi alla stessa sorprendente velocità degli altri, come se non pesassi nulla. Per un breve istante mi meravigliai che avessero lasciato i Drayshan indietro senza essere legati a nulla. Gli Ordosiani non temevano che si allontanassero o scappassero per lo spavento? Ma un'occhiata sopra la mia spalla mostrò che le bestie se ne stavano tutte ferme, apparentemente indifferenti al lontano ruggito degli Squoiatori.

Con il cuore in gola cercai di capire cosa stesse succedendo davanti a me, mentre Szaro ondeggiava da un lato all'altro, scivolando tra gli alberi radi ai margini della foresta come avrebbe fatto un pattinatore sul ghiaccio. Ci fermammo a circa cinquanta metri da dove Mandha e quattro Ordosiani stavano combattendo contro il primo Squoiatore.

"Armati e vieni ad assistere la mia unità quando sei pronta", ordinò Szaro prima di lanciarsi verso un gruppo alla sinistra di Mandha.

Una dozzina di Squoiatori si stavano muovendo a nord verso la radura, che portava a un'enorme caverna nella montagna. In realtà non corrispondeva alla descrizione di una caverna, poiché era aperta su entrambe le estremità, creando piuttosto un tunnel che si apriva sulla scogliera sopra il fiume sottostante. Profonda almeno venti metri, le pareti laterali della caverna aperta traboccavano di pulcini che cinguettavano negli innumerevoli nidi costruiti direttamente nei recessi della pietra.

Presi rapidamente le mie armi dallo zaino, comprese sei bolas, e le agganciai alla cintura. Gettai lo zaino di lato e corsi verso la posizione di Szaro con una bolas in mano pronta per essere lanciata. Purtroppo, quando arrivai abbastanza vicino lui stava già recidendo la spina dorsale. I quattro maschi si spostarono rapidamente verso un altro bersaglio. Questa volta riuscii a lanciare la mia bolas, incatenando le due gambe anteriori dello Squoiatore pochi secondi prima che gli Ordosiani lo raggiungessero. Senza battere ciglio, i tre maschi immobilizzarono ciascuno due delle sei zampe rimanenti della bestia con le loro code, poi Szaro intervenne per l'uccisione. Sollevai orgogliosamente il mento al sorriso di approvazione che lui mi lanciò.

Proprio mentre stavo facendo girare la mia seconda bolas, pensando a quanto oscenamente facile la cosa si stesse rivelando, tre Squoiatori caricarono in avanti all'unisono. La mia squadra si disperse lontano dalla loro corsa, ma la bestia sulla sinistra inseguì uno di loro. Lasciai volare la mia bolas. Questa afferrò le zampe posteriori della creatura in extremis, ma fu sufficiente per farla inciampare. Questa cadde di faccia, dando al nostro compagno di squadra la possibilità di scappare... o almeno così pensavo.

Mi resi conto troppo tardi che in realtà lui aveva finto di essere più lento per attirare la bestia lontano dai nidi. Per quanto fosse ostacolato dalla mia bolas che tratteneva due delle sue gambe, lo Squoiatore si rialzò e riprese a inseguire il suo obiettivo con un'andatura goffa, ma rapida. Più avanti, Szaro e gli altri due membri della mia squadra stavano tentando di allontanare gli Squoiatori dalla grotta. Ma i maschi di Acales che proteggevano i nidi, in un inutile tentativo di spaventarli, si precipitarono verso le bestie. Questo non fece altro che stuzzicare l'appetito degli Squoiatori per delle prede facili.

Rendendosi conto che non sarebbero riusciti ad allontanare le creature dai loro attuali obiettivi, Szaro e gli altri conversero sul più grande dei due. Presi un'altra bolas, ma proprio mentre stavo per lanciarla, la vista degli uccelli che attaccavano inefficacemente la bestia "più piccola" fece improvvisamente scattare un vecchio ricordo. D'istinto, lanciai la mia bolas contro quella creatura invece di quella che la mia squadra stava attaccando.

Tirai fuori il flauto dalla tasca del mio braccio sinistro, entrai rapidamente nell'impostazione del programma sull'interfaccia e soffiai. Gli Acales voltarono le teste nella mia direzione, alcuni di loro sembrarono voler venire da me prima di riprendere i loro attacchi allo Squoiatore che si stava rimettendo in piedi. Questo agitò le sue membra falcianti contro di loro, abbattendo troppi Acales. Soffiai di nuovo nel flauto, le mie dita si muovevano sui fori, modulando il suono.

E allora funzionò.

Gli Acales emisero collettivamente un forte stridore e poi

volarono verso di me, con gli Squoiatori alle calcagna. Bloccai il motivo nel flauto e continuai a soffiare il richiamo mentre correvo verso la squadra di Mandha, che aveva sconfitto gli altri Squoiatori vicini e stava correndo verso di noi. Il cuore mi batteva in gola al suono della bestia che si avvicinava rapidamente dietro di me, mi girai solo per il tempo necessario a lanciare un'altra bolas. Questa mancò completamente il bersaglio. Tuttavia, nel tentativo di evitarla, lo Squoiatore schivò di lato, le gambe che avevo precedentemente legato gli fecero perdere l'appoggio. Cadde a pancia in giù, il suo slancio lo fece scivolare per una breve distanza.

Non ebbe mai la possibilità di rialzarsi poiché la squadra di Mandha gli piombò addosso.

Ignorando le mie ginocchia traballanti, continuai a soffiare nel flauto e attirai gli Acales nella grotta, mentre la squadra di Raskier e quella di Szaro si occupavano degli ultimi due Squoiatori. Una volta dentro la caverna, interruppi il richiamo. Gli Acales volarono in cerchio sopra e intorno a me per alcuni secondi, poi, uno dopo l'altro, tornarono ai propri nidi.

Uscii dalla caverna, la preoccupazione sostituì rapidamente l'adrenalina che mi scorreva nelle vene mentre guardavo Szaro avvicinarsi a me con un'espressione severa. Deglutii a fatica e mi feci forza.

"Non hai seguito i miei ordini", disse lui severamente.

"Lo so. Mi dispiace. Non volevo agire per conto mio", dissi in tono di scusa. "È solo che quando ho visto gli Acales mi sono resa conto che sembravano quasi identici agli Shivarees, una specie per cui ho svolto lavori di protezione in passato. E ho avuto l'impressione che il flauto potesse evitare che venissero massacrati. Ho agito d'istinto."

"Il tuo istinto era corretto, e hai salvato la maggior parte dei maschi", concesse lui, la sua voce ancora seria. "Ma se ti fossi sbagliata, e peggio ancora, se la squadra di Mandha non avesse finito con la bestia che stava combattendo quando hai iniziato l'adescamento, molti di voi avrebbero potuto essere feriti o uccisi".

"Lo so", dissi, chinando la testa per la vergogna. "Sono davvero dispiaciuta".

"So che lo sei", rispose lui, il tono che si ammorbidiva. "Non ti biasimo per esserti adattata alla situazione mutevole di una battaglia, e non mi aspetto un'obbedienza cieca. In realtà hai preso la decisione giusta, solo non nel modo giusto".

Indietreggiai, ricevendo un colpo di frusta per l'improvvisa inversione di marcia. "Non nel modo giusto?"

"Hai valutato correttamente che il resto della nostra squadra ed io potevamo gestire la nostra bestia senza la tua assistenza, ma non hai pianificato dove saresti andata con la seconda, o chi ti avrebbe assistito una volta allontanati gli Acales. Credo che tu abbia agito allo stesso modo quando hai salvato Salha ed Eicu. Hai visto degli esseri vulnerabili in pericolo e ti sei buttata a capofitto nel salvataggio senza preoccuparti molto della tua sicurezza. Hai un cuore grande, mia compagna. Ma non puoi aiutare nessuno se così facendo rischi di farti uccidere".

Mi bruciavano le guance e mi stropicciai la faccia. "Giusto. Forse in certe circostanze ho la tendenza ad agire prima e pensare dopo", dissi a bassa voce. "Ci lavorerò su".

"Vedi di farlo, mia compagna. Non ho intenzione di restare vedovo", rispose scherzosamente. "Hai fatto bene", aggiunse con un luccichio di approvazione nei suoi occhi.

"Più che bene", esclamò Mandha da dietro di lui, mentre si avvicinava con gli altri. "È stato impressionante. Cos'era quel suono?"

"È il richiamo degli Shivarees", dissi, raddrizzando la schiena per l'elogio, cui fecero eco gli altri che si unirono a noi. "Sono una specie di uccelli di Marvix 5, un piccolo pianeta nel settore Crastar. Sono abbastanza simili nell'aspetto a questi Acales. Venendo qui, Szaro mi ha detto che i maschi di Acale sono più piccoli e proteggono i nidi, mentre le femmine sono le cacciatrici e le combattenti della loro specie”.

“Come quegli Shivarees?” chiese Raskier.

“Esattamente come quegli Shivarees”, risposi con un cenno del capo. “Quando il loro nido è sotto attacco, il gruppo di femmine che lo difende emette quel grido in modo che i maschi e i loro piccoli possano radunarsi in una certa posizione per essere protetti mentre le altre femmine vanno a combattere. Il tono non è proprio lo stesso, per questo ho dovuto modificarlo un po’, ma l’ho reso abbastanza simile da poter funzionare”.

“Come hai capito che era quello il problema?” domandò Szaro con evidente curiosità. “Come facevi a sapere quale tono impostare?”

“Anche questa è stata un’intuizione, ad essere onesti. Il loro grido è qualche tono più profondo di quello degli Shivarees. Così ho abbassato il richiamo di conseguenza”.

“Femmina intelligente”, disse Raskier, i suoi occhi brillavano della stessa ammirazione che potevo vedere negli occhi degli altri cacciatori. “Il tuo intervento tempestivo ha salvato questa specie dal tornare nuovamente sull’orlo dell’estinzione”.

“Questo è il loro unico nido?” esclamai.

“No”, rispose Szaro, “ma è il più grande. Stai dimostrando di essere un Guardiano nato, come tutti noi”.

“Grazie”, dissi, crogiolandomi nella loro approvazione collettiva. Avevo temuto molto di aver fatto una gigantesca sciocchezza.

“Ma ora dobbiamo occuparci dei feriti e vedere se c’è qualche altra minaccia in agguato nelle vicinanze”, disse Szaro, sobriamente.

Guardò Mandha e annuì semplicemente nel modo in cui lo fanno le persone che lavorano insieme da anni e che non hanno più bisogno di parlare per capire ciò che l’altro vuole o necessita. Mandha fece cenno con la testa a due dei suoi compagni di seguirlo, dopodiché si affrettarono verso il punto in cui avevamo lasciato i Drayshan. Szaro disse qualche parola in Ordosiano a Raskier, che annuì anche lui. La sua squadra e un'altra si diressero immediatamente verso sud attraverso il bosco. Con mio grande stupore, Raskier rimase indietro, passando da uno Squoiatore caduto all'altro per contrassegnarli con una pistola segnalatrice.

"Dobbiamo rivendicare le tue uccisioni", disse Szaro con un sorriso.

Scoppiai a ridere. "Voi ragazzi siete incredibili".

"No, mia compagna, *tu* sei incredibile", disse lui prima di alzare una mano per accarezzarmi la guancia.

Sembrava sorpreso quanto me dal tenero gesto. Anche se non mi ritrassi, lui lasciò cadere la mano quasi subito. Il suo sguardo improvvisamente imbarazzato mi fece capire che la nostra squadra e i due membri rimanenti della squadra di Mandha erano ancora presenti e ci osservavano. Lo sguardo di approvazione nei loro occhi comunicava il loro piacere che la nostra unione sembrava essere sulla strada giusta. Non era stata una mossa calcolata, ma non ci faceva male per la messinscena che ci stavamo provando onestamente.

Ma era davvero una finzione?

Non dal punto di vista di Szaro. Mio marito stava decisamente puntando alla riuscita. Mi disturbava la rapidità con cui ciò mi stava facendo venire voglia di riconsiderare la mia posizione in merito.

"Recupera le tue bolas", disse Szaro. "Tutti gli altri, mettiamoci al lavoro".

Annuii e andai a recuperare le mie armi. Prima di raggiungere i maschi, corsi per la breve distanza fino a dove avevo gettato il mio zaino e rimisi dentro le mie armi. Mentre mi avvicinavo alla grotta, rimasi scioccata nel sentire lo scuotere delle code degli Ordosiani. Un certo numero di maschi di Acale aveva preso il volo, volteggiando in modo minaccioso mentre Szaro e gli altri si avvicinavano ai nidi. A poco a poco, gli uccelli atterrarono, perdendo ogni atteggiamento aggressivo nonostante gli Ordosiani si avvicinassero a loro. Quando entrai nella grotta, un potente senso di pace mi pervase.

Lo scuotimento sta facendo questo!

Ma come? Durante il matrimonio, tutta la folla aveva agitato la coda, e ciò non mi aveva fatto effetto. Dopodiché, quando Szaro aveva scosso la sua vicino al mio orecchio, ero subito andata in calore.

Il movimento era stato diverso.

No... non solo il movimento, ma anche il tono. Guardai affascinata mentre gli Ordosiani esaminavano gli uccelli uno per uno, mettendo da parte i feriti per essere curati. Le creature si sottomettevano docilmente a loro.

Mandha e i suoi compagni tornarono con i Drayshan. Presero i sacchi di medicine dal trasportatore in modo che i maschi potessero curare i feriti. Con mia sorpresa, Mandha portò un enorme sacco d'argento con il logo della Federazione e iniziò a riempirlo con i resti degli Acales morti. Una volta fatto, lo sigillò, il che risucchiò automaticamente l'aria dal sacco, conservando così i corpi nel loro stato attuale. Lo mise vicino a uno degli Squoiatori morti, all'interno della cupola protettiva creata dal mio segnalatore.

Mi unii a Szaro e, per le ore successive, assistetti lui e gli altri nella cura degli uccelli feriti. Dopo un'ora, il cuore mi balzò in petto alla vista della navetta della Federazione che atterrava nella radura per recuperare i resti degli Squoiatori. La squadra di estrazione lavorò in modo rapido ed efficiente sotto gli occhi vigili degli Ordosiani.

Mentre stavano uscendo dalla navetta per prendere una delle ultime due bestie, uno degli agenti si accorse della mia presenza. Lo shock lasciò il posto alla pietà nei suoi occhi. Potevo solo immaginare che tipo di speculazioni selvagge si facessero al campo base sulla mia sorte. Gli feci un sorriso e lo salutai amichevolmente per comunicare che tutto andava bene. Questo sembrò spiazzarlo, il che non fece altro che allargare il mio sorriso. Avrei ucciso per sapere quale storia avrebbe raccontato agli altri una volta tornato.

Trenta minuti prima che avessimo finito, Raskier tornò con quelli che lo avevano accompagnato nella foresta. A quel punto, il sole stava tramontando all'orizzonte e il mio stomaco chiedeva a gran voce del cibo. Sgranocchiai una barretta energetica sotto gli sguardi divertiti degli Ordosiani.

"Non c'è da stupirsi che gli umani mangino così spesso", disse Mandha scherzando mentre bevevo un sorso d'acqua. "È impossibile che quella minuscola barretta abbia fornito un sostentamento sufficiente. Questi uccelli consumano pasti più grandi."

"Quella barretta può sembrare piccola, ma è sorprendentemente piena", dissi di punto in bianco. "Non è il migliore dei pasti ma è pratico, e ora sono abbastanza piena".

"E tra poche ore avrai di nuovo fame", ribatté Raskier. "Non puoi immagazzinare riserve in modo da non aver bisogno di mangiare per qualche giorno?"

"Il nostro stomaco non ha molto spazio e abbiamo un metabolismo veloce", risposi. "Qualsiasi cosa c'è nel mio stomaco sarà digerita nel giro di poche ore, alcune cose richiedono anche meno tempo".

"Anche il nostro stomaco è relativamente piccolo", disse Mandha lanciandomi uno sguardo inquisitore. "Ma anche se sono sottili, le vostre gambe sono lunghe. Non potete immagazzinare il cibo lì per essere digerito in un secondo momento?"

Scoppiai a ridere, mettendomi immediatamente una mano sulla bocca e sentendomi orribile al pensiero di averlo offeso.

"Mi dispiace. Non sto ridendo di te, ma il pensiero di avere un deposito di cibo nelle gambe è molto divertente", dissi con un'espressione timida. "Presumo che questo significhi che voi... ehm Ordosiani conservate il cibo nella coda?"

Tutti annuirono.

"Wow, ok. Questo spiega alcune cose", dissi, sentendomi un po' sciocca. "Ma noi no. Non abbiamo riserve di cibo da nessuna parte. Le nostre gambe sono solo ossa circondate da pelle, tendini, muscoli e nervi."

Avere venti paia di occhi rettiliani maschili che fissavano le mie gambe mi fece agitare in poco tempo.

"Quindi... e adesso?" domandai per spostare l'attenzione dalle mie gambe e dalle mie abitudini alimentari.

"Ci sono altri branchi che si spostano a nord-ovest", disse Szaro. "Ho ricevuto un paio di rapporti da mio padre. I loro esploratori hanno dovuto affrontare un certo numero di Squoiatori, ma stanno tenendo d'occhio i branchi oltre il loro raggio d'azione normale. Ci terranno informati. Considerando che è già tardi, e che probabilmente dovremo tornare in questo settore domani, viaggiare due ore per tornare al villaggio non ha senso. Suggerisco di fermarci per la notte."

"Nella solita grotta?" chiese Mandha.

Szaro annuì.

Fissai Szaro sotto shock. Per prima cosa, non avevo capito che suo padre fosse ancora in giro. Dato che non mi aveva presentato nessuno dei suoi genitori nel villaggio dopo il nostro matrimonio, avevo pensato che fossero morti entrambi, non che vivessero in un'altra tribù. E due ore?! Ero stata così assorta nella lussuria mentre viaggiavamo fino a lì da non rendermi conto che avevamo viaggiato così a lungo?

Nonostante fossi eccitata al pensiero di dormire nella natura con gli Ordosiani, mi pentii di non aver portato il mio materasso gonfiabile. Dormire sulla superficie dura della caverna mi avrebbe lasciato dolorante al mattino.

Percorremmo una breve distanza a ovest dei nidi di Acales fino a una grotta piuttosto impressionante. Il grande ingresso si divideva in due corridoi tortuosi con piccoli angoli lungo la strada. Szaro mi guidò lungo il ramo sinistro. Stavo quasi per tirare fuori la mia torcia quando l'oscurità si addensò intorno a noi, ma la luce ricomparve rapidamente a poca distanza. Raggiungemmo un vicolo cieco con un lucernario naturale nel soffitto della grotta. Il terreno dello spazio relativamente grande, approssimativamente ovale e largo forse quattro metri e lungo sei, era per lo più uniforme e fatto di terra battuta.

Con mia sorpresa, gli altri non ci seguirono in fondo, la maggior parte di loro si sistemò all'ingresso o in qualche angolo all'inizio del corridoio.

"Siamo congiunti da poco", disse Szaro con voce gentile, indovinando i pensieri che attraversavano la mia mente. "Ci stanno concedendo un po' di privacy".

"Capisco", dissi, il calore che tornava a salire sulle mie guance.

Diedi un'occhiata intorno allo spazio vuoto, chiedendomi dove mi sarei sistemata.

"Vorrei che tu ti sdraiassi su di me", disse Szaro con tono deciso. "Il terreno è troppo duro per te. Avrei dovuto prevedere che avremmo potuto passare la notte e dirti di portare il tuo materasso".

Cercai di rassicurarlo. "Va tutto bene, posso sopravvivere una notte sul nudo pavimento".

"Potrebbe essere più di una notte", replicò Szaro. "Non preoccuparti. Non sto cercando di approfittarne. E dovresti trovare la mia coda abbastanza comoda per dormire".

"So che non lo faresti", borbottai. "Ma come potremmo fare?"

Lui piegò la sua coda a spirale, trasformandola effettivamente in un "cuscino" piuttosto grande su cui potevo accoccolarmi.

"Ma tu usi la tua coda come cuscino", sostenni debolmente, ricordando come aveva dormito la scorsa notte.

"Gli Ordosiani dormono deliberatamente su una superficie piatta e dura", rispose Szaro nel tono di chi dice: "Non essere sciocca". Non ho bisogno del cuscino. Tu ne hai bisogno. Ora, smettila di discutere, femmina. Segui gli ordini del capo".

"Ah!" dissi sfidandolo giocosamente, in modo simile al suo tono falsamente autoritario. "Non siamo a caccia in questo momento. Non puoi impormi cosa fare".

"Bene", brontolò lui. "Allora adeguati per salvare il tuo compagno da un'intera notte in cui sarà tormentato dal senso di colpa per averti fatto dormire in condizioni inadeguate a causa della sua mancanza di lungimiranza".

"Wow, giochi davvero sporco!" dissi, scuotendo la testa verso di lui con una risatina.

"Faccio quello che devo per proteggerti da te stessa", rispose con tono secco.

"Non ho bisogno di protezione", ribattei.

"Devi lasciare che io mi prenda cura di te. Vieni da me, mia compagna." Allungò una mano verso di me.

"Aspetta", risposi.

Sfilai gli stivali, poi tolsi il gilet e i pantaloni della mia uniforme da caccia, e li ripiegai con cura sopra il mio zaino. Quando mi voltai verso Szaro, il modo in cui lui mi guardò mi fece tremare le ginocchia. Mi diedi un'occhiata, chiedendomi cosa avesse scatenato una tale reazione. Anche se abbracciavano le mie curve, il mio reggiseno sportivo e i pantaloni da ginnastica non erano suggestivi nel loro design. Quando tornai a guardare Szaro, l'espressione neutra sul suo viso mi diede un colpo di frusta. Avevo immaginato la sua reazione precedente?

Ancora una volta, allungò la mano verso di me. Questa volta andai da lui. Lui piegò di lato la parte superiore del corpo, poggiando la testa sulla mano. Era strano salire sopra di lui e lo sembrò ancora di più quando mi accucciai su un fianco, e fummo di fronte. La morbidezza delle sue squame contro la mia pelle mi sconvolse. Ma il suo sorriso felice cancellò ogni ultima esitazione che ancora avevo. Piegai il braccio sinistro sotto la testa.

“Ok, hai vinto. Sei un materasso molto comodo”, dissi in un sussurro.

Non sapevo perché avessi abbassato la voce in quel modo, ma stare sopra di lui, con i nostri visi così vicini, sembrava che lo rendesse appropriato.

Lui non replicò con la risposta canzonatoria che mi aspettavo. Il suo viso semplicemente si ammorbidì con un’espressione tenera e mi accarezzò delicatamente la guancia.

CAPITOLO 11

SERENA

Quel tocco gentile e innocente bastò a riaccendere un fuoco nella bocca del mio stomaco. Amavo la sensazione di lui intorno a me, la tenerezza mista a meraviglia nei suoi occhi ogni volta che mi guardava e il modo attento e rispettoso in cui mi toccava sempre. Sorprendentemente, mi piaceva anche il suo odore: terroso e silvestre, che evocava una corsa selvaggia e spensierata nella foresta, il pericolo e il potere, ma anche la casa e la stabilità.

"Parlami di te, Serena Bello", disse Szaro allontanando la mano dal mio viso.

"In realtà non c'è molto da dire su di me,", dissi, corrugando le labbra mentre riflettevo su quali informazioni ritenessi rilevanti. "Sono la più grande di due. Mia sorella è il mio opposto in tutti i modi che contano, ma è la figlia perfetta per i miei genitori".

"Non vai d'accordo con la tua famiglia?" chiese Szaro con un leggero cipiglio.

"Non direi proprio così. Amo la mia famiglia e cerco di visitarla ogni mese o due. Quando non posso, comunichiamo tramite vidcom. Ma non abbiamo molto in comune. Loro sono molto corporativi, high-tech e dell'alta società. Io sono come un animale selvaggio. Ho bisogno di essere circondata dalla natura, da cose semplici e autentiche. Con le persone mondane, tutto riguarda l'apparenza. Ti senti obbligato a comportarti in un certo modo o a fare certe cose perché è quello che ci si aspetta. Non è così con gli animali. Sai esattamente con chi hai a che fare".

"Sì, gli animali di solito sono in grado di annusare o percepire l'inganno", disse Szaro. "Devo dedurne che i tuoi genitori disapprovano che tu sia una cacciatrice?"

Sbuffai. "Questo è l'eufemismo del secolo. Pensavano che l'avrei fatto per un po' e che poi mi sarei stufata, come è successo con altre cose a cui mi sono dedicata", dissi, scuotendo la testa. "Quando hanno capito che amavo davvero la caccia, hanno cercato di usare la loro influenza per farmi avere una posizione di alto livello nel consiglio della Federazione. E avrebbe anche funzionato, ma ho rifiutato".

"Perché?" domandò Szaro, sinceramente sorpreso. "Non è una posizione onorevole?"

"Lo è, ma questo significherebbe stare nel loro quartier generale dietro una scrivania, incontrare persone 'importanti' e fare tutte quelle cose mondane che proprio non voglio fare", risposi con disgusto. "Secondo l'idea dei miei genitori, dovrei mirare a un grande stipendio con poco pericolo. Invece io scendo in campo, mettendo a rischio la mia sicurezza, spesso per un compenso incerto. Ma io amo questa vita".

"Ti piace uccidere bestie pericolose?" chiese lui.

Mi ritrassi, offesa dalla domanda. Non c'era nessuna accusa nel suo tono, ma l'intensità nei suoi occhi suggeriva che avrebbe soppesato la mia risposta.

"No", dissi con forza. "Non mi *piace* uccidere nulla. In me c'è una parte predatrice che gode per il brivido del pericolo e per la sconfitta del mio avversario? Sì. Ma non caccio per sport o per divertimento. Ho iniziato come assistente esobiologo in un parco regionale di Oraya. Un'inondazione e poi una colata di fango fecero riversare nel parco i branchi di predatori del nord. Innumerevoli specie vulnerabili furono decimate. Non ero in grado di proteggerle. Fu allora che imparai a cacciare."

"Quindi, tu uccidi per proteggere", disse Szaro con voce dolce.

"Sì", risposi, sollevando orgogliosamente il mento. "Ma contrariamente al loro nome, le Cacce della Federazione non hanno sempre lo scopo di uccidere. Spesso si tratta di catturare creature e trasferirle, siano esse pacifiche e in pericolo oppure predatori scatenati, in modo che non minaccino specie vulnerabili. Nel caso di Oraya, se una squadra di cacciatori fosse arrivata in tempo è proprio questo ciò che avrebbe fatto."

"È onorevole, mia compagna", disse lui con il calore negli occhi. "Ma vuoi davvero viaggiare per sempre?"

"No, non per sempre", ammisi. "Gli ultimi anni mi hanno permesso di scoprire mondi e specie che non avrei mai potuto immaginare. È stato più che meraviglioso. Alla fine mi piacerebbe stabilirmi da qualche parte e ritirarmi come allevatore di bestie esotiche, addestratore o ranger della fauna selvatica in un enorme parco".

"Allora non cercare più, Serena. È esattamente ciò che noi siamo, e non troverai mai un parco più grande di questo", disse con voce profonda. "L'intero pianeta è il nostro parco giochi. Non potrai dire di aver visto nulla di esotico finché non avrai esplorato tutta Trangor. Ti prometto che ti innamorerai di questo posto... e di me."

Sussultai alla sua vanteria. Ma se la giornata odierna fosse stata di esempio, avrebbe potuto avere ragione sul fatto che mi ero innamorato di quel pianeta.

E riguardo a lui...

"Basta parlare di me. Voglio sapere di te", dissi per nascondere il mio imbarazzo. "Prima hai menzionato tuo padre. Non avevo capito che fosse ancora vivo".

Szaro sorrise. "Mio padre sopravviverà a tutti noi. È il

Grande Cacciatore del villaggio di Tulma e probabilmente il più grande del nostro tempo", disse con orgoglio. "Sono nato lì. Io ero il primo, Mandha il secondo. Ho altri tre fratelli che vivono lì con i miei genitori, un altro fratello e due sorelle".

"Oh wow! Perché te ne sei andato?" domandai.

"Perché il villaggio non aveva bisogno di un altro Grande Cacciatore", disse con tono deciso. "Ma anche perché non ho trovato una donna nel mio villaggio. È comune per i maschi che non sentono il richiamo della loro donna spostarsi da un villaggio all'altro, finché non trovano una compagna di vita o quella con cui si legheranno".

Una sensazione di disagio si fece sentire nella bocca del mio stomaco. "Ma ti sei stabilito a Krada... Avevi trovato una compagna? Mi sono messa in mezzo a..."

"No! No, mia compagna", disse Szaro con un'espressione divertita. "Avevo programmato di rimanere solo per un mese, ma alcune bestie piuttosto spaventose avevano sviluppato un serio caso di rabbia. Mi sono unito ai cacciatori in battaglia. Alla fine, mi hanno chiesto di diventare il loro Grande Cacciatore".

"Bello! Devi averli davvero impressionati! Ma... che ne è del precedente Grande Cacciatore?" chiesi. "Dev'essere stato imbarazzante".

"Ha suggerito di farlo proprio il precedente Grande Cacciatore", disse Szaro compiaciuto. "Era Raskier, il nipote dell'Anziana Krathi."

"No!" esclamai incredula.

Lui ridacchiò.

"Sì. Siamo i guardiani di questo mondo, Serena. La nostra specie non ha moneta. Ognuno fa semplicemente ciò che le rispettive abilità gli permettono di fare, in modo che possiamo occuparci di tutte le forme di vita che la Dea ha affidato alle nostre cure. Trangor ha bisogno di noi e noi di lei". Il suo sguardo vagò sui miei lineamenti e mi accarezzò di nuovo delicatamente la guancia. "E nel mio cuore, so che ha bisogno anche di te. Domani ti mostrerò di più della sua bellezza. Ma per il momento, dovremmo riposare perché ci alzeremo presto".

"Va bene", sussurrai.

Con mia grande sorpresa, Szaro si chinò in avanti, il suo viso si fermò a un pelo dal mio. Senza esitare, chiusi la distanza tra noi e premetti le mie labbra sulle sue. Non so cosa mi aspettassi, ma il tenero bacio che ci scambiammo, privo di lussuria e passione, sembrava giusto. Szaro interruppe il bacio dopo qualche secondo, mi guardò con affetto, poi premette di nuovo le sue labbra sulla mia fronte.

"Sogni d'oro a te, mia compagna".

"Anche a te, Szaro".

Mi rannicchiai un po' più vicino al suo busto e sentii il suo forte braccio avvolgermi mentre mi arrendevo al sonno.

Ringhiai con irritazione alla mano che mi scuoteva dolcemente e mi accoccolai di più. Il mio materasso che sussultava insieme ad una risata fragorosa perforò la nebbia del sonno che mi avvolgeva. Lasciai andare un sospiro di frustrazione mentre il sonno più meraviglioso che avevo avuto da un po' di tempo scivolava via da me. Inspirai profondamente, il delizioso profumo terroso e silvestre di Szaro mi riempì il naso.

I miei occhi si aprirono di scatto quando finalmente ricordai che stavo dormendo sopra la sua coda avvolta. Inoltre, ero riuscita in qualche modo a far scivolare il mio braccio intorno alla sua vita e a seppellire il mio viso nel suo collo. Mi tirai indietro, quasi nel modo angosciato del colpevole.

Perché diavolo avrei dovuto farlo?

Era mio marito. Aveva insistito *lui* che gli dormissi addosso, e non c'era niente di male nel godersi una buona notte di sonno.

"Sei davvero il miglior materasso che esista", borbottai, strofinando il mio viso sulle morbide scaglie del suo collo prima di provare ad accoccolarmi ancora un po'.

Szaro emise di nuovo quella felice risata rantolante, la sua mano mi accarezzò dolcemente la schiena. "Mi fa piacere sentirlo, mia compagna", disse in tono gioioso. "Mi duole davvero svegliarti, ma dobbiamo andare. Prometto di giocare di nuovo al materasso per te stasera".

"Ti terrò in considerazione", dissi brontolando mentre mi costringevo ad alzarmi.

Mi stiracchiai e strofinai via il sonno dalla faccia.

"Gli altri stanno controllando gli Acales. Andrò a vedere come vanno le cose mentre tu ti vesti", disse Szaro.

Annuii e mi rimisi velocemente la tuta da caccia. Dato che non avevo portato un pettine o una spazzola, mi sciolsi i capelli, li bagnai un po' con l'acqua di una bottiglia nello zaino per mantenerli idratati, e usai le dita per districarli il più possibile. Poi, feci la mia solita pettinatura da caccia, una treccia alla francese su ogni lato. Avevo appena iniziato a intrecciare il secondo lato quando Szaro tornò. Mi guardò con un'espressione affascinata.

Quando ebbi finito, si avvicinò e fece scorrere attentamente le dita sulle trecce.

"Sono bellissime e così perfettamente realizzate", disse pensieroso. "Come hai fatto senza uno specchio?"

"Pratica, mio caro", dissi con un sorriso compiaciuto. "Gli altri ci hanno abbandonato?"

"No, ma stanno per farlo", rispose giocosamente. "Vieni", aggiunse, prendendomi la mano.

Una voce in fondo alla mia testa diceva che probabilmente avrei dovuto allontanare la mia mano, non indugiare in quel tipo di tenere interazioni che avrebbero approfondito il nostro legame. Ma la misi a tacere. La sera prima era successo qualcosa. O meglio, qualcosa era successo fin dalla nostra cerimonia di matrimonio Ordosiana. La caccia del giorno prima e la notte appena trascorsa l'avevano solo rafforzata. Non sapevo se quel matrimonio potesse funzionare, o se addirittura lo volessi. Semplicemente non volevo più combattere, qualsiasi cosa stesse accadendo tra di noi, e lasciare che le schegge cadessero dove volevano.

Con mia grande sorpresa, uscimmo dalla grotta per scoprire che gli altri stavano davvero per abbandonarci. Gettai uno sguardo indagatore verso Szaro.

"Loro andranno in avanscoperta", spiegò lui. "Tu ed io andremo a controllare alcune specie vulnerabili nella zona per assicurarci che non stiano affrontando nessuna sfida durante la loro stagione delle nascite".

"Sembra un bel piano!" dissi, con l'eccitazione ribolliva dentro di me.

Quando mi vide tirare fuori una barretta energetica per la colazione, Szaro mi disse di conservarla. Aveva in mente un pasto diverso per me. Incuriosita, acconsentii e salutai gli altri mentre si dirigevano verso sud-ovest.

Salimmo su Dagas, Szaro agganciò il mio zaino al corno posteriore del Drayshan, e cavalcammo verso ovest, parallelamente alla catena montuosa. Feci quasi le fusa alla sensazione di mio marito sdraiato sulla mia schiena, riaccendendo pensieri birichini mentre i movimenti della bestia ci facevano dondolare avanti e indietro.

Con mia grande sorpresa, entrammo in un passaggio nascosto che non avrei mai notato perché i grandi massi sembravano creare una formazione ininterrotta. Era abbastanza largo da permettere a due Drayshan di viaggiare comodamente fianco a fianco. Il breve passaggio, lungo forse un centinaio di metri in una curva, si apriva su un frutteto nascosto che sembrava uscito direttamente da una fiaba, e portava giù al fiume.

Szaro fermò il Drayshan e smontò. Dopo avermi aiutata a scendere, mi prese per mano e mi condusse verso il frutteto. Gli alberi assomigliavano vagamente a pini corti, la cima non più di un metro sopra la mia testa, ma con file di rami ben distanziate. Frutti blu brillante, a forma di pigna, pendevano a coppie dai rami. Ogni coppia condivideva un singolo stelo a spirale che mi ricordava la pianta albuca. Non potevo dire se i suoni emanati dagli alberi fossero il cinguettio degli uccelli o il canto degli insetti simili a grilli.

Mentre ci avvicinavamo, Szaro iniziò a scuotere la sua coda con quel suono rassicurante che mi faceva sentire immediatamente rilassata. Poi notai i nidi in cima ad ogni ramo, intrecciati con gli aghi dell'albero. All'interno di ogni nido, cinque piccoli uccellini senza piume con la coda di un cavalluccio marino cinguettavano alla cieca per essere nutriti. Ognuno non era più grande del mio pollice, e la loro pelle traslucida mostrava gli organi vulnerabili all'interno.

"Sono così piccoli", dissi, con il mio petto si stringeva per loro. "Si sono schiusi troppo presto?"

"No, mia compagna", sussurrò Szaro. "Questi sono giovani Scogas subito dopo la loro prima nascita. Si schiudono tre giorni dopo che la madre ha deposto le uova, si nutrono per due giorni, poi entrano in un bozzolo per due settimane".

"Un bozzolo?!" esclamai, senza fiato. "Ma..."

Un ronzio attirò la mia attenzione, interrompendomi. Per una frazione di secondo, pensai che i miei occhi mi stessero giocando un brutto scherzo, poi notai uno Scoga adulto che si liberava della sua livrea mimetica. Si era mimetizzato così perfettamente con lo sfondo e l'albero che non sarei mai stata in grado di individuarlo. Intorno a noi innumerevoli altri adulti stavano uscendo dal loro nascondiglio, senza dubbio grazie al distensivo rumore del sonaglio di Szaro. Dai colori vivaci, quello di fronte a me aveva il corpo di un'ape colibrì, una testa di geco e una coda di cavalluccio marino. In bilico sul posto, strofinava la testa contro i frutti sorprendentemente morbidi appesi sopra il nido.

"Non fare movimenti improvvisi o spaventerai di nuovo la madre che potrebbe tornare a nascondersi. I suoi piccoli devono mangiare costantemente per i prossimi due giorni per avere una possibilità di sopravvivere alla loro trasformazione. I genitori fanno turni di sei ore, permettendo all'altro di riposare e mangiare prima di tornare."

Mentre ancora parlava, i frutti blu cominciarono a diventare di un colore biancastro, e il gambo a spirale tra di loro si srotolò, raddrizzandosi e allargandosi fino a penzolare quasi come un tubo sopra il nido. Pochi secondi dopo, una fragrante pasta bianca, con un profumo di agrumi che mi fece pensare immediatamente a una torta al limone, cominciò a gocciolare nel nido. I piccoli la divorarono avidamente.

"Mi stai prendendo in giro..." sussurrai, non sapendo se volessi scoppiare a ridere o rimanere scioccata.

Szaro mi lanciò un'occhiata confusa. Scossi la testa per dire che non era importante.

"Devi assaggiarlo. È estremamente nutriente", disse con entusiasmo.

Esitai. "Oh... non saprei."

Ignorò le mie proteste e, sempre tenendomi per mano, mi attirò verso un altro albero. Nessun cinguettio proveniva da esso, e nessun adulto si aggirava nei dintorni. Invece, le minuscole forme dei piccoli avevano cominciato a ricoprirsi di uno spesso bozzolo di un colore che corrispondeva perfettamente agli aghi dell'albero. Senza alcuno Scoga cosciente in giro da spaventare, Szaro prese un paio di frutti blu e iniziò a massaggiarli.

"Prendi l'imbuto mentre si srotola e tienilo davanti alla bocca", disse. "Non preoccuparti, non ti soffocherà. Esce in piccoli spruzzi".

Questo era abbastanza.

Scoppiai a ridere, morendo di vergogna per tutto il tempo, e raggiunsi le sue mani per allontanarle dalla frutta. La sua confusione mi fece solo ridere di più.

"Cosa c'è che non va? Non vuoi assaggiarlo?" chiese.

"Tesoro, mi rendo conto che questo non significa nulla per te, ma tutta questa faccenda è molto imbarazzante per me", dissi, sentendomi stupida per la mia reazione da scolaretta. "Gli umani usano un'espressione per descrivere lo stato in cui può trovarsi un uomo. Lo chiamiamo 'avere le palle piene'".

Gli occhi di Szaro si spalancarono e la sua testa scattò verso i frutti. Li fissò per un momento, una serie di emozioni che fluttuavano rapidamente sui suoi lineamenti. Non pensavo che sarebbe riuscito ad associare le cose, considerando quanto gli Ordosiani fossero anatomicamente diversi dagli umani, ma...

"Solo uomini? Non le donne?" chiese.

"Solo uomini", dissi con un cenno del capo.

Szaro distolse lo sguardo dai frutti per lanciarmi un'occhiata stranissima, facendomi venire voglia di contorcermi.

"Stai seriamente paragonando il frutto di rugal ai genitali maschili umani?" chiese incredulo.

"Ehi, sei riuscito ad associare le cose. Quindi, chiaramente c'è una somiglianza!" Il mio tono era leggermente difensivo, anche se combattei l'impulso di ridacchiare.

"Solo perché non riesco a pensare ad altre palle che un maschio umano possa avere e che una femmina non abbia", argomentò Szaro. "I vostri libri di anatomia non mostrano che siano gonfie, o che i vostri maschi abbiano un pene così lungo e stretto".

"Concesso", dissi, combattendo ancora l'impulso di ridere nel mio imbarazzo. "Ma avere le palle piene significa che l'uomo è eccitato ma gli è negato il rilascio. Guardarti mentre le massaggiavi per rendere il gambo, o l'imbuto, 'duro' in modo che potesse liberarsi era più di quanto potessi sopportare".

"Sei perversa", disse, guardandomi come se mi fosse cresciuta una seconda testa.

Ridacchiai timidamente. "Questo non è niente. Gli umani possono diventare estremamente sciocchi quando si tratta di battute sul sesso".

Mi fissò ancora per un momento, apparentemente confuso.

"Questo non è un organo sessuale. È un frutto che produce una pasta altamente nutriente", disse alla fine. "Può fornirti il giusto sostentamento e migliorare il tuo sistema immunitario".

"Ok", dissi, seria. "Assaggerò un po' della tua pasta di rugal. Ma niente più massaggi alle palle da parte tua."

Non sapevo perché mi divertivo in modo così infantile a prenderlo in giro in quel modo. Ero solo sollevata dal fatto che, anche se lui non capiva perché questo fosse così comico per me, la situazione lo stava divertendo. Ma quando cominciai a massaggiare le palle e aprii la bocca sotto lo stelo che si dispiegava, lo sguardo sul suo viso cambiò. Nonostante mi avesse ricordato che i rugal erano frutti, non riusciva più a vederli semplicemente come tali. Glieli avevo rovinati... e non me ne vergognavo.

Detto questo, qualunque spirito malizioso si fosse impossessato di me, quando quella poltiglia bianca si posò sulla mia lingua e i sapori più divini, cremosi, dolci e agrumati esplosero sulle mie papille gustative, il gemito voluttuoso che mi strappò dalla gola non era assolutamente previsto. Con una volontà propria, le mie mani si fiondarono su quelle palle, spremendo ogni goccia. Sentii vagamente Szaro scoppiare a ridere, ma non mi importava. Quando il primo paio di rugal si esaurì, passai al successivo sotto il sorriso compiaciuto di quel perfido di mio marito. A metà del quarto, dovetti smettere. Proprio come le mie barrette energetiche, quella sostanza cremosa era estremamente saziante. Eppure, smisi con grande riluttanza.

"Te l'avevo detto che era buono", disse Szaro con orgoglio.

"E avevi ragione", ammisi, leccandomi ancora le labbra. "Ma come facevi a saperlo? Pensavo che gli Ordosiani mangiassero solo carne".

"È vero, ma la pasta di rugal viene somministrata a chi è troppo malato per mangiare normalmente o per gestire il cibo solido. E come detto prima, aiuta a rafforzare il sistema immunitario." Poi indicò la crisalide dei piccoli Scogas in bozzolo. "Una volta che emergono, anche i gusci che lasciano sono buoni da consumare. Posseggono grandi proprietà rigenerative. Le ditte farmaceutiche dell'Organizzazione dei Pianeti Uniti sono particolarmente desiderose di acquistarli. Permettono loro di produrre una crema che fa ricrescere la pelle sulle persone gravemente ustionate e addirittura rigenera gli arti in alcune specie."

"Wow, è meraviglioso! Ma come faranno a prenderli quando si schiuderanno?" domandai. "Questo fa parte della zona proibita. Le persone della squadra di estrazione possono venire fin qui?"

"No", disse lui in modo così inesorabile da rendere chiaro che nessuno straniero era ammesso in quel santuario. "Le squadre di estrazione hanno un permesso speciale per andare solo dove uno Squoiatore è stato ucciso, in modo che non ci siano sprechi. Entrano ed escono in pochi minuti. Tra un paio di settimane torneremo per raccogliere i gusci vuoti e aggiungerli alle altre cose che diamo loro."

"Spero che ti paghino per questo."

"No. Perché?" chiese Szaro in tono divertito. "Te l'ho detto, mia compagna, non abbiamo moneta qui. Non ne abbiamo bisogno."

"Ma potreste acquisire nuove tecnologie per accelerare lo sviluppo delle vostre, costruire alla fine la vostra astronave e visitare le stelle", argomentai.

"Gli Ordosiani non lasciano Trangor", disse Szaro, questa volta assumendo un'espressione molto seria. "Siamo legati a questo pianeta, ed esso è legato a noi. Non abbiamo alcun desiderio di esplorare gli altri mondi. Finché gli stranieri non minacciano l'equilibrio della vita qui, siamo felici di dare loro liberamente ciò che altrimenti andrebbe sprecato, ma solo se lo usano per il bene. Nel momento in cui romperanno il nostro patto, non saremo così gentili".

Quella durezza nella sua voce e lo spietato luccichio nei suoi occhi mi diedero un brivido freddo.

"Ma basta parlare di questo", disse, con il viso che si ingentiliva. "Abbiamo delle esplorazioni da fare. Saltami in groppa, Serena, e ce ne andiamo".

"Devo prendere il mio zaino?"

"Non ne avrai bisogno. Torneremo presto e la zona è sicura", rispose.

Salii volentieri sulla sua schiena e lui mi portò, in stile cavalluccio, mentre usciva dalla valle nascosta e rientrava nella foresta, seguendo un sentiero verso ovest. Nelle ore successive, Szaro mi mostrò innumerevoli meraviglie, piante e animali di cui non avrei mai potuto immaginare l'esistenza. Di tanto in tanto si fermava per riparare qualcosa e ad aiutare qualche creatura in difficoltà, come rimettere un nidiaceo caduto nel suo nido o aiutare la versione aliena della mamma di Bambi a spingere fuori un piccolo che aveva bisogno di essere girato. Tagliò anche alcune delle foglie giganti di un albero di cui non ricordo il nome, perché bloccavano la luce necessaria ai cespugli di bacche sottostanti che avrebbero nutrito le creature che si muovevano nel sottobosco.

Quando tornammo nella valle nascosta il pomeriggio stava già lasciando il posto alla sera. Eppure, avrei potuto continuare all'infinito. Quando non si occupavano del controllo della popolazione, come nel caso degli Squoiatori, i Cacciatori Ordosiani facevano quello che avevamo fatto quel giorno io e Szaro, semplicemente esploravano il loro pianeta per occuparsene. Potevo sicuramente vedermi a fare una cosa del genere.

"Passeremo la notte qui nella valle, o alla grotta", disse Szaro quando mi scostai dalla schiena. "A te la scelta".

"Non dovremmo unirci agli altri?" domandai.

"Non è necessario. Hanno tutto sotto controllo. Li incontreremo domani a Tulma e ti presenterò ai miei genitori e agli altri fratelli", disse Szaro con un sorriso.

Ebbi un tonfo allo stomaco. Per quanto fossi curiosa di conoscere la sua famiglia, non ero affatto pronta ad incontrare i genitori.

"Non preoccuparti, mia compagna. Andrà tutto bene", disse lui in tono rassicurante. "Per ora, che ne dici di andare a nuotare nel fiume? Non è una doccia, ma so che ti piace lavarti spesso".

"Stai insinuando che puzzo?" chiesi, facendo finta di fissarlo.

Lui rise, fecc guizzare la lingua verso di me e scosse la testa. "Il tuo profumo per me è ancora delizioso. Vieni."

Quando allungò la mano verso di me pensai che volesse semplicemente tenerla come aveva fatto tutto il giorno, ma mi attirò a sé e mi prese in braccio. Gridai e istintivamente gli avvolsi le braccia intorno al collo. I nostri occhi si incontrarono e lui mi rivolse di nuovo quello sguardo tenero che mi scombussolava seriamente la testa. Stava iniziando a piacermi troppo in fretta.

Non mi accorsi nemmeno che abbassava il suo viso verso il mio. Ma quando le nostre labbra si incontrarono, risposi volentieri. Fu troppo breve. Gli occhi fissi nei miei, Szaro mi portò come una sposa fino alla riva, il leggero movimento ondeggiante dei suoi movimenti mentre scivolava sull'erba mi cullava dolcemente.

Per un momento pensai che sarebbe entrato in acqua con me ancora in braccio e completamente vestita. Ma si fermò vicino a una grande roccia e mi rimise in piedi. Si tolse con cura i bracciali e gli altri accessori e li mise sopra la roccia. Mi tolsi gli stivali e la tuta di pelle e restai in piedi davanti a lui con il mio reggiseno sportivo e i pantaloncini da allenamento. Szaro mi diede un'occhiata stranissima. In quell'istante, avrei dato ogni credito a mio nome per poter leggere nella sua mente.

"Ti garantirò la tua privacy", disse in tono gentile.

Senza aspettare la mia risposta, si girò e si diresse un buon centinaio di metri a sinistra prima di entrare in acqua. Andai dritta verso l'acqua, togliendomi la maglietta e i pantaloncini, che mi serviva anche da intimo – sì, avevo la mania di stare senza mutande. Entrai nell'acqua cristallina, sorpresa di trovarla molto meno fredda di quanto mi aspettassi. Non era tiepida, solo fresca, forse intorno ai 12-15 °C. Lavai i miei vestiti al meglio che potei, strizzando via più acqua possibile, poi li appesi su un ramo basso di un albero vicino.

Mi chiesi se Szaro mi stesse guardando da lontano mentre mi pavoneggiavo nuda. Quel pensiero mi eccitava. Non misi in discussione le mie attuali emozioni. Tornando verso l'acqua, lanciai uno sguardo nella sua direzione. Szaro nuotava intorno, facendo salti impressionanti fuori dall'acqua come un delfino. Il mio sguardo non si staccò mai dalla sua danza acrobatica mentre mi lavavo con calma.

Non ricordavo di aver iniziato a nuotare nella sua direzione. Quando improvvisamente lui si fermò, si girò e mi guardò, mi resi conto che c'erano solo una dozzina di metri tra noi. Aveva piegato il cappuccio mentre giocava in acqua, probabilmente per rendersi più aerodinamico. Ma lo dispiegò di nuovo, espandendolo al massimo mentre nuotava verso di me – o piuttosto scivolava sull'acqua. Non usava le braccia, che teneva distese accanto al corpo, e si spingeva con la coda.

Con mia sorpresa, invece di venire direttamente da me, cominciò a girarmi intorno, come uno squalo intorno alla sua preda, il raggio si restringeva ad ogni giro. Alla fine si fermò a pochi centimetri da me, ma senza toccarmi.

"Sei nuda, Serena", disse, la sua voce più profonda di quanto potessi ricordare, e il leggero suono rantolante che l'accompagnava ancora più pronunciato del solito.

"È così", ammisi.

"Stai rinunciando alla tua privacy?" insisté.

"È così", ripetei.

Sollevando una mano, e con l'altra sfiorando l'acqua, accarezzai la parte interna sinistra del suo cappuccio. Lui rabbrividì, le strette fessure delle sue pupille si dilatarono. Salha mi aveva detto che, proprio come la coda di un pavone, il cappuccio di un

Ordosiano era un simbolo di selezione sessuale e serviva, tra le altre cose, ad attirare le femmine. Più ampio era il cappuccio, più spessa era l'arcata sopraccigliare, maggiore era il numero di anelli che la ricoprivano e più l'esemplare era di prima scelta. Szaro stava sventolando la sua "coda di pavone" per attrarmi.

Gli avvolsi le braccia intorno al collo e lui mi attirò nel suo abbraccio. Le fusa rantolanti che si levarono dalla sua gola facevano eco al gemito delicato che mi sfuggì alla sensazione del suo corpo duro contro la mia pelle nuda. Il dolce raschiare delle scaglie della sua coda mentre si muoveva da un lato all'altro per tenerci a galla risuonava direttamente tra le mie cosce. Le sue mani percorsero la mia schiena, una si posò sul mio sedere, mentre l'altra mi accarezzava la nuca. Sollevai il viso, anticipando il bacio che ricevetti pochi istanti dopo.

Mi sciolsi contro di lui. E per la prima volta, le labbra di Szaro si aprirono mentre lui approfondiva il bacio. Avevo temuto quel momento, non sapendo come avrei risposto alla sua lingua da rettile. Certamente all'inizio sembrava strano, essendo più stretta e più lunga. Così, smisi di provare e lo feci condurre. Le sue fusa rantolanti espressero la sua approvazione e presto le nostre lingue danzavano in tandem. Mentre le sue mani riprendevano la loro esplorazione, le mie iniziarono la propria. Con mio sollievo, lui piegò le pinne sulla parte superiore delle braccia, e io mi godetti la sensazione di morbidezza e resistenza delle sue varie squame, da quelle più spesse e larghe sulle spalle a quelle più piccole e scintillanti sul petto e sulle braccia.

Interrompendo il bacio, le labbra di Szaro tracciarono la linea della mia mascella fino al collo, e lui mi piegò all'indietro in modo che la sua bocca potesse continuare il suo viaggio sulla mia pelle. Istintivamente avvolsi le gambe intorno alla sua vita, entrambe le mie mani aggrappate alle sue braccia muscolose. In questa nuova posizione, l'ondeggiare dei suoi fianchi per tenerci a galla creava un attrito squisitamente peccaminoso del suo bacino contro il mio centro. Gemetti di nuovo per le scintille elettriche che questo mandava giù per le mie gambe e per il calore bruciante della sua bocca che succhiava uno dei miei capezzoli.

Presto mi fece contrarre le pareti interne dalla voglia. Quando mi tirò su e reclamò la mia bocca, pensai che stesse per eccitarsi e distendermi su di lui, ma fece soltanto scivolare la sua mano destra dietro il mio sedere e poi la fece scorrere per accarezzare il mio sesso. Il mio clitoride era così gonfio che un solo tocco mi fece gemere forte contro la sua bocca. Szaro strinse la sua presa intorno a me, interruppe il bacio e mi fissò in viso con uno sguardo intenso. Il movimento delle sue dita sulla mia piccola protuberanza era incerto. Nel mio annebbiamento lussurioso mi resi conto che non aveva familiarità con la cosa e probabilmente stava studiando le mie reazioni al suo tocco per capire meglio.

Mi chinai per baciarlo di nuovo, ma lui spostò la testa indietro per continuare a osservarmi. Le labbra aperte, il respiro forte mentre il piacere cresceva lentamente, chiusi gli occhi e mi arresi al suo tocco sempre più controllato. Gettai la testa all'indietro con un grido acuto quando il mio orgasmo si riversò su di me, le mie unghie scavando nelle braccia di Szaro. Lui emise di nuovo quelle fusa rantolanti e schiacciò le mie labbra con un bacio possessivo mentre io continuavo a tremare contro di lui.

Senza fermarsi, lui si piegò all'indietro fino a sdraiarsi sulla schiena nell'acqua con me sopra. Il cappuccio aperto di Szaro agiva quasi come un salvagente mentre lui riprendeva a nuotare lungo il fiume. Non tornò subito a riva, girando intorno nell'acqua mentre le sue mani mi accarezzavano. Gli baciavo il viso e il collo mentre l'acqua ci lambiva la nostra pelle febbricitante.

Fu solo quando Szaro ci girò prima di raddrizzarci che mi resi conto che finalmente si era spostato sulla riva. Con le gambe ancora avvolte intorno alla sua vita, lasciai che il mio uomo mi portasse a un morbido letto di muschio a poca distanza dall'acqua. Mi adagiò su di esso, ma invece di unirsi a me, mi fissò con aria di meraviglia, il suo sguardo indugiava soprattutto sulle mie gambe. Ero sorpresa di non sentirmi imbarazzata o estremamente a disagio, ma come potevo quando lui mi guardava come se fossi la donna più bella dell'universo?

Si abbassò e, partendo dai miei piedi, fece scorrere le dita lungo le mie gambe. Le sue labbra seguirono la sua scia. La pelle d'oca mi stava ricoprendo la pelle quando lui raggiunse le mie ginocchia e strofinò le scaglie morbide della sua guancia sulla mia coscia destra. Un forte peso sembrò premere sul petto, rendendomi difficile trarre nulla di più che respiri superficiali mentre il suo viso si avvicinava all'apice delle mie cosce. Le sue ampie spalle allargarono le mie gambe mentre lui si sistemava tra di esse.

Szaro mosse la lingua e un rantolo si levò dalla sua gola prima che il suo pollice cominciasse ad accarezzarmi delicatamente la fessura. Poi si soffermò sul mio clitoride, che sembrava affascinarlo. Quindi il suo respiro caldo soffiò sul mio sesso, seguito dall'umidità bruciante della sua bocca. Con un gemito strozzato, inarcai il collo, inclinando la testa all'indietro, una mano che pizzicava il mio capezzolo sinistro mentre il palmo dell'altra strofinava le scaglie morbide del suo cappuccio.

Il mio uomo si prese il suo tempo, esplorando, assaggiando, testando, analizzando ogni mia risposta alle sue dita, alla sua lingua e alla sua bocca su di me. Il lento accumulo di piacere mi faceva scorrere dalle labbra una serie infinita di gemiti, la mia pelle formicolante per il fuoco che infuriava dentro. Attraverso il mio estatico annebbiamento, vidi la punta della sua coda arricciarsi vicino alla mia testa, le squame separarsi per far uscire i suoi sonagli. Con il cuore che batteva, aspettai che iniziasse ad agitarli, come aveva fatto durante la nostra cerimonia di matrimonio.

E poi lo fece.

Contemporaneamente, infilò la sua lingua biforcuta dentro di me. Un calore bruciante mi percorse tutta la pelle, e una luce accecante esplose davanti ai miei occhi sotto la violenza dell'orgasmo che infuriava dentro di me. Non riuscii a capire cosa accadde nei minuti successivi. Stavo volando troppo in alto. Quando mi ricongiunsi con la realtà, il mio corpo ancora tremante per gli ultimi spasmi dell'estasi; Szaro giaceva sopra di me, fissandomi il viso con orgoglio, desiderio e possessività.

Mi ci volle un momento per capire cosa stesse aspettando. Gli avvolsi le braccia intorno al collo e spalancai le gambe, permettendogli di sistemarsi più comodamente tra di esse. Le sue pupille a forma di fessura si dilatarono, e le sue labbra si aprirono, permettendomi di sbirciare le sue zanne affilate. Dopodiché sentii le sue squame separarsi sotto la vita, la sua lunghezza rigida e pre-lubrificata appoggiata alla mia base. Si fermò ancora una volta, i suoi occhi saettavano tra i miei. Annuii, senza lasciare dubbi sul mio consenso.

Szaro sorrise e cominciò a strofinarsi contro di me. Un potente brivido mi attraversò mentre le "punte" lungo la sua asta massaggiavano il mio clitoride con ogni movimento avanti e indietro. Dopo alcuni di questi movimenti, lui abbassò la testa per catturare le mie labbra e cominciò ad inserirsi in me. Santo cielo, era grandioso!

Nonostante quanto mi avesse fatto bagnare e la sua pre-lubrificazione, il mio corpo tentava di resistergli. Szaro interruppe il bacio giusto il tempo di infilare le sue zanne nel mio collo, iniettandomi un po' del suo veleno paralizzante. Era una quantità abbastanza piccola da costringere semplicemente i miei muscoli a rilassarsi, oltre a darmi un bel ronzio. Pochi secondi dopo il mio corpo cedette, accogliendolo. Szaro ingoiò il gemito voluttuoso che si levava da me, la sua lingua invase la mia bocca mentre la sua asta cominciava a muoversi dentro di me.

Qualsiasi fantasia avessi avuto da quando avevo visto le sue punte, la realtà le annientò completamente. Quando Szaro cominciò a controllare le sue punte, riassorbendole all'entrata ed espandendole all'uscita, pensai che sarei impazzita. Ad ogni colpo una palla di fuoco esplodeva nella bocca del mio stomaco, mandando fiamme liquide attraverso le mie vene e consumandomi dall'interno.

Aggrappandomi alle sue squame, gridando per l'estasi, mi contorcevo sotto di lui mentre lui aumentava il ritmo. Ogni spinta, più profonda, più dura, più veloce, mi fece cadere in un vortice di sensazioni. Szaro mi strappò un altro orgasmo prima di far scivolare le sue braccia dietro le mie ginocchia per aprirmi ancora di più per lui. Questa volta, l'amante controllato e metodico che mi aveva fatto vedere le stelle sembrava finalmente perdere il controllo e cedere alla sua stessa passione.

La mia testa rotolava da un lato all'altro mentre lui mi martellava, ogni movimento oscillatorio mandava scintille elettriche in tutto il corpo. Era un sovraccarico sensoriale. Tutto il mio corpo non era altro che un vortice di sensazioni travolgenti. Dal suo cazzo alieno che mi distruggeva, al dolce raschiare delle sue squame contro la mia carne nuda, fino al ringhio rantolante dei suoi gemiti nel mio orecchio, il mio mondo si riduceva a Szaro che mi reclamava... che mi distruggeva.

Quando il mio orgasmo successivo mi sconvolse, pensai che la mia mente si sarebbe frantumata. Szaro ruggì la sua stessa liberazione, il suo seme eruttava nelle mie viscere martoriate con potenti fiotti. Le sue braccia che si stringevano intorno a me in un abbraccio quasi doloroso mi mantenevano connessa con la realtà. Lui continuava a muoversi dentro e fuori di me fino a quando il suo seme non fu esaurito. Mi baciava il viso con riverenza, sussurrando parole in Ordosiano che non potevo capire. Infine, ci girò, mettendomi sopra di lui e avvolgendo le sue braccia e la sua coda in modo possessivo attorno al mio corpo tremante.

CAPITOLO 12
SZARO

Con molta riluttanza osservai la mia compagna vestirsi, con i capelli ancora umidi dal bagno mattutino. Dopo essermi unito a lei la prima volta sulla spiaggia, l'avevo reclamata altre quattro volte durante la notte e un'altra volta quella mattina. Eppure avevo ancora fame di lei.

Non avevo intenzione di farla dormire fuori, e soprattutto non completamente nuda. Anche se le notti non erano mai fredde in quella regione di Trangor, erano notevolmente più fresche dei giorni. Serena non possedeva una protezione naturale di squame come noi. Inoltre, a differenza sua noi eravamo a sangue freddo. Ciò significava che i nostri corpi potevano acclimatarsi alla temperatura intorno a noi, mentre il suo avrebbe cercato di mantenere una temperatura costante. Per fortuna, lei non sembrava preoccuparsene o soffrire di alcun disagio per questo.

Dopo essersi vestita, Serena si nutrì di rugali. Da quando li aveva paragonati ai genitali maschili, non avrei mai più visto quei frutti allo stesso modo. E anche lei si assicurava che così fosse. Anche adesso, la mia compagna stava massaggiando i frutti con un'espressione suggestiva sul viso, toccando con la punta della lingua l'imboccatura dell'imbuto come se volesse leccarlo, qualche istante prima che la crema uscisse. Per tutto il tempo il suo sguardo non si separò mai dal mio.

Dalle mie ricerche, sapevo che ai maschi umani piaceva essere soddisfatti dalle loro partner che prendevano il loro pene in bocca. Serena non l'aveva fatto con me, anche se l'avrebbe voluto ad un certo punto la sera prima. Ma il bisogno di essere dentro di lei era stato troppo forte. Era così calda, così morbida, e i suoni che faceva mentre la prendevo, il modo in cui il suo corpo tremava sotto di me...

Dea! Avevo le vertigini solo a pensarci.

Non sapevo perché si era ceduta a me la sera prima, e questo mi terrorizzava. Qualcosa era cambiato dopo che avevamo dormito nella grotta. Il legame tra noi si era rafforzato. Eppure non credevo che Serena avesse rinunciato al suo piano di andarsene una volta scaduti i sei mesi.

Non avrei mai potuto lasciarla andare.

E avrei fatto in modo che non lo facesse. La lussuria non era l'unica ragione per cui la mia compagna si era unita a me la sera precedente. Sentiva il legame tra di noi. Un affetto genuino traboccava nei suoi occhi per me. Avrei soffiato su quella fiamma fino a farla diventare un furibondo inferno divorante.

Dopo aver rubato un ultimo bacio appassionato a Serena l'aiutai a risalire su Dagas, che si era allontanato un po' mentre pascolava. Se non altro, mi consolava il fatto di avere la mia femmina accoccolata contro di me mentre condividevamo il Drayshan. Il lungo viaggio verso Tulma trascorse in un attimo.

Grazie all'efficienza dei nostri cacciatori, le minacce a nord-ovest erano state eliminate. Come Grande Cacciatore di Krada ero stato negligente nei miei doveri, passando il ruolo a Mandha e Raskier. Ma i due maschi avevano capito il mio bisogno di un po' di tempo per legare con la mia compagna. I primi giorni di un'unione di solito determinano la forza delle sue fondamenta. Volevo che le mie fossero indistruttibili.

Tuttavia, mi permisi questa indulgenza solo perché mi fidavo completamente di mio fratello e del mio amico. L'ultimo rapporto di Mandha sul mio com indicava che tutti i restanti branchi di Squoiatori che dovevano essere eliminati erano ormai ben all'interno delle aree con accesso autorizzato per i cacciatori della Federazione. In base alle ultime scansioni, avrebbero dovuto terminare nel giro di una settimana, dieci giorni al massimo. Non vedevo l'ora che se ne andassero. La loro presenza era uno sgradito promemoria per la mia compagna che non mi aveva scelto volontariamente.

Il giorno prima le era piaciuto esplorare il territorio e occuparsi della fauna insieme a me. Volevo che quella diventasse la routine quotidiana di Serena. Volevo che scoprisse sempre di più le innumerevoli meraviglie del nostro mondo, fino a che quella non fosse diventata la vita *che voleva* e non quella che le veniva imposta.

Quando la silhouette del mio villaggio natale, Tulma, apparve davanti a me, il delicato profumo della mia compagna prese la sfumatura leggermente acre della paura e dell'ansia. Non capivo la sua preoccupazione di incontrare i miei genitori e gli altri fratelli.

Un gran numero di membri della tribù salutò il nostro arrivo sulla piazza, tra cui la mia famiglia e i cacciatori di Krada. Fermai Dagas davanti alle prime pietre della piazza, scesi e aiutai Serena a farlo. Lei si passò nervosamente una mano sui capelli intrecciati e si aggiustò il vestito da caccia. La sgradevole familiarità di questa scena mi colpì mentre conducevo la mia compagna al centro della piazza, dove i tre Anziani di Tulma attendevano sotto la statua della Dea Isshaya. Nonostante le circostanze completamente diverse che ci avevano condotti fin lì, la mia Serena si sentiva chiaramente di nuovo sotto processo.

Tutti quelli che erano riuniti intorno alla piazza le fissavano. Non potevo biasimarli per la loro curiosità. Anch'io ero stato curioso la prima volta che avevo posato gli occhi su Serena, sebbene avesse influito anche un certo livello di attrazione. Ma Tulma aveva avuto pochissime interazioni con gli stranieri, tanto meno con gli umani. La tribù non aveva mai visto una femmina umana in carne ed ossa, tanto meno una con la pelle marrone-dorata e men che meno una cacciatrice. Per di più era la compagna del Grande Cacciatore, colui che la maggior parte delle femmine idonee di Tulma non era riuscita a sedurre.

Quando avevo lasciato il villaggio per cercare una compagna e uno scopo, molti si erano chiesti quale tipo di femmina avrebbe trovato grazia ai miei occhi. Nessuno, nemmeno io, avrebbe mai potuto immaginare che sarebbe stata qualcuno come la mia Serena, la mia bella *Ashina*.

Dopo aver reso omaggio agli Anziani e aver presentato loro la mia compagna, feci un saluto generale a tutti gli altri prima di avvicinarmi ai miei genitori. Ci sarebbe stato tempo più tardi per rinsaldare la mia amicizia con le vecchie conoscenze.

"Madre, padre", dissi rispettosamente, premendo la mia fronte contro ognuno di loro a turno.

"Bentornato, figliolo", disse affettuosamente mia madre prima di rivolgere i suoi occhi dorati a Serena.

"Figlio", disse mio padre come unico saluto, poi anche lui concentrò la sua attenzione sulla mia compagna.

Avvertii una sensazione di disagio nella bocca dello stomaco. Al di là della naturale curiosità, il loro sguardo mancava del calore a cui ero abituato e che mi aspettavo esprimessero il giorno in cui avrei finalmente portato a casa una compagna.

"Questa è Serena, la mia compagna," dissi, accarezzandole dolcemente la schiena.

Il sottile ma inconfondibile indurimento negli occhi di mia madre e l'irrigidimento della spina dorsale di mio padre misero in allarme tutti i miei sensi. I miei genitori non approvavano la mia compagna. Ma perché? Certo, avrebbero voluto per me una femmina Ordosiana di sangue puro, ma la mia felicità per loro era la cosa più importante. Sicuramente Mandha aveva detto loro dell'affetto che la mia Serena suscitava in me. Avrei dovuto scoprirne la causa, ma non ora, non davanti a lei.

"Serena, questi sono i miei genitori, mia madre Erastra e mio padre Leshu", dissi in tono entusiasta, facendo finta di niente.

"È un onore conoscere te, Erastra, e te, Leshu", disse Serena con una risata nervosa.

"Finalmente ti incontriamo, Serena", disse mio padre, chinando appena la testa in segno di saluto.

"Abbiamo sentito parlare molto di te", disse mia madre. "Grazie per aver salvato mia figlia Salha e il piccolo. Il nostro povero Mandha ne sarebbe rimasto devastato."

Combattei l'impulso di stringere i denti e riuscii a malapena a reprimere un sibilo arrabbiato. I miei genitori che evitavano il mio sguardo non facevano altro che confermare che l'affronto era stato deliberato, mia madre lo sottolineava affermando che la compagna di Mandha era sua *figlia* Salha, ma entrambi i miei genitori si limitarono a riferirsi alla mia compagna come Serena.

"Non c'è bisogno di ringraziarmi", rispose Serena. "Era solo la cosa giusta da fare".

"Mhmm", rispose mia madre in modo evasivo.

Poi presentai la mia compagna agli altri tre fratelli che avevano aspettato in disparte. Dopo aver scambiato qualche parola, entrambe le mie sorelle si scusarono perché dovevano tornare ai loro compiti nell'atrio, così come mio fratello minore che doveva partire in missione di esplorazione. Dato che avevo intenzione di passare un paio di giorni nel villaggio, avremmo avuto il tempo di recuperare più avanti.

Notai che Serena lanciava occhiate a mio padre. Immagino che la sua stazza imponente le intimidisse. Nonostante la mia grande altezza e le mie spalle larghe, mio padre era ancora più grande.

"Sei cresciuto ancora un po' dall'ultima volta che ti ho visitato, padre", dissi, sforzandomi di sembrare spensierato.

"È così", rispose mio padre con un'espressione compiaciuta.

"E mi ha fatto impazzire per due settimane con i suoi continui lamenti sulla sua muta", disse mia madre, con un'aria tutt'altro che impressionata.

Serena sbuffò poi cercò di nascondere la sua risata in un attacco di tosse.

Mio padre si voltò a fissare mia madre. "È stato particolarmente straziante", disse sulla difensiva e con sdegno. "Provate ad avere tutta questa vecchia pelle da disperdere e con la dannata cosa che si rifiuta di cadere". Si voltò di nuovo verso di me. "Quando avrai la mia età, capirai. Sei già più grande di quanto fossi io alla tua età. Quando raggiungerai la mia, sospetto che sarai almeno tre o quattro centimetri più alto e più largo".

Gli occhi di Serena si spalancarono e la sua testa sobbalzò verso di me. "Diventerai ancora più grande di tuo padre?" chiese, sbalordita.

"Più che probabile, sì", dissi compiaciuto. "Perché pensi che facciamo la muta? Gli Ordosiani continuano a crescere per tutta la loro vita, i maschi più velocemente delle femmine. La nostra pelle attuale diventa troppo piccola per contenerci, quindi ce ne liberiamo per beneficiare di una nuova e più confortevole, almeno per un po'".

La mia compagna rimase a bocca aperta, poi il suo sguardo vagò lentamente su di me. Dall'espressione del suo viso sospettavo che stesse cercando di immaginarmi delle dimensioni di mio padre. Il suo sguardo raggiunse il mio bacino, si fermò lì per una frazione di secondo, poi lei sollevò bruscamente la testa. I lineamenti eccessivamente espressivi di Serena non riuscirono a nascondere il suo improvviso imbarazzo. Sapevo allora senza ombra di dubbio che si era chiesta se il mio pene sarebbe stato in scala con il resto di me.

Naturalmente, era così.

Con una volontà propria, la mia lingua guizzò fuori quasi contemporaneamente a quella dei miei genitori. Con sgomento della mia povera compagna, anche loro avevano indovinato la causa della sua reazione. Il sapore della nascente eccitazione di Serena risuonò direttamente nella mia regione inferiore, facendomi immediatamente desiderare di eccitarmi. Ma fu l'espressione preoccupata sui volti dei miei genitori che percepirono la risposta fisica della mia compagna nei miei confronti a catturare la mia attenzione.

Erano sorpresi che fosse attratta da me.

"Vorrei davvero che non lo faceste", borbottò Serena sottovoce, mortificata.

Risi, provando un pizzico di simpatia per lei. Il fatto che il mio odore rivelasse innumerevoli cose di me agli altri, per me un fatto scontato. Ero cresciuto subendone le conseguenze e traendone vantaggio nei confronti degli altri. Doveva essere snervante per chi come lei che non l'aveva mai sperimentato prima.

"Ti fermi un po' o sei solo di passaggio?" chiese mia madre.

"Se non è un problema, Mandha, la mia compagna ed io abbiamo intenzione di passare un paio di giorni con voi", dissi con cautela. "Sarà un'occasione per Serena di scoprire dove siamo cresciuti e di conoscere la sua nuova famiglia. La situazione degli Squoiatori è sotto controllo. Raskier riporterà i nostri cacciatori a Krada, così il villaggio non rimarrà troppo a lungo con un numero ridotto di difensori".

Alla luce della loro tiepida accoglienza nei confronti della mia compagna mi aspettavo che i miei genitori si opponessero a questa prospettiva, ma la reazione entusiasta di mia madre alla notizia mi rese immediatamente sospettoso. Aveva in mente qualcosa e avrebbe usato il nostro soggiorno per portare a termine i suoi piani, qualunque essi fossero. Avevo bisogno di trovare un momento in privato con i miei genitori per affrontarli in merito al loro atteggiamento.

"Bene, allora porterò Serena nella tua vecchia stanza, le farò fare un giro della casa e la conoscerò mentre tu raggiungerai tuo padre e ti occuperai del ritorno dei tuoi cacciatori", disse mia madre con un tono che non ammetteva discussioni.

"Ma..."

"Abbiamo molto da discutere", disse mio padre interrompendomi. "Lascia le femmine alle loro cose".

Il mio stomaco si annodò con apprensione mentre mi voltavo a guardare Serena. Non volevo lasciarla sola con mia madre finché non avessi capito meglio cosa avesse provocato il suo strano comportamento. Mia madre era sempre stata una donna calda, affettuosa e di sostegno.

"Va tutto bene", disse Serena, accarezzandomi il petto con un gesto distensivo. "Questa sarà la mia occasione per far rivelare a tua madre tutti i tuoi vergognosi segreti d'infanzia."

Mia madre sbuffò. "Ci vorranno ben più di un paio di giorni per questo. Vieni, Serena."

I miei occhi si incrociarono con quelli di mia madre mentre lei faceva segno alla mia compagna di seguirla. Lei sostenne il mio sguardo di avvertimento con sfida. Le guardai uscire, con la preoccupazione che mi rodeva. Mi voltai a guardare mio padre.

"Cosa sta succedendo? Perché tu e la mamma avete mancato di rispetto alla mia compagna?" sibilai.

"Mancanza di rispetto?" chiese mio padre, inclinando la testa di lato e guardandomi come se avessi detto qualcosa di ridicolo. "Pensi che *noi* abbiamo mancato di rispetto a *lei?* Dimmi figliolo, hai notato come la tribù ha guardato voi due quando siete arrivati?"

Alzai le spalle. "Una curiosità piuttosto indelicata che ha messo la mia compagna a disagio".

"È solo curiosità quella che hai visto? O è solo questo che hai *scelto* di vedere?" ribatté lui, il suo sguardo fisso sul mio con il contegno severo che era solito mostrare in gioventù quando non prendevo sul serio il mio allenamento.

"Cos'altro avrei dovuto vedere?"

"Commiserazione", disse lui in tono freddo.

Indietreggiai, sentendomi come se avessi appena ricevuto un pugno nello stomaco. Un milione di pensieri turbinava nella mia mente mentre rievocavo nella mia mente gli sguardi che la tribù aveva lanciato a me e alla mia compagna. I miei pugni si strinsero, le mie zanne si abbassarono e le mie ghiandole del veleno si gonfiarono mentre la rabbia cresceva dentro di me. Avevano guardato *lei* con curiosità e disprezzo. Avevano guardato *me* con delusione e commiserazione.

"Commiserazione?" sibilai, avanzando minacciosamente verso mio padre. "Commiserazione per cosa? Perché mi sono legato a una straniera?"

"Non mostrarmi le tue zanne, Szaro Kota", scattò mio padre, il suo imponente cappuccio si allargò ulteriormente in segno di dominio, mentre i suoi muscoli si gonfiavano sotto le squame. "Te le strapperò dalla bocca per insegnarti il rispetto".

Deglutii dolorosamente a causa delle mie ghiandole traboccanti, chiusi la bocca e chinai la testa in segno di sottomissione. Non avevo mai mancato di rispetto al mio sire prima.

Ma d'altronde non avevo mai avuto una compagna a cui lui potesse mancare di rispetto.

"Non ci interessa che tu abbia scelto una straniera come compagna", continuò mio padre, la sua voce ancora tagliente ma la sua rabbia mitigata dalla mia dimostrazione di sottomissione. "Ma tu sei Szaro Kota, figlio di Leshu, e Grande Cacciatore di Krada. Metà delle femmine di Tulma avevano sperato di dare alla luce la tua progenie, come tua compagna di vita oppure come tua compagna di legame. Tu le hai rifiutate tutte per invischiarti in questa farsa di unione!"

"Non è una farsa! " gridai, senza curarmi di chi avesse sentito la nostra discussione. "Io e Serena siamo stati legati davanti alla Dea e alla tribù di Krada. Esigo rispetto per la mia compagna!"

"*Non* è la tua compagna. *Tu* hai legato la tua vita a Serena davanti alla Dea e a tutta la Krada. *Lei* no".

Sentii il sangue defluire dal mio viso quando finalmente

capii. “Abbiamo affrontato la questione con l’Anziana Krathi. Lei era d’accordo...”

“L’Anziana Krathi è una sciocca”, interruppe mio padre con rabbia. “Lei e la tua tribù adottiva possono averlo trovato accettabile, ma avrebbe dovuto sapere che le altre tribù non lo avrebbero fatto. La voce si è sparsa in lungo e in largo. E cosa pensi che stiano dicendo tutti?”

Ingoiai la bile che mi saliva in gola. Non mi importava cosa gli altri pensassero di me, ma non potevo accettare che pensassero male della mia compagna, o che la mia situazione portasse vergogna alla mia famiglia.

“Non permetterò che il mio primogenito sia preso in giro”, aggiunse mio padre, sollevando il mento. “Né lo farà tua madre. Posso assicurarti che lei risolverà la cosa prima della tua partenza”.

Annuii rigidamente.

CAPITOLO 13

SERENA

Cercai di mettere a tacere i miei nervi mentre seguivo Erastra nella loro dimora. A differenza di Krada, il villaggio di Tulma non era racchiuso da una montagna ma circondato dall'acqua. Attraversammo un ampio ponte per raggiungere l'isola a forma di diamante. La maggior parte delle residenze erano strutture sull'acqua. Costruite principalmente in pietra e legno, possedevano tutte immense finestre riflettenti che impedivano alle persone all'esterno di spiare l'interno.

Come la casa di Szaro, la dimora di suo padre stabiliva chiaramente il suo status nella tribù dei Tulma. Era massiccia e altamente ornata all'esterno. Delicati motivi erano stati scolpiti in bassorilievo sia sulla pietra che sul legno che modellava l'edificio. Avevo visto intagli simili a Krada. Ma lì, come qui, non erano presenti in molte abitazioni. I compagni di vita non scolpivano la loro facciata, solo i compagni di unione. L'estensione e la complessità delle decorazioni rivelavano da quanto tempo una coppia di sposi occupava la casa. Era l'omaggio del maschio alla moglie. Per ogni anno della loro unione, ogni nascita di un figlio e ogni grande evento legato alla loro famiglia, vi erano sculture che adornavano il muro.

Sapevo che Szaro voleva iniziare a scolpire la facciata della sua grotta a Krada. Secondo Salha, il mio primo incontro con Szaro al confine, poi io che salvavo lei ed Eicu, sarebbero state le prime cose realizzate in modo stilizzato. Ma prima che potessi soffermarmi su come mi sentivo a riguardo, Erastra aprì la porta della casa e mi fece entrare. La mia mascella cadde di fronte alla bellezza che mi accoglieva all'interno.

Come mi aspettavo in un'abitazione Ordosiana, i mobili "comodi" erano scarsi. Niente divani, sedie o superfici imbottite, niente che corrispondesse tradizionalmente ad un soggiorno o ad una sala da pranzo. Eppure, la grande stanza in cui entrammo svolgeva entrambe le funzioni. Da un lato, un tavolo massiccio con bordi e gambe squisitamente scolpite stava di fronte a una serie di scaffali altrettanto ornati. Alcune scatole che sembravano giochi da tavolo erano accantonate lì. Dall'altro lato, una serie di lastre riscaldanti circolari circondava un tavolo basso a semicerchio. E uno schermo gigante a muro era appeso di fronte ad esse.

Ma quello che catturò la mia attenzione furono le immense statue di una donna Ordosiana ad ogni estremità della stanza, ognuna incorniciata da enormi finestre. Fungevano quasi da colonne, i loro cappucci toccavano il soffitto mentre i loro bei volti guardavano giù nella stanza, e solo le punte delle loro code toccavano il pavimento. Con le braccia spalancate, tenevano i nastri con cui le femmine avevano ballato durante il nostro matrimonio. In questa versione scolpita, i nastri correvano lungo il soffitto come modanature della corona.

Senza parole, seguii Erastra mentre mi portava nella vecchia stanza di Szaro. Anche quella mi sbalordì. Mentre la sua stanza della propria dimora era completamente spoglia, le pareti di questa erano decorate con armi, ossa, squame e piante o rami secchi, ciascuno collegato da un disegno inciso sulla parete. Mi ci volle meno di un secondo per capire che quello rappresentava il suo viaggio come cacciatore: dall'arco da allenamento in legno a misura di bambino, al temibile teschio di una creatura che non avevo mai visto prima.

"Come è suo dovere, Leshu registra la storia di ogni nostra progenie", disse Erastra con orgoglio mentre guardava il muro. Si avvicinò all'ultimo oggetto alla fine del filo scolpito. Sembrava la testa di una lancia fatta di pietra. "Il mio amico l'ha fatto per segnare il giorno in cui Szaro è diventato il Grande Cacciatore di Krada, il villaggio della montagna rocciosa. Leshu è ansioso di prolungare il filo. Ma poiché Szaro si rifiuta di generare una prole con una compagna di vita, la prossima aggiunta a questo muro sarà probabilmente per segnare il suo legame".

La sensazione di disagio che mi rodeva da quando ero entrato nel villaggio, e che si era intensificata nel momento in cui incontrai i genitori di Szaro, salì di un'altra tacca.

"Se è così ansioso, perché non ha ancora iniziato?" la sfidai.

Erastra si voltò verso di me, un bagliore severo nei suoi occhi dorati mentre mi fissava con sfida. "Perché non c'è niente da aggiungere. Szaro non è legato".

Una parte di me sapeva che sarebbe successo, ma mi sembrava comunque uno schiaffo in faccia. Strinsi i denti e feci un respiro profondo per mantenere la calma. Sostenevo il suo sguardo incrollabile, rifiutando di farmi intimidire.

"Non ti piaccio molto, vero?" dissi con un tono secco.

"Non mi sei antipatica", ribatté Erastra in tono disinvolto. "O meglio, *non* mi sei *più* antipatica da quando ti ho incontrato. Ma devo ancora decidere se mi piaci".

"Non mi disprezzi? Eppure tu e tutti gli altri del villaggio mi avete guardato con disprezzo appena siamo arrivati. E ora insulti me e Szaro liquidando il nostro legame come se non esistesse?" scattai.

"Perché è così!" sibilò lei, prima di avanzare verso di me. Sembrava minacciosa, ma rimase a una distanza rispettabile, anche se non sarei stata in grado di scappare se avesse deciso di attaccare.

"È sicuro come l'inferno che esiste!" dissi, mantenendo la voce appena al di sotto di un grido. "Io e Szaro ci siamo sposati due volte. Prima secondo le leggi umane, e poi attraverso un elaborato rituale Ordosiano. Siamo stati legati davanti a tutta Krada e alla vostra Dea".

"Szaro si è legato a *te. Tu* non ti sei legata a *lui!"* Erastra gridò, con la rabbia che distorceva i suoi bei lineamenti.

Indietreggiai, totalmente confusa. Ripercorsi la cerimonia nella mia testa, cercando di capire in cosa avessi mancato.

"Cosa... cosa vuoi dire? Ho fatto tutto quello che mi è stato detto di fare. Mi sono messa al centro del cerchio, io e Szaro ci siamo abbracciati, le femmine hanno danzato intorno a noi, poi gli Anziani hanno fatto quel cerchio e ci siamo baciati. Cos'altro avrei dovuto fare?"

"Szaro ha ballato per te. *Tu* hai ballato per lui?"

Scossi la testa, accigliandomi. "No. Salha ha ballato al mio posto, dato che non conoscevo la coreografia".

"Salha *non* è la sua compagna! Non può legarlo", brontolò Erastra. "Perché hai lasciato che un'altra femmina compisse l'atto più importante della tua vita?"

"Senti, devi smetterla di tormentarmi", scattai, iniziando a perdere la pazienza. "Nel caso tu non l'abbia notato, non sono Ordosiana." Indicai me stessa. "Non conosco i vostri dannati rituali perché non sono documentati da nessuna parte. Mi è stato detto di andare al cerchio, sedermi e aspettare che qualcuno mi desse altre istruzioni. Non sapevo nemmeno che ci dovesse essere qualche tipo di danza del cavolo. Se era così importante, qualcuno avrebbe dovuto dirmelo. Non farmi la morale perché non so leggere nella mente!"

Inspirai profondamente ed espirai lentamente, chiudendo gli occhi per cercare di riprendere il controllo. Per quanto sfogare la mia frustrazione fosse stato liberatorio, mi sentivo orribile per aver alzato la voce con la mamma di Szaro. Qualunque fossero i nostri problemi attuali, lei era mia suocera. Con mia sorpresa, invece di peggiorare le cose, il mio sfogo sembrò smorzare un po' della rabbia di Erastra. Serrò le labbra e mi rivolse uno sguardo indagatore prima di annuire rigidamente.

"Hai ragione," ammise Erastra. "E l'Anziana Krathi sentirà la mia ira per aver permesso che questa umiliazione colpisse mio figlio. Tu eri già nel villaggio. Avrebbero potuto ritardare la cerimonia di qualche giorno per permetterti di imparare a muovere le fasce in modo che il legame potesse essere fatto correttamente. La coreografia non deve essere perfetta".

"Aspetta! Torna un attimo indietro! Cosa significa *questa umiliazione?* " chiesi.

Erastra mi guardò. Questa volta la rabbia lasciò il posto al dolore e alla vergogna. "Il fatto che tu non abbia ballato per lui ha detto al mondo intero che sei disposta ad approfittare di tutti i vantaggi di avere un compagno legato, ma che non sei pronta a ricambiare perché non lo ritieni degno di te."

Scioccata, mi coprì la bocca con la mano mentre la fissavo incredula.

"Mio figlio era il maschio più ambito qui e in ogni villaggio che ha visitato. Ma nessuna femmina ha mai incontrato la sua approvazione", disse Erastra con voce piena di dolore. "E ora si sta spargendo la voce che ha scelto una donna straniera solo per essere considerato inadeguato. È diventato uno zimbello".

"Questa è una stronzata!" sibilai. "Se sapevano che la gente avrebbe reagito in quel modo, perché diavolo hanno permesso all'Anziana Krathi e a Szaro di farlo?"

"Perché Krada si vanta di essere "progressiva" nei suoi modi e adattabile alle situazioni che cambiano continuamente", disse Erastra con irritazione mentre agitava una mano in modo sbrigativo. "Ecco perché la maggior parte delle interazioni con la vostra Federazione sono state gestite tramite loro. Ma dimenticano che non vivono in isolamento. Le altre tribù osservano ancora le vecchie abitudini, e le cose che accadono hanno delle conseguenze".

"Ok, va bene. Ma piangere sul latte versato non cambierà nulla", dissi, infastidita oltre ogni dire che qualcuno potesse prendere in giro Szaro, specialmente a causa di un errore di comunicazione. Volevo uscire e sparare uno dei miei dardi nella coda di qualsiasi stronzo che guardasse il mio uomo nel modo sbagliato. "Come possiamo rimediare?"

"Devi ballare per lui", disse Erastra con forza.

"Va bene. Facciamolo", risposi.

Erastra indietreggiò e i suoi occhi si spalancarono per lo shock. "Tu... tu lo farai?"

"Certo!" risposi come se fosse evidente, perché lo era. "Perché mai dovresti dubitarne? Szaro mi ha salvato la vita e non è stato altro che meraviglioso con me dal primo giorno. *Non* sarò il motivo per cui qualcuno lo umilia. Non se lo merita".

Il suo viso si addolcì e i suoi occhi si riempirono di gratitudine. "Tu provi affetto per lui", disse con un pizzico di sorpresa nella voce.

Il mio viso si scaldò. "È una brava persona. Beh, un buon maschio."

"Grazie, figlia", rispose Erastra. "Siamo molto orgogliosi di lui".

Il suo riconoscermi come figlia mi commosse profondamente. Non ero molto vicina a mia madre, ma la amavo e mi mancava lo stesso.

"Allora, cosa facciamo adesso? Puoi insegnarmi la coreografia?" domandai timidamente.

"La coreografia non è importante", disse Erastra sbrigativa. "Sono i gruppi che contano. Puoi ballare come vuoi. Comunque, la tua anatomia non è adatta alle nostre coreografie. Quello che conta è come muovi le fasce. Anche per questo non c'è una forma o un modello specifico da ricreare. È solo la complessità che rivela la misura del tuo impegno nel legame, e la fluidità che esprime la felicità e il successo della vostra unione. Tu sei il legame che unisce la vostra unità familiare. Le fasce non sono che una tua estensione. Vieni, te lo mostrerò".

Tornammo nella zona giorno dove lei prese una scatola di legno ornata su uno scaffale. Conteneva il paio di nastri ordinatamente piegati che lei chiamava fasce. Ne prese uno e me lo porse.

"Queste sono le mie fasce di unione", disse Erastra con voce malinconica. "Puoi allenarti con loro mentre ne facciamo fare un paio apposta per te. Ci vorranno solo poche ore, così saranno pronte in tempo per la danza di domani".

Mi accigliai al peso dell'unica fascia che mi aveva dato. "È pesante", dissi con preoccupazione. Pesava almeno dieci libbre. "Non sarò in grado di ballare più di qualche secondo facendo roteare la fascia con questo peso su ogni braccio. Mi stancherò troppo in fretta".

La mascella di Erastra cadde. Fissò le mie braccia per un momento, come se potesse vedere i miei muscoli attraverso la tuta da caccia, poi guardò di nuovo il mio viso, la sua mente che correva.

"Il tessuto di cui sono fatte le fasce è in realtà abbastanza leggero. La sarta vi applica una sostanza per renderlo più pesante e perché non si ripieghi su sé stesso", disse Erastra pensierosa. "Possiamo chiederle di rendere le tue più leggere, ma ciò potrebbe ostacolare la tua capacità di farle funzionare come previsto".

Mi morsi il labbro inferiore.

"Potrebbe esserci un'alternativa", dissi con cautela. Erastra inclinò la testa con curiosità. "Qualche anno fa eseguivo una danza con un nastro per la quale mi ero allenata intensamente. All'epoca mi ero classificata tra i più abili ballerini della Terra in una competizione sportiva planetaria che chiamiamo Olimpiadi. La danza utilizza un nastro... una fascia come questa, ma più stretta e attaccata ad un bastone", dissi nervosamente. "Se la coreografia non ha importanza, ma solo come manipoliamo la fascia, potrei farlo? Visto che dobbiamo creare una coppia di fasce per me, magari potrebbe trattarsi piuttosto di bacchette a nastro?"

Erastra esitò, guardandomi con un'espressione incerta. "E questa danza implica complessi movimenti della fascia?" chiese.

Annuii vigorosamente. "Sì. Hai un tablet da prestarmi? Dovrei riuscire a trovare delle immagini online".

Naturalmente, pochi istanti dopo aver ricevuto un tablet, trovai rapidamente alcune foto e video che rassicurarono immediatamente mia suocera.

"Sono molto più strette delle fasce, ma mi sembra un compromesso accettabile", disse Erastra. "Conosci le misure?"

"Sì", dissi, con l'eccitazione che ribolliva dentro di me.

Erano passati più di sette anni da quando avevo smesso di fare ginnastica ritmica a livello agonistico – o che avevo svolto qualsiasi altro allenamento, a dirla tutta. Ma la eseguivo ancora di tanto in tanto solo per divertimento, e la mia regolare meditazione yoga mi aveva mantenuto tonica e flessibile. Avrei potuto farlo con sicurezza. Una parte di me non vedeva l'ora di esibirsi di nuovo davanti a un pubblico.

Erastra mi portò dalla sarta, il cui contegno freddo si riscaldò immediatamente quando mia suocera spiegò lo scopo della nostra visita. All'inizio rimase scioccata dalla mia richiesta della bacchetta a nastro al posto delle fasce. Per un momento temetti che allontanarmi di nuovo dalle loro usanze non solo avrebbe vanificato lo scopo di questo ballo, ma avrebbe anche alienato ulteriormente gli Ordosiani in merito al mio legame con Szaro. Tuttavia, mostrarle le foto della ginnasta la tranquillizzò completamente.

"Puoi roteare questa stretta fascia come in queste immagini?" domandò lei.

"Anche di più", dissi compiaciuta. "Ma solo se avrò una buona bacchetta".

L'espressione impressionata sul suo viso mi deliziò. Ma vedere Erastra sollevare il mento con orgoglio mi toccò ancora di più. In quell'istante, seppi che avrei sudato sette camicie su quel cerchio, non solo per ristabilire l'onore di Szaro, ma per vendicare mia suocera per l'umiliazione che lei e la sua famiglia avevano subito per questo malinteso.

"Allora sarà un ballo da ricordare", disse la sarta. "Comincerò a lavorarci subito. Sarai soddisfatta del risultato finale".

Ringraziai la femmina e lasciai che Erastra mi conducesse fuori. Lei poi mi fece fare un giro del villaggio con una sosta nell'atrio per raccogliere qualcosa che avrei potuto mangiare. Quando tornammo alla sua dimora, mi portò sul retro della casa, sulla terrazza che non avevo ancora visto. La vista mi tolse il fiato. Anche se preferivo comunque la valle nascosta dietro la casa di Szaro, questa era incredibile.

Almeno venti metri per dieci, la terrazza di pietra sembrava galleggiare nell'oceano. Il bordo serviva da trampolino per tuffarsi in acqua. Una piccola rampa sul lato permetteva agli Ordosiani di risalire. Nell'angolo sinistro, un buco circolare con i bordi rialzati per evitare che qualcuno vi cadesse inavvertitamente, conteneva una serie di creature vive simili a gamberi che erano state racchiuse all'interno. Ad un paio di metri da esso era posizionato un tavolo e comprendeva, con mia grande sorpresa, una panca imbottita, perfetta affinché un umano vi si sedesse. E accanto, una pietra per cucinare. Capii subito che Mandha aveva avvertito i suoi genitori dei miei bisogni specifici prima del nostro arrivo.

Ma furono i grandi pesci che saltavano fuori dall'acqua a lasciarmi a bocca aperta. Da lontano sembravano un incrocio tra un delfino e un pesce betta.

"Più tardi Szaro ti porterà a nuotare con loro, se vuoi", disse Erastra in tono amichevole, mentre portava la pietra di cottura al tavolo. "Ma ora, mangia. Non voglio che mio figlio mi accusi di aver fatto morire di fame la sua femmina".

Mi sedetti a tavola e mangiai la mia frutta e verdura, mentre Erastra sgusciava i 'gamberetti' e li metteva a cuocere sulla pietra per me. Quando Szaro e suo padre tornarono finalmente a casa, sua madre mi aveva raccontato ogni singola storia imbarazzante della sua infanzia.

CAPITOLO 14
SZARO

Restavo in piedi nervosamente al bordo del cerchio, nudo tranne che per la collana d'oro con l'eliotropia dei miei antenati, poiché tutti i miei ornamenti erano tornati a Krada. Tutta Tulma sedeva dietro di me in quella insolita cerimonia per completare il mio legame parziale. Era stata una sofferenza per me non far ballare Serena durante la nostra cerimonia originale, ma sapevo che non aveva la forza fisica per reggere le fasce.

Mi ero convinto che il nostro legame non sarebbe stato contestato anche se lei non aveva ballato. Scoprire che tutte le altre tribù l'avevano criticato era stato come una doccia di acido. Serena era la mia compagna. La nostra unione al fiume aveva solo confermato che non ci sarebbe mai stata un'altra femmina per me. Pertanto, ero oltremodo grato a mia madre per aver dato vita a tutto questo. Questo avrebbe cancellato ogni dubbio che la mia Serena intendesse rivendicarmi durante la prima cerimonia.

Anche se quella sera non avremmo eseguito il rituale completo, prima Serena ed io facemmo comunque la doccia. Il mio petto si scaldò ricordando il suo grido di gioia il nostro primo giorno a Tulma quando le avevo mostrato la doccia e il bagno privato che Mandha e mio padre avevano preparato per lei prima del nostro arrivo. Era improvvisato, messo insieme velocemente per essere funzionale. Ma in futuro, avevo intenzione di fare in modo che ogni tribù ne avesse uno permanente per le volte che io e la mia compagna saremmo andati a trovarli.

Nessuna danzatrice circondava il cerchio, nessun maschio batteva i tamburi e nessun guerriero mi avrebbe sfidato quella sera. Ma i nostri tre Anziani stavano sulla predella ai piedi della Dea e dominavano il cerchio che, solo per quella sera, era stato coperto con una stuoia sottile per imbottire il pavimento di pietra dura.

Il mio cuore mi sussultò nel petto, e un silenzio cadde sul pubblico quando la delicata figura della mia compagna si avvicinò dal lato sinistro del cerchio e camminò fino al centro. Indossava quello che avevo imparato a chiamare il suo intimo. In effetti si chiamavano reggiseno sportivo e pantaloncini da allenamento. Entrambi erano neri e nascondevano molto poco della sua bella pelle. Avrei voluto che si vestisse in modo così leggero più spesso. Con mia sorpresa, Serena era a piedi nudi, a parte una specie di strisce di tessuto nero che le avvolgevano le caviglie e le dita dei piedi. In mano teneva la fascia stretta su un bastone.

Si inginocchiò di fronte a me, il suo sguardo fisso sul mio. Una comunicazione silenziosa avvenne tra di noi. La fiducia nei suoi occhi placò in parte la preoccupazione che mi tormentava. Serena sorrise, poi lanciò un'occhiata a Mandha. La mia compagna annuì con un movimento sottile, dando a mio fratello il segnale di iniziare la musica straniera che aveva scelto.

Serena si inchinò, con la fronte premuta sul tappetino e le braccia stese davanti a sé. Trattenni il respiro, mentre il silenzio si protraeva ancora per qualche secondo. Poi le chiare note di una pacifica melodia si levarono intorno a noi. Ancora nella sua posizione inchinata, Serena cominciò a battere il bastone, appena sopra il suolo. La fascia sembrava scivolare ad alta velocità davanti a lei, mentre il suo braccio libero ondeggiava in un movimento aggraziato. All'improvviso si mise a sedere, facendo roteare il nastro in ampi movimenti tutto intorno a lei, un sorriso radioso le illuminava il viso.

Un sussulto collettivo di stupore si levò dalla folla. Le nostre fasce erano troppo grandi e pesanti per eseguire i complessi e rapidi movimenti del nastro della mia compagna. E il tessuto luminoso e azzurro del nastro nell'oscurità faceva sembrare che uno spirito serpente stesse cavalcando in una danza gioiosa intorno a lei.

Senza fermare il movimento del nastro, Serena gettò all'indietro la mano libera, sollevandosi sulle dita dei piedi, e capovolgendosi all'indietro usando la mano come leva, per finire in una posizione eretta. Cominciò poi a correre intorno al cerchio, eseguendo impossibili passi di danza, salti e movimenti acrobatici – alcuni dei quali mi fecero temere che si facesse male – mentre il suo nastro disegnava l'arabesco più affascinante. Vederla stare ritta sulla punta di un piede e girare intorno mi colpì. Ma vederla alzare la seconda gamba in modo che le dita di quel piede puntassero al cielo senza perdere l'equilibrio e far roteare il suo nastro in modo frenetico mi tolse il fiato. Mi sentivo soffocare dalle emozioni, un orgoglio indescrivibile mi riempiva il cuore.

E poi il disastro...

Guardai con orrore come, dopo aver fatto perno su sé stessa un paio di volte, Serena lanciò il suo bastone. Il mio cuore andò in frantumi e il mio sangue divenne acido mentre dietro di me si levavano dei rantoli di orrore. Il tempo sembrò rallentare mentre Serena eseguiva alcuni capitomboli e una piroetta, poi afferrava alla cieca il bastone, fluendo in altre sequenze con il nastro.

"L'ha preso..." sussurrai sotto shock e incredulo.

Appena le parole mi lasciarono la bocca, un ruggito collettivo si sollevò dietro di me seguito dal suono di innumerevoli sonagli in onore della mia compagna. Mi sentii svenire mentre fissavo l'avvincente performance di Serena. Lei si muoveva più velocemente, in sintonia con la musica che era diventata più intensa, più drammatica. Per altre due volte la mia femmina lanciò il nastro, e per altre due volte lo prese prima che questo toccasse il pavimento. Entrambe le volte, dovette a malapena guardare per farlo – il suo cuore sapeva dove sarebbe stato.

Non importa quali sfide si sarebbero presentate sulla nostra strada, non importa chi o cosa cercasse di separarci, lei ci avrebbe sempre afferrato e avrebbe fatto scorrere il nostro legame verso il nostro futuro comune.

Quando la musica cominciò a rallentare, Serena tornò al centro del cerchio e mi fece segno di venire. Il mio cuore traboccava di orgoglio e di troppe emozioni per dar loro un nome, mentre andavo da lei. La mia compagna girò intorno a me un paio di volte, il suo nastro che vorticava in schemi complessi, cancellando ogni dubbio sul fatto che ero stato adeguatamente reclamato e legato. La musica si fermò nello stesso momento in cui la mia femmina lo fece proprio davanti a me. La tirai nel mio abbraccio e le schiacciai le labbra in un bacio possessivo, mentre la mia coda la avvolgeva.

Riuscivo a malapena a sentire i sonagli che ci salutavano, o gli Anziani che davano la loro benedizione mentre ci circondavano con le mani giunte. Quando si separarono, non restai per le congratulazioni e le acclamazioni della mia tribù di nascita. Tutto ciò che potevo vedere, tutto ciò che mi interessava, era la bellissima dea tra le mie braccia. Con gli occhi fissi su Serena, la presi in braccio e lei mi avvolgeva le gambe intorno alla vita. Senza una parola, la portai alla dimora dei miei genitori sotto gli applausi della folla.

Dopo quella che sembrava un'eternità, entrammo in casa e portai Serena direttamente nella mia stanza. Le stavo già togliendo i vestiti, quasi strappandoli, prima che la porta fosse completamente chiusa dietro di me. La notte precedente Serena si era sentita a disagio nell'unirsi a me, perché aveva paura che i miei genitori e i miei fratelli ci sentissero. Nonostante le mie rassicurazioni sulle pareti insonorizzate, aveva comunque insistito perché facessimo piano. Per compiacerla, avevo acconsentito. Quella sera non mi importava che potessero sentirci fino alla stazione di attracco orbitante della Federazione. Ero un maschio legato come si deve che stava per reclamare la sua dea di una compagna.

Anche se i miei genitori avevano portato un materasso improvvisato per Serena la sera prima, lei aveva dormito sopra di me. Ma avevamo prima fatto l'amore sul materasso, come avremmo fatto ora per proteggerla dal pavimento duro.

Gettai il suo top sul pavimento e rivendicai le sue labbra in un bacio avido. Poi mentre la facevo scendere sul cuscino, la mia lingua invase la sua bocca. Era stato così strano la prima volta che ci eravamo baciati in quel modo. Non ero nemmeno sicuro che mi sarei mai abituato alla strana forma e dimensione della sua lingua o alle file di denti smussati che riempivano la sua bocca invece della manciata di denti aguzzi della nostra. Ma ora non ne avevo mai abbastanza di baciarla. Non ne avevo mai abbastanza di lei, punto.

E in quel momento, un gusto diverso mi chiamava e mi faceva ribollire il sangue dal bisogno. Interrompendo a malincuore il bacio, sfiorai le mie labbra lungo il suo collo fino al suo petto. Incapace di resistere, mi fermai sul bocciolo indurito del suo seno, la mia lingua stuzzicò il cerchio marrone scuro della sua areola prima di succhiare il suo capezzolo. Mi piaceva il sapore leggermente salato della sua pelle a causa del suo precedente sforzo.

Anche se la mia compagna sollevò il suo petto per un maggiore attrito e mise una mano dietro la mia testa come per tenermi in posizione, ripresi il mio viaggio verso il mio premio. Lo stomaco di Serena fremeva mentre le mordevo l'ombelico. Agganciando le dita alla vita dei suoi pantaloncini, li tirai giù mentre leccavo e succhiavo la carne sensibile del suo bacino. Un brivido la percorse, facendomi fare le fusa per l'approvazione. Amavo quanto la mia compagna fosse sensibile al mio tocco.

La mia unica delusione, mentre le toglievo l'indumento inferiore, era l'assenza di piccoli riccioli intorno alla sua fessura. La mia ricerca aveva indicato che gli umani ne avevano lì e sotto le ascelle. Alcuni di loro li avevano anche sulle gambe e su quasi tutte le altre parti del corpo, specialmente i maschi. Ma Serena mi aveva informato che non aveva mai avuto peli sulle gambe – il che non era insolito per le femmine umane della sua etnia – e che aveva rimosso permanentemente quelli sotto le braccia e intorno al suo sesso per non averne più bisogno. Un vero peccato. Mi sarebbe piaciuto sapere se erano morbidi come i fitti riccioli dei suoi lunghi capelli.

Con mia grande sorpresa, proprio mentre stavo per saziare la mia fame, Serena mi premette il palmo della mano sulla mia fronte e mi spinse indietro. La mia testa sussultò e le lanciai uno sguardo interrogativo.

"Sdraiati", disse lei, i suoi occhi dorati oscurati dal desiderio.

"Ma io voglio..."

"Oh, lo farai. Basta sdraiarsi. Fidati di me."

Confuso, pensai di resistere, ma acconsentii.

"Eccitati", comandò lei.

"Ma..."

"Smettila di discutere", disse Serena con un cipiglio. "Anch'io voglio assaggiarti. Possiamo farlo entrambi allo stesso tempo".

I miei occhi si allargarono, e una palla di lussuria esplose nella mia zona pelvica, facendomi ringhiare dal bisogno. Avevo fantasticato su quello dalla prima volta che avevo fatto ricerche sugli accoppiamenti umani. Mi eccitai con un gemito quasi doloroso quando la mia femmina si mise a cavalcioni su di me, allineando attentamente la sua base con il mio viso. Senza alcun preliminare, mi tuffai subito all'interno e infilai la mia lingua dentro di lei. Serena rabbrividì, ed io afferrai la curva carnosa del suo didietro con entrambe le mani per tenerla in posizione mentre banchettavo.

Ma presto si rivelò una sfida, quando la mano delicata della mia compagna si chiuse intorno alla mia lunghezza e cominciò ad accarezzarmi. Il calore umido della sua lingua che leccava la mia asta, stuzzicando le mie punte e girando intorno al glande mi faceva gemere mentre il fuoco liquido mi ribolliva alla bocca dello stomaco. Quando finalmente mi prese in bocca, quasi venni. La mano di Serena stringeva e accarezzava la base del mio pene in contrappunto al movimento della sua testa che si muoveva sopra di me. I miei muscoli addominali si contraevano dolorosamente mentre lottavo per trattenermi. Non potevo trovare la mia liberazione prima della mia compagna.

Facendo scivolare una mano tra le cosce della mia femmina, strofinai la sua piccola protuberanza mentre acceleravo la velocità e la forza della mia lingua nel fare l'amore con lei. Mi concentrai specialmente sul piccolo fascio di nervi dentro di lei che la faceva sempre crollare sull'orlo della beatitudine in un istante. Temendo di poter ancora perdere la battaglia, alzai la coda vicino all'orecchio di Serena, estrassi i miei sonagli e produssi il suono di accoppiamento che agiva come un potente afrodisiaco.

In pochi secondi, la mia compagna gridò, gettando la testa all'indietro in estasi. Quella tregua mi permise di riprendere parzialmente il controllo. Mentre cavalcava le onde del piacere, mi sfilai da sotto di lei, tenendola ferma a quattro zampe mentre mi posizionavo dietro. Anche su questo avevo fantasticato. Era impossibile unirsi alle femmine Ordosiane in quel modo. Mi spinsi dentro la mia compagna, il calore bruciante della sua stretta guaina si chiuse intorno a me.

Sibilai con piacere, le mie punte desiderose di entrare in azione. Misi a tacere l'impulso, dando alla mia compagna il tempo di adattarsi alla mia circonferenza mentre pompavo lentamente dentro e fuori di lei. C'era qualcosa di crudo e primitivo nel tenere la mia femmina in quel modo, mentre si sottometteva al mio possesso. Serena gemeva, e la sua schiena si inarcò mentre cominciava a dondolare avanti e indietro in contrappunto ai miei movimenti. Tenendo il suo fianco con una mano, le accarezzavo la schiena con l'altra, facendo uscire i miei artigli per raschiare delicatamente la sua pelle.

Serena emise un grido strozzato e si voltò a guardarmi da sopra la spalla. Lo sguardo di pura lussuria che mi diede risuonò direttamente nel mio inguine. Si leccò le labbra in modo così lascivo che il ricordo di come si sentiva vorticare intorno alla mia lunghezza quando mi dava piacere con la bocca mi colpì con una violenza vertiginosa. Qualcosa scattò dentro di me. Tenendo i suoi fianchi con entrambe le mani, i miei artigli che scavavano un po' troppo forte nella sua carne tenera, cominciai a martellare dentro di lei. Serena gettò la testa all'indietro e gridò di beatitudine.

D'istinto mi piegai in avanti, infilai il braccio sinistro davanti al suo petto e la sollevai mentre continuavo a spingere freneticamente dentro di lei. Ancora in ginocchio, con la schiena contro il mio petto, Serena si girò per guardarmi. Catturai le sue labbra in un bacio appassionato. La mia mano destra raggiunse il suo clitoride, e permisi alle mie punte di ondeggiare dentro di lei.

La mia compagna esplose all'istante. Ingoiai l'urlo del suo climax e strinsi la mia presa intorno a lei mentre spasmi di estasi la scuotevano. Come ogni volta che lei trovava la liberazione, le pareti interne della mia compagna si serrarono sul mio pene, cercando di forzare il mio orgasmo fuori di me. Resistetti e continuai le mie attenzioni fino a che la mia compagna non scese dalla sua estasi.

La rilasciai solo per il tempo necessario a rimetterla sul materasso prima di seppellirmi di nuovo dentro di lei. Questa volta, il mio sguardo non lasciò mai il bellissimo viso della mia compagna mentre la penetravo. Dea, non mi sarei mai stancato dell'aspetto che aveva Serena, il suo viso dissolto in un'espressione di pura beatitudine, il modo in cui si contorceva sotto di me – il suo bacino che roteava mentre mi veniva incontro spinta dopo spinta, la sua voce gutturale che mi spronava, cantando il mio nome, e implorando di avere di più – di prenderla più a fondo, più forte.

Non vidi mai arrivare il suo orgasmo. La sconquassò così all'improvviso che fui catturato dall'onda di marea. Gridai, il mio seme esplose nella mia donna con una tale forza che mi lasciò stordito. I miei lombi erano in fiamme. Ogni spruzzo un altro colpo di estasi liquida che si riversava da me. Non avevo intenzione di bloccarmi con la mia compagna. La testa del mio pene si gonfiò, sigillando il mio seme dentro Serena per aumentare le possibilità di concepimento. Allo stesso tempo, sentii il mio sacco di ormoni dell'accoppiamento svuotarsi, mandandomi un altro brivido di beatitudine lungo la schiena mentre si riversava nella mia femmina. Avrebbe tentato di regolare i livelli ormonali di Serena per facilitare il concepimento.

Era un'impresa inutile in quel momento. La mia femmina non era nel suo periodo fertile, il suo profumo me lo diceva. Anche se non l'avevo fatto intenzionalmente, godevo nella connessione. Girai entrambi, cullando la mia compagna tremante tra le mie braccia. Quanto mi piaceva sentirla così, il suo corpo viscido di sudore, che fremeva per il piacere che le avevo dato, aggrappata a me come se desiderasse che fossimo ancora più vicini, fusi come un solo corpo e una sola anima. Sembrava così fragile, così vulnerabile e così fiduciosa nel suo abbandono.

Accarezzai delicatamente i suoi capelli umidi mentre lei sospirava soddisfatta, con la testa appoggiata sul mio petto. L'abbracciai più forte, il mio cuore si riempiva di affetto e desiderio mentre le immagini della mia compagna pregna della nostra prole danzavano davanti agli occhi della mia mente.

Chiusi gli occhi e mi addormentai con un sorriso malinconico.

CAPITOLO 15
SERENA

Finimmo per prolungare il nostro soggiorno a Tulma di un altro paio di giorni. Se fosse stato per me probabilmente saremmo rimasti anche di più. Leshu ed Erastra erano uno spasso. All'inizio temevo che il loro rapporto si fosse inasprito nel corso degli anni per il modo in cui lei gli stava sempre addosso e criticava una cosa o l'altra che lui faceva, come aveva fatto con la sua muta. Ma poi avevo capito che quello era un gioco tra loro. Quando lei non aveva nulla da rimproverargli, lui faceva deliberatamente qualcosa per incoraggiarla. Molte volte, sorpresi l'uno o l'altra che cercavano di nascondere il viso per non farci vedere le risate che non riuscivano a contenere.

Ma quando non se la prendevano tra di loro, si coccolavano nel modo più dolce. Questo mi faceva soffrire dal desiderio. Andare sotto la doccia e vedere quella bestia di un maschio che raschiava delicatamente le squame del cappuccio, della schiena e della coda di Erastra con la pietra porosa che usavano per lavarsi mi faceva sciogliere dall'interno.

Sapere che Szaro sarebbe cresciuto fino a diventare grande come o più di suo padre mi scombussolava la mente. C'era qualcosa di irresistibile in una minacciosa montagna di un maschio che si trasformava in un orsacchiotto per la sua fidanzata. Anche i fratelli di Szaro erano molto divertenti, ma la madre rimaneva quella con cui avevo veramente legato.

Con mia grande sorpresa, il mio nastro danzante divenne qualcosa di fenomenale da un giorno all'altro. La povera sarta fu sommersa di richieste: le femmine Ordosiane li volevano a coppie, come le loro fasce. Scoprire alcune femmine che si esercitavano con loro mi dava una calda commozione.

Il ritorno a casa fu agrodolce, ma Erastra mi fece promettere che saremmo andati a trovarla spesso. Come Grande Cacciatore di Krada, Szaro non poteva più stare lontano. L'Anziana Krathi gli diede un po' di tregua solo perché le dissi che era la nostra luna di miele, cosa che qui non avevano.

Al nostro ritorno, quasi caddi stecchita quando vidi il lavoro che Irco aveva fatto in nostra assenza. La zona cottura all'esterno della casa avrebbe potuto essere la cucina esterna di una villa di lusso, completa di lavandino e unità di raffreddamento. La sala da pranzo all'interno della stanza principale era diventata ancora più bella dell'esempio che avevo fornito al costruttore. Il mio letto era bello da morire, e il materasso dava la sensazione di dormire su una nuvola. Mi faceva quasi venire voglia di riconsiderare l'idea di dormire sopra Szaro. Quasi...

Questo non significava che non l'avremmo usato per fare i birichini.

Ma ciò che mi mozzò davvero il fiato fu la stanza per l'igiene interna che il mio amabile sciagurato marito aveva segretamente autorizzato alle mie spalle. Irco aveva notato la mia reazione ad un bagno di lusso pazzesco mentre cercavamo degli esempi per il mio bagno e la mia doccia nella zona di pulizia comune. Non riuscivo a credere che l'avesse mostrato a Szaro e che avessero tramato questo. Non avrei potuto arrabbiarmi. Lo adoravo. Era oltremodo bello. Ma la determinazione di Szaro a darmi una bella vita e a rendermi felice mi stava facendo decisamente effetto.

Mi aspettavo che il senso di colpa mi avrebbe angosciato, vedendo mio marito che modellava la sua casa per accogliere una moglie che non era nemmeno sicuro sarebbe rimasta. Ma non lo trovavo da nessuna parte. A livello inconscio, sapevo già che le possibilità che io lasciassi Trangor, che lasciassi Szaro, diminuivano ogni giorno che passava. Mi stavo innamorando velocemente di quel Naga. Ma mi stavo anche innamorando di quel mondo, di quella gente e di quello stile di vita...

I successivi dodici giorni trascorsero pacificamente. Senza più incursioni di Squoiatori nei settori vulnerabili, lasciammo che i cacciatori della Federazione finissero il compito per il quale erano stati portati lì. Dopo due, tre giorni al massimo, avrebbero fatto i bagagli e sarebbero partiti. Il mio petto non si contraeva per il dolore, e nessuna angoscia o senso di sventura mi reclamò. Solo pace. Nelle ultime due settimane, mi ero abituata ad una piacevole routine con i cacciatori mentre andavamo in esplorazione e ci occupavamo della flora e della fauna locali. C'era sempre qualcosa da fare, qualcosa di nuovo da scoprire.

Finii di cucinare il mio pasto e andai ad apparecchiare la tavola sulla terrazza, come era diventata la norma per noi. Szaro era in ritardo. Di solito si sedeva con me, tenendomi compagnia perché sapeva che mangiare era un qualcosa di sociale per gli umani. E anche se non poteva condividere i miei pasti con me, voleva comunque darmi quel senso di compagnia.

Proprio mentre questo pensiero mi attraversava la mente, la porta d'ingresso si aprì e Szaro entrò scivolando, portando una grande ciotola. Mi fece segno di aspettare un minuto e andò in cucina. Aspettai con pazienza, la mia curiosità stuzzicata. Uscì sulla terrazza portando un piatto pieno di cubetti. Lo posò sul tavolo di fronte a me. Mi ci volle un attimo per riconoscerli come carne cruda... con tanto di pelo e artigli. I miei occhi si sgranarono e fissai Szaro con aria interrogativa.

"Ho esaurito le mie riserve", spiegò, indicandomi di sedere. "D'ora in poi, dividerò la cena con te".

La mia mascella cadde mentre fissavo il suo piatto di cibo poco appetitoso. Guardai il suo volto sorridente e mi sciolsi di nuovo. Maledetto l'uomo e le sue innumerevoli attenzioni.

"È molto dolce. Ma non mi sembra abbastanza cibo per te", dissi, preoccupata.

"Dovrebbe durarmi un giorno, forse meno", disse Szaro con un'alzata di spalle. "Ma preferisco peccare di prudenza. È da un po' che non mangio a sufficienza per almeno qualche settimana".

"Sei davvero fantastico", dissi con affetto.

"Lo so", rispose lui compiaciuto.

Sbuffai e gli feci una smorfia. "Mi rimangio tutto".

"Non puoi. L'hai già detto e lo intendevi assolutamente", replicò con un sorriso odioso che mi fece venire voglia di tirargli qualcosa.

In quell'istante vidi il Leshu che sarebbe diventato, e mi sciolsi ancora di più. Aveva portato una forchetta, che sapevo che gli Ordosiani non usavano, e aveva infilzato un pezzo di carne prima di infilarselo in bocca.

Non masticò.

Quello mi spaventò un po', ma neanche lontanamente quanto avevo temuto. D'altra parte, la sua gola si gonfiò a malapena mentre il pezzo andava giù. Anche se non lo erano, i serpenti sembravano sempre in agonia mentre le loro facce si allargavano a dismisura per far entrare il cibo.

"L'hai tagliato in piccoli pezzi per me", sussurrai, mentre la consapevolezza m'illuminò.

Szaro sorrise ma rimase in silenzio ancora per qualche secondo, finché il pezzo non gli avesse superato la gola.

"Normalmente ingoierei questa creatura intera", concesse. "Ma sono abbastanza sicuro che non ti sarebbe piaciuto lo spettacolo mentre stavi mangiando".

Mi contorsi sulla sedia, l'imbarazzo che mi scaldava le guance. "È il modo di fare della tua gente", dissi, sembrando un po' sulla difensiva. "All'inizio mi metterebbe a disagio, ma alla fine mi passerebbe".

"Perché angosciarti quando c'è una semplice alternativa che non fa molta differenza per me?", controbatté. "Che io ingoi molti pezzi più piccoli o uno solo grande, mi ci vorrà all'incirca lo stesso tempo. L'unica differenza è che l'uno mi permette di tenerti compagnia e fare conversazione, mentre l'altro mi mette praticamente fuori uso per tutta la durata".

Gli feci una smorfia, che lo fece ridacchiare. "Se la metti in questo modo, è difficile discutere", borbottai.

Sorrise, infilzò un altro pezzo – questo includeva la pelliccia – e se lo infilò in bocca. Per fortuna, il mio riflesso faringeo non scattò. Ci sarebbe voluto ancora un po' per abituarsi. Presi un altro paio di bocconi dal mio piatto, quando un pensiero improvviso mi colpì mentre ricordavo la mia conversazione con Salha.

"Quindi... i pezzi che hai mangiato finora contenevano ossa, e questo ha la pelliccia," dissi, scegliendo con cura le mie parole. "I serpenti possono digerire le ossa, ma non la pelliccia, le piume, le corna o qualsiasi cosa che contenga cheratina. Hai intenzione di trasformare quella pelliccia in una specie di 'palla di pelo' e semplicemente sputarla?"

Szaro ridacchiò, senza dubbio in reazione all'espressione sul mio viso. Avevo cercato di conservare un certo tatto, ma...

"In realtà, il primo pezzo che ho mangiato aveva ossa e denti, e il secondo aveva pelo, ossa e artigli", specificò Szaro con un'espressione divertita.

Lo fissai con orrore e il mio occhio destro tremolò. Szaro gettò la testa all'indietro e scoppiò in una risata. Era profonda e potente, le sue spalle sussultavano per l'allegria. In altre circostanze mi sarei messa a fantasticare su quanto fosse bello e tosto, ma ero un po' troppo occupata a essere traumatizzata.

"Comunque sì, sputerò una specie di "palla di pelo" per sbarazzarmi del pelo e degli artigli. Ma non temere, ti risparmierò questo spettacolo", continuò, con il divertimento che ancora gli brillava negli occhi. “E no, non accadrà in un minuto o poco più. Ci vorranno un paio d’ore perché il processo sia completo”.

“Giusto”, borbottai. “Ti stai divertendo troppo con questa cosa”.

“È così, mia compagna. È così”, confessò lui senza il minimo rimorso.

Anche se alcuni dei suoi modi e funzioni biologiche mi spaventavano, riuscivo a farmene una ragione... una volta che mi riprendevo dallo shock culturale. Ma mi piaceva poterne discutere con Szaro, e lui non si offendeva per le mie risposte involontarie. La mia faccia sconvolta era eccessivamente espressiva e diplomaticamente problematica.

Finimmo di mangiare mentre chiacchieravamo amichevolmente. Per quanto disgustoso fosse il suo cibo, mi era davvero piaciuto condividere un pasto, invece di essere lui a tenermi compagnia mentre mi rimpinzavo. Ancora una volta il mio cuore si scaldò per la costante premura di Szaro.

Come era sua abitudine, il mio caro marito raccolse i piatti sporchi per poterli lavare. Prima di rientrare in casa, si chinò in avanti per baciarmi. Io indietreggiai e gli schiacciai il palmo della mano sul petto per trattenerlo.

“Diamine, no!” dissi in risposta alla sua espressione stupita. “*Non* mi bacerai con quella bocca, non dopo le cose strane che ci sono appena entrate. Vai a usare il mio collutorio prima, poi ci ripenserò”.

Gli occhi di Szaro strabuzzarono così tanto che sembrarono sul punto di schizzare fuori dalla sua testa. “Cosa?” esclamò, sbalordito. “Mangi roba morta di continuo e non hai mai problemi a baciarmi”.

“Non è assolutamente lo stesso”, dissi, scioccata dal fatto che paragonasse le due cose. “Hai appena mangiato denti, pelo e artigli!”

“Tecnicamente, li ho ingoiati insieme alla carne a cui erano attaccati. E tu hai appena mangiato il sedere e i piedi di un kweelzy. Come può essere meglio?"

"Si chiama prosciutto e garretto", sostenni. "E viene cotto, eliminando tutte le cose che non vanno".

"Quelli sono solo termini fantasiosi per descrivere il sedere e i piedi di un animale", disse Szaro con un'espressione caparbia.

"Non mi interessa. Non bacerò comunque quella bocca così com'è", dissi con una faccia altrettanto ostinata.

Szaro emise un suono sibilante di fastidio, mi guardò come se non vedesse l'ora di mettermi in grembo e sculacciarmi, poi si infilò frettolosamente in casa. Mi sentii accaldata e infastidita da quello sguardo, e divertita dalla sua irritazione. Entrai e lo vidi nella stanza dell'igiene, con i piatti sporchi appoggiati sul bancone mentre si sciacquava la bocca con il collutorio. Dopo trenta secondi buoni, lo sputò e mi diede dato un'occhiata del tipo 'sei soddisfatta ora'?

Mi morsi il labbro inferiore, esitai, poi scossi la testa timidamente. "Fanne un altro, per sicurezza".

Il sibilo ancora più forte che si levò dalla sua gola mentre si adeguava con malcelata esasperazione mi fece morire dal ridere. Stavo letteralmente soffocando dalle risate, con le lacrime che mi scendevano sul viso mentre lui mi guardava, con le guance che si gonfiavano e si sgonfiavano mentre usava il collutorio. Nonostante il suo contegno scontroso, non mi sfuggì il barlume di divertimento nei suoi occhi, per quanto sottile fosse.

Sì, riuscivo decisamente a vedere il mio futuro Leshu.

Quando lo sputò, si sciacquò la bocca con dell'acqua, poi si avvicinò per stringermi nel suo abbraccio. Non resistetti.

"Ora, smettila di respingermi, femmina", brontolò.

"Baciami pure, mio caro. Te lo sei guadagnato".

E mi baciò.

~

Essendo l'indomani l'ultimo giorno della Prima Caccia, io e gli Ordosiani ci stavamo avventurando in profondità nelle zone di caccia autorizzate per iniziare a valutare e riparare i danni che gli scatenati Squoiatori avevano causato. Si stava rivelando un'esperienza illuminante per me. Nei miei cinque anni da Cacciatrice professionista, non mi ero mai presa il tempo per valutare quanto la flora e la fauna locali venissero distrutte da tali incursioni, specialmente quando bestie enormi e feroci attraversavano zone che normalmente non venivano mai percorse.

Certo, avevo notato i letti di vegetazione calpestati e gli alberi abbattuti. Ma non avevo mai pensato al fatto che, con una furia come quella che aveva subìto Trangor, la vegetazione schiacciata sotto i piedi fossero soprattutto radici e piccole bacche che costituivano la principale fonte di cibo di molte piccole creature.

Non avevo capito che le battaglie e gli alberi caduti occasionalmente potessero causare crolli sotterranei delle tane delle creature scavatrici. Alcune riuscivano a scavarsi una via d'uscita, ma le specie abusive che si limitavano ad occupare i nascondigli abbandonati rimanevano intrappolate e morivano per soffocamento o fame.

Trovammo due famiglie di questo tipo in difficoltà: una era un tipo di roditore, l'altra una specie di lucertola. I roditori erano estremamente deboli, ma vivi. Li nutrimmo con pasta di rugal tramite siringhe da alimentazione. Ci sarebbero voluti un paio di giorni per riprendersi, quindi lasciammo un po' di cibo nella loro tana. Le lucertole non se la passarono altrettanto bene. Entrambi i genitori erano morti, la madre stava ancora covando le uova. Prendemmo le uova e le mettemmo in una delle incubatrici sul trasportatore Drayshan. Le femmine custodi nell'atrio si sarebbero prese cura di loro fino alla schiusa, poi sarebbero state liberate di nuovo in natura.

Lo stridore di uno Squoiatore in lontananza attirò la nostra attenzione. Szaro mi fece attivare il mio scudo di invisibilità e usò il suo mimetismo naturale, cambiando i colori delle sue scaglie per confondersi con l'ambiente circostante. Saltai sulla sua schiena e lui mi portò verso la bestia. Gli altri cacciatori, anch'essi mimetizzati, ci seguivano in silenzio.

I nostri scanner indicavano che un cacciatore della Federazione se ne stava già occupando. Avevo scoperto che gli Ordosiani ci osservavano regolarmente in segreto dall'inizio della Caccia. Quello che non avevo capito era che avevano chiesto alla Federazione di rimuovere un paio di cacciatori dalla Caccia a causa dei metodi crudeli che usavano per uccidere gli Squoiatori. Gli Ordosiani volevano che l'eccesso di popolazione di quelle bestie fosse eliminato per mantenere un sano equilibrio, non per farle soffrire inutilmente.

Arrivammo giusto in tempo per assistere alla battaglia. I miei occhi si sgranarono alla vista del cacciatore umano, Donovan Craigh. Avevamo sviluppato una sana amicizia negli anni in cui ci eravamo incontrati nei circuiti di caccia. Non l'avevo mai visto in azione. I cacciatori nascondevano l'uno all'altro con zelo i propri segreti commerciali. Dopo tutto, eravamo in competizione. Mi sentivo quasi in colpa a spiarlo... quasi.

Con mia sorpresa stava usando un jetpack per volare intorno alla bestia, appena fuori dalla portata del suo lungo collo. Rilasciò quattro piccole sfere che si librarono intorno alla testa dello Squoiatore ed emisero una potente luce bianca, accecando gli innumerevoli occhi della creatura. La sfera di fronte al suo volto emise un ringhio minaccioso. Lo Squoiatore fece immediatamente scattare la sua bocca di denti simili a pugnali, mentre oscillava ciecamente le sue braccia simili a falci. Le quattro sfere emisero di nuovo la loro luce per tenerlo accecato, mentre Donovan si librava tranquillamente dietro la creatura, troppo concentrata sul ringhio del diversivo per rendersi conto di ciò che stava accadendo.

Il furbo figlio d'un cane!

Puntò una strana arma sulle gambe dello Squoiatore. Una targhetta laser apparve sulle gambe anteriori e posteriori su ogni lato della bestia. Quando sparò, quattro palline bianche schizzarono fuori, ognuna delle quali atterrò sulla rispettiva targhetta. Non appena entrarono in contatto, la sostanza bianca si avvolse intorno alla gamba e si allungò immediatamente per connettersi con l'altra palla sullo stesso lato, intrappolando così le gambe centrali. Le quattro gambe di ciascun lato finirono impacchettate come un mazzo di fiori, facendo cadere lo Squoiatore a pancia in su. Questo gridò di rabbia, lottando invano contro le sue costrizioni.

Donovan volò intorno per affrontare la creatura. Pronunciò un comando vocale, e le sfere emisero ciascuna un raggio di luce alla base di quella che sarebbe stata considerata la testa dello Squoiatore. All'inizio ciò mi confondeva, poi mi resi conto che stavano agendo come raggi traenti in miniatura, mantenendo immobile la testa della creatura mentre questa continuava a strillare. Questo permise a Donovan di prendere perfettamente la mira sul punto vulnerabile nella parte posteriore della sua gola. In pochi secondi, la battaglia era finita.

"Dannazione", sussurrai. "Non c'è da stupirsi che abbia ottenuto così tanti punteggi perfetti".

"È molto ben fatto", sussurrò Szaro, la sua voce piena di rispetto.

"Posso andare a parlargli per un minuto?" domandai. "È un vecchio amico". Trattenni l'impulso di aggiungere che quella sarebbe potuta essere la mia ultima possibilità di rivederlo.

Szaro mi guardò da sopra la spalla e poi annuì.

"Grazie", sussurrai mentre mi faceva scendere.

Gli baciai la guancia, poi mi diressi verso Donovan, che era impegnato a reclamare la sua uccisione con un segnalatore. Feci abbastanza rumore per fargli sentire il mio arrivo. Allarmato, la sua testa si alzò di scatto mentre ne cercava la fonte. Disattivai il mio scudo protettivo. Il suo shock si trasformò in incredulità, poi in gioia.

"Ehi, ragazza! Cosa ci fai qui? Ti trovo bene!" disse, alzandosi in piedi.

"Me la cavo bene. Sono fuori con gli Ordosiani, a fare cose da ranger. Stanno bazzicando un po' più in là". Accennai con la testa allo Squoiatore. "Bella uccisione. Non c'è da stupirsi che tu abbia ottenuto dei punteggi così alti".

Donovan sbuffò. "Disse la donna che è così avanti in testa che nessuno ha la minima speranza di raggiungerla e vincere il gran premio", rispose con finta disperazione.

Mi misi a ridere. "Giusto, ma in realtà non ho intenzione di reclamare il gran premio", dissi mentre mi fermavo davanti a lui. "Ho già informato la Federazione di darlo a chiunque finisca al secondo posto".

"Perché diamine l'hai fatto? Sono cinque milioni di crediti!"

"Perché onestamente, già solo i crediti che sto guadagnando dalle uccisioni sono molto più di quanto abbia mai sperato", risposi con un'alzata di spalle. "Inoltre, non sarebbe giusto. Non avrei mai ottenuto così tanti bonus per le uccisioni perfette se non fosse stato per gli Ordosiani, o così tante uccisioni per dirla tutta. Voi siete là fuori a fare tutto da soli. Ve lo meritate di più".

"È molto carino da parte tua", disse Donovan gentilmente. "Ma dopotutto, sei sempre stata una donna di classe".

Sorrisi.

Divenne serio, la preoccupazione riflessa negli occhi. "Come stai, Serena? Eravamo tutti piuttosto scioccati quando abbiamo sentito la notizia. Non posso credere che volessero giustiziarti per aver salvato uno dei loro".

Mi spostai a disagio sui piedi. "È complicato. Non volevano farmi del male, proprio per questo motivo. Ma capirai che tipo di precedente si sarebbe creato se avessi potuto semplicemente andarmene. La gente ne avrebbe abusato per cercare di farla franca".

Lui annuì lentamente, con un'espressione corrucciata sulla fronte. "Sì, capisco. Però è comunque orribile per te. Voglio dire, siamo sollevati che abbiano trovato una soluzione alternativa, ma tu stai bene? Ti stanno trattando bene?"

"Più che bene. Sono davvero fantastici con me, e mi piace la vita qui. Seriamente", insistetti quando mi rivolse un'occhiata dubbiosa. "Sai che ho sempre voluto diventare un ranger in un grande parco. In questo momento, l'intero pianeta è il mio parco giochi con le creature più incredibili che abbia mai visto".

"Posso immaginare", concesse. "La loro fauna è dannatamente sorprendente. Non c'è da stupirsi che la Federazione e l'OPU si stiano facendo in quattro per rimanere nelle grazie degli Ordosiani. Uno dei rappresentanti farmaceutici ci ha dato un resoconto di tutte le medicine e le cure che saranno in grado di ricavare solo dagli Squoiatori. È piuttosto folle".

"Non ne hai idea", dissi con un sorriso. "Szaro, mio marito, mi stava mostrando una creatura i cui gusci di crisalide vuoti possono essere usati per creare una crema che rigenera la pelle gravemente bruciata, tra le altre cose".

Un'espressione preoccupata attraversò il volto di Donovan, mettendo immediatamente in allarme tutti i miei sensi.

"Cosa c'è?" domandai.

Donovan si spostò sui piedi. "Senti, forse non è niente, ma se siete in perlustrazione è meglio che vi dirigiate a sud-ovest." Esitò prima di continuare. "Ci sono stato ieri. Con gli Squoiatori sempre più scarsi era un po' sovraffollato di concorrenti, ed è per questo che oggi ho deciso di venire in questo settore. Ma mentre ero lì, mi sono imbattuto nel bracciale di un cacciatore".

"Un bracciale? Nessun braccio attaccato ad esso?" chiesi, presa alla sprovvista.

"Niente braccio e niente sangue", rispose Donovan. "È stata pura fortuna che l'abbia trovato. L'ho lasciato con una delle mie uccisioni perché la squadra di estrazione lo recuperasse per cercare di trovare e salvare il suo proprietario. Ma dove l'ho trovato non sembrava che potesse essere caduto lì per caso".

"Pensi che il suo proprietario se ne sia liberato deliberatamente, in modo che la Federazione non possa seguire i suoi movimenti", dissi.

Donovan annuì. "Quando sono tornato al campo base ieri sera, c'erano tutti. Non ho idea a chi appartenesse. Ma ho i miei sospetti".

"Oh?"

"Con questi ultimi giorni di caccia, tutti hanno lavorato a lungo per cercare di fare più punti possibile", disse. "Il punteggio di tutti è salito notevolmente ieri sera, tranne che per tre persone: Barone, Tholya e Djomoug".

Il mio cuore sprofondò. "Barone, naturalmente", dissi a denti stretti. "Ogni volta che qualcosa va storto, lui è sempre coinvolto. Ma gli altri due? C'erano altri bracciali mancanti?"

Donovan scosse la testa. "Ho trovato solo quello. Ma non significa che gli altri due non abbiano nascosto meglio i loro e siano riusciti a recuperarli prima di tornare alla base.

"Dov'era nascosto?" chiesi con voce tesa, un senso di terrore che mi invadeva.

"Aspetta, fammi trasferire le coordinate sulla tua mappa."

Pochi istanti dopo, il mio bracciale suonò per la conferma. "Grazie. Beh, è stato davvero bello rivederti. Porta i miei saluti agli altri e abbi cura di te".

"Tu fai lo stesso", disse con un sorriso gentile.

Feci un cenno di saluto e mi affrettai verso il luogo dove gli Ordosiani mi aspettavano. Szaro abbandonò la sua mimetizzazione molto prima che lo raggiungessi.

"Penso che ci possa essere un problema", dissi con cautela.

"Abbiamo sentito", disse Szaro, poi fece un gesto verso la sua schiena con la testa. "Sali, mia compagna".

Acconsentii. Mentre mi portava, a cavalcioni, fino a dove avevamo lasciato i nostri Drayshan, mi chiedevo se avessero origliato la nostra conversazione. Beh, tecnicamente non l'avevano fatto. Con il loro udito potenziato, erano stati abbastanza vicini da capire quello che stavamo dicendo senza fare alcuno sforzo. Volevo credere che fosse stato semplicemente così e non che avessero voluto spiarci per mancanza di fiducia.

Quando raggiungemmo le nostre cavalcature, uno dei cacciatori riportò il trasportatore Drayshan al villaggio con gli animali salvati e le uova, e il resto di noi cavalcò con forza verso le coordinate che Donovan aveva condiviso. Szaro aveva inviato un messaggio di comunicazione ai villaggi nelle vicinanze, in modo che potessero iniziare a perlustrare i settori proibiti nelle vicinanze per qualsiasi segno di gioco sporco.

Venti minuti prima di arrivare alle coordinate, il mio petto si contrasse dolorosamente quando la luce viola di un razzo di segnalazione cominciò a pulsare sopra di me. Ne apparve un secondo e poi un terzo: il segnale Ordosiano che invitava tutti gli stranieri a lasciare immediatamente le loro foreste e a ritirarsi nel campo base. Chiunque non l'avesse fatto sarebbe stato ucciso a vista. Quello era il segnale che ogni cacciatore aveva temuto e di cui la Federazione aveva paura: la conferma che qualcuno aveva supremamente incasinato ogni cosa.

Poi ci giunse la notizia. Un covo di Khenad era stato quasi decimato. Le creature erano la versione aliena di un minigrifone, con il corpo di un fennec, una testa vagamente simile a quella di un gufo, oltre ad un ampio paio di ali. Erano tra le poche creature di Trangor immuni al tranquillizzante suono dei sonagli degli Ordosiani. Nonostante le loro piccole dimensioni, potevano fare seri danni quando si sentivano minacciati. I loro artigli feroci e il loro veleno acido potevano distruggere chiunque fosse abbastanza sciocco da mettersi contro di loro, specialmente durante la stagione delle nascite.

Quando arrivammo, i cacciatori della tribù dei Cizsa erano alacremente al lavoro per curare troppi cuccioli orfani che urlavano per il cibo. Mi vennero le lacrime agli occhi alla vista degli innumerevoli cadaveri dei Khenad adulti che avevano solo difeso la loro tana.

"Non capisco" sussurrai, guardandomi intorno. "Hanno tutti ustioni da esplosione, ma nessun taglio, nessun organo rimosso. E tutti i giovani sono ancora qui. Perché questo omicidio insensato?"

"A causa di questo", sibilò Szaro, puntando un dito arrabbiato verso una serie di rami di vite che correvano su tutta la faccia della grotta, alcuni dei quali strisciavano anche all'interno.

Mi ci volle un momento per capire come le viti fossero rilevanti per quella tragedia. La parte superiore, fuori dalla portata anche del più alto di noi, era coperta di fiori rosso vivo con petali gialli che mi ricordavano le calendule, mentre sotto non se ne vedeva neanche uno.

"No!" sussurrai, fissando Szaro incredula. "Hanno massacrato questi animali per prendere dei fiori?"

"Non sono fiori, ma funghi di cui si nutrono i Khenad", biascicò tra i denti. "Gli abitanti del mondo esterno lo chiamano Attrimat".

Sentii il sangue defluire dalla mia faccia. L'Attrimat era un potente antidolorifico soggetto a prescrizione medica. Negli ultimi due anni, era diventato una sostanza stupefacente molto ricercata per l'assenza di dipendenza o di effetti collaterali negativi. Poiché era estremamente difficile da coltivare e richiedeva condizioni specifiche per farlo, il suo commercio era strettamente regolamentato. A giudicare dalle dimensioni della superficie che era stata saccheggiata, il bastardo che aveva fatto questo avrebbe rastrellato milioni di crediti al mercato nero.

Poco dopo, ricevemmo la notizia che altri due siti erano stati profanati. In uno, metà della popolazione era stata massacrata, e specifici organi erano stati rimossi. L'altro era una piccola valle nascosta, simile a quella dove io e Szaro avevamo fatto l'amore per la prima volta. Una furia cieca mi investì nello scoprire che quel figlio di puttana aveva strappato i piccoli Scogas dalle loro crisalidi per rubare i loro gusci, lasciandoli a morire, semitrasformati. In soli altri due o tre giorni avrebbero lasciato i gusci da soli.

Non appena le custodi dei villaggi vicini raggiunsero i luoghi devastati per prendersi cura delle creature sopravvissute, io e i cacciatori montammo i nostri Drayshan e scendemmo al campo base della Federazione.

CAPITOLO 16
SZARO

Il mio sangue bruciava di furia ribollente. Come avevano osato? E per cosa? Per i crediti? Non avevo mai capito l'ossessione degli abitanti del mondo esterno di acquisire ricchezze ben oltre il necessario per vivere comodamente e fornire stabilità e sicurezza alle loro famiglie. Ma questo massacro di creature innocenti per avidità?

Anche se sostenevano che era per fornire terapie al loro popolo, niente giustificava l'uccisione insensata di una specie non minacciosa a beneficio esclusivo di un'altra. Gli Squoiatori erano stati una minaccia globale che doveva essere controllata. I Khenad, gli Scogas e i Varolas non rappresentavano una minaccia per nessuno. Volevano solo prendersi cura pacificamente dei loro piccoli durante la stagione delle nascite.

In lontananza, le navette di estrazione della Federazione stavano raccogliendo i cacciatori in vari punti di raccolta. Volevo che fossero tutti presenti quando avrei scatenato la mia ira. Cercai di mettere a tacere il mio timore che Serena potesse essere testimone della mia uccisione di uno o più dei suoi colleghi cacciatori. Ma lei condivideva la mia rabbia. Anche in quel momento potevo sentire la furia che tendeva il suo corpo sotto di me e assaporarla sulla mia lingua, mentre Dagas ci portava alla base degli altri cacciatori.

Come me voleva sangue.

Poiché Krada aveva in gran parte negoziato il permesso della Federazione di cacciare sul nostro pianeta, e in quanto Grande Cacciatore del villaggio, toccava a me giudicare quella atrocità ed esigere la punizione che ritenevo appropriata. Un cacciatore più potente di me avrebbe potuto rivendicare quel ruolo e chiedermi di farmi da parte, ma solo mio padre avrebbe potuto gloriarsi di questo. Anche se la notizia gli era indubbiamente ormai arrivata, Tulma era troppo lontana perché lui potesse arrivare tempestivamente.

Quando passammo l'ultimo albero prima del campo base della Federazione, seicento metri più avanti, finalmente ebbi una buona visione di quanti cacciatori dei villaggi vicini si erano uniti a noi. Il suono degli zoccoli dei nostri Drayshan tuonava mentre ci riversavamo come un'onda di morte sulla base.

Smontai prima che Dagas si fosse fermato completamente e aiutai Serena a scendere. Mi tolsi la lancia che pendeva dalla mia schiena e la tenni saldamente mentre avanzavo, Mandha e Raskier al mio fianco, Serena e gli altri cacciatori dietro di me. Le grandi porte dell'hangar navale della base iniziarono ad aprirsi molto prima che noi le raggiungessimo.

Un Edocit dall'aspetto molto nervoso ci aspettava all'ingresso dell'hangar. I capelli a forma di vite del maschio sembravano avvizziti dallo stress, così come i fiori che vi crescevano sopra.

"Sono Bron Kflen, il Maestro Cacciatore della Federazione", disse il maschio. "Abbiamo ricevuto notizia dell'orribile scoperta che avete fatto. Noi..."

"Voglio i colpevoli", sibilai, interrompendolo.

"Non sappiamo chi siano", disse Bron in tono apologetico, quasi supplichevole. "Abbiamo solo un potenziale sospetto. Ma abbiamo perquisito gli alloggi e le navette di tutti e non abbiamo trovato nulla."

Lo superai ed entrai nell'hangar dove erano riuniti gli stranieri. La stanza puzzava della paura che potevo leggere su ogni volto. Con mia sorpresa, nessuno di loro era armato. D'altra parte, potevo capire perché la Federazione l'avesse ordinato, onde evitare un increscioso incidente.

Non che questo li avrebbe salvati.

"Grande Cacciatore!" Bron esclamò, inseguendomi. "Ti prego, lasciaci risolvere la questione in modo pacifico. La maggior parte delle persone qui presentii sono innocenti e hanno rispettato le vostre regole".

Lo ignorai, il mio sguardo scrutava la stanza finché non si posò su colui che stavo cercando. "Zamoriano, un passo avanti", gridai.

Le persone intorno a lui si allontanarono come se fosse stato improvvisamente infettato da una malattia altamente trasmissibile.

"Sono innocente!" gridò lui, colpendosi il petto con le quattro mani a pugni. "Sono stato incastrato a causa dell'incidente con quella maledetta femmina umana!"

"Hai nascosto il tuo braccialetto in modo che non potessimo rintracciare il tuo sconfinamento", sibilai, avanzando minacciosamente a poca distanza.

"Non l'ho nascosto! Mi è stato rubato", sostenne lo Zamoriano con rabbia. "Ho indossato il mio bracciale come al solito prima di uscire a caccia. Solo dopo un paio d'ore ho capito che non era il mio vero bracciale perché nessuna delle mie configurazioni di scansione preimpostate funzionava. Ne ho denunciato la scomparsa, e il Maestro Cacciatore mi ha detto che sul loro radar risultava essere a sud-ovest, ad almeno due ore di viaggio in speeder da dove mi trovavo. Quando sono arrivato lì, era stato recuperato da qualcun altro e alcuni estrattori lo hanno riportato alla base".

"Mi ha contattato sul fatto che il suo bracciale era stato sostituito", disse Bron con cautela.

"E come fai a sapere che non ha usato deliberatamente quello sbagliato per fingere di essere stato incastrato?" lo sfidai..

"Non lo so", concesse il Maestro Cacciatore. "Ma non posso nemmeno provare che l'abbia fatto. Un accusato è innocente fino a prova contraria. Questo è tutto circostanziale".

"Allora trovatemi chi è colpevole, o considereremo che stiate tutti cospirando per proteggerlo e affronterete ugualmente la nostra ira", ringhiai.

Grida indignate risposero alla mia affermazione, molte delle persone presenti urlavano allo Zamoriano di confessare.

"Non puoi fare questo!" esclamò Bron.

"Posso e lo farò".

"Szaro..." la voce morbida della mia compagna chiamò dietro di me. La mia testa scattò verso di lei. Lei si avvicinò con cautela e si fermò accanto a me. "Non mi piace quello Zamoriano, ma il Maestro Bron ha ragione. Un accusato è innocente fino a prova contraria. Conosco più della metà dei cacciatori in questa stanza, e sono persone oneste e rispettabili che non meritano di essere punite per i crimini dei parassiti che hanno fatto questo. Anche se non escludo che Barone abbia commesso quelle atrocità, abbiamo bisogno di prove".

"E come proponi di trovare queste prove, mia compagna", dissi, lottando per tenere a freno la mia rabbia.

"Se non hanno trovato nulla nei loro alloggi o nelle loro navette personali, significa che hanno fatto arrivare una navetta invisibile a recuperare il bottino mal guadagnato", spiegò lei. "A quanto pare, i Varolas e gli Scogal sono stati massacrati ieri. I Khenad sono stati attaccati questa mattina. Questo significa che la navetta è ancora in giro. O stanno immagazzinando tutto nella sua stiva, o la navetta sta facendo viaggi regolari al molo spaziale per scaricare il carico nella nave del loro accolito".

Serena si voltò a guardare il Maestro Cacciatore.

"Se non l'hai già fatto, controlla il manifesto di bordo del molo per vedere se ci sono attività da terra", disse la mia compagna. "Anche se sospetto che non ne troverai. Se il mio istinto ha ragione, sono stati troppo furbi per questo e il povero sedere di Barone è stato davvero incastrato per prendersi la colpa".

"Il che significherebbe che la navetta è ancora qui su Trangor", dissi, comprendendo la logica della mia donna.

"Sì", disse Serena con un sorriso ferale. "Se scansioniamo le segnature di energia residua lungo il confine della zona proibita vicino a quei siti, potremmo essere in grado di rintracciarli".

Il Maestro Cacciatore lanciò un'occhiata a uno degli addetti della Federazione e fece un gesto con la testa in un modo che supposi volesse dire che si mettesse subito al lavoro. Non conoscevo gli aspetti tecnici a cui si era riferita la mia compagna, ma capivo l'idea in generale. La gratitudine e l'orgoglio mi riempirono il cuore per il fatto che facesse leva su di loro per aiutarci a ottenere giustizia.

Mi irrigidii, improvvisamente colpito da un'idea.

"C'è qualcos'altro che puoi provare", dissi al Maestro Cacciatore mentre fissavo lo Zamoriano. "Il colpevole ha raccolto una grande quantità di Attrimat intorno alla tana dei Khenad. Deve essersi coperto di spore. Anche se si è pulito o ha indossato una protezione, è probabile che siano rimaste delle tracce sui suoi vestiti, sullo speeder e su tutto ciò con cui ha interagito".

"Bryna, Tarn, andate ad analizzare la stanza e lo speeder di Bayrohnziyiek alla ricerca di spore", ordinò il Maestro Bron.

Invece del panico che mi aspettavo, il sorriso di sfida dello Zamoriano fece scattare la prima scintilla di dubbio nella mia mente mentre i due impiegati della Federazione lasciavano la stanza. L'espressione turbata sul volto della mia compagna confermò che anche lei se n'era accorta.

"Per favore, fate controllare anche le camere e gli speeder di Tholya e Djomoug", aggiunse improvvisamente Serena.

Mi ci volle un attimo per identificare i due uomini che aveva nominato tra la folla. L'espressione scioccata e terrorizzata scolpita sul loro volto urlava senso di colpa e panico, la reazione che mi aspettavo dallo Zamoriano. Erano una specie bipede pelosa che mi ricordava vagamente i felini.

"Tholya e Djomoug?" chiese il maestro Bron, confuso. "Come tutti gli altri, i loro localizzatori personali li hanno mostrati muoversi per tutta la foresta per tutto il giorno".

"Potrebbero aver attaccato i loro bracciali a un drone preprogrammato in modalità mimetica per ingannare i vostri radar mentre si aggirano altrove", ribatté Serena.

"Proprio come avrebbe potuto fare chiunque altro", sostenne uno degli accusati.

"Se non fosse che tutti gli altri hanno eseguito un sacco di uccisioni ieri", sfidò Serena. "Ma il tuo punteggio e quello di Djomoug hanno a malapena subito una variazione. Come te lo spieghi?"

"Sfortuna!" rispose Djomoug al posto del suo compagno. "La popolazione di Squoiatori si è ormai esaurita. Tutti stanno dando la caccia agli stessi. Noi..."

"Smettila di discutere", scattai. "Se non hai fatto nulla di male, allora non dovresti avere nulla da temere. Ma se l'hai fatto, scommetto che quella tua bella pelliccia è coperta di spore".

"Abbastanza facile da confermare", disse il maestro Bron.

Allungò una mano verso uno del personale della Federazione, che gli porse uno scanner portatile. Andò prima dallo Zamoriano, che spalancò le sue quattro braccia e mi fissò con aria di sfida. Prima ancora che il Maestro Cacciatore iniziasse, tutti i sospetti che avevo ancora su quell'uomo svanirono. Era troppo sicuro di sé per essere colpevole.

"Pulito", confermò il Maestro Cacciatore prima di girarsi verso gli altri due.

Questi ricominciarono a discutere, allontanandosi dal maestro Bron. Un umano e un altro Edocit afferrarono le braccia di quello chiamato Djomoug, che iniziò subito a lottare per liberarsi. Non appena il maestro Bron alzò il suo scanner davanti a Djomoug, questo esplose.

"Invoco il diritto d'asilo", gridò Djomoug. "Chiedo asilo! Pietà! Pietà!"

Tholya cercò di fuggire, ma Raskier e Mandha, avendolo previsto, lo presero e lo immobilizzarono a faccia in giù sul pavimento. Ognuno di loro gli avvolse la coda attorno a una gamba e gli teneva un braccio girato dietro la schiena. Ignorai le sue richieste di pietà.

"Non c'è diritto di asilo su Trangor. Esiste solo la legge Ordosiana. E *io* ne sono l'esecutore e il boia", sibilai, le mie zanne si abbassarono mentre avanzavo verso Djomoug. "Liberalo."

L'umano e Edocit si adeguarono, tutti gli altri cacciatori si allontanarono, formando un cerchio intorno a noi. Djomoug cercò di correre, ma io mi mossi molto più velocemente. Nel momento in cui lo afferrai per un braccio, Djomoug ruotò su sé stesso, agitando i suoi artigli feroci sul mio viso. Mi piegai all'indietro e di lato, il mio gran numero di vertebre mi permetteva di raggiungere senza sforzo angoli acuti senza perdere l'equilibrio. Usando il mio slancio, mi girai, spezzando il braccio che ancora tenevo. Lui urlò di dolore e cercò di darmi una gomitata al petto. Lo bloccai con il palmo, gli presi la gola con l'altra mano e gli sputai dell'acido in faccia.

Le sue grida di dolore e l'odore acre di carne bruciata non fecero che alimentare la mia sete di sangue. Tirai la mano con cui si era coperto il volto che si scioglieva e gli spezzai anche quel braccio al gomito. Non potevo rischiare che usasse i suoi artigli su di me mentre cercava di liberarsi da quello che sarebbe seguito. Allora gli diedi un manrovescio abbastanza forte da slogargli la mascella e mandarlo a terra. Incurante dei gorgoglii di agonia di Djomoug, strisciai sopra di lui, avvolgendo lentamente i tre metri della mia coda intorno a lui.

E poi strinsi.

Sentii ciascuna delle sue ossa frantumarsi sotto la mia presa a morsa. Per tutto il tempo, il mio sguardo non si staccò mai da Tholya, che osservava tutto con orrore. Il sangue uscì dalla bocca, dal naso e dalle orecchie di Djomoug pochi istanti prima che diventasse completamente immobile. Srotolai la mia coda dai suoi resti maciullati e avanzai verso Tholya.

"Non voglio combattere con te! Non voglio combattere con te!" gridò Tholya in tono supplichevole.

"Puoi combattere o essere giustiziato come il parassita che sei", ringhiai. "In entrambi i casi, morirai".

"NON COMBATTERÒ! Non puoi costringermi a combattere!" urlò lui.

"Come vuoi", risposi.

Guardai mio fratello e poi Raskier. Le parole non erano necessarie. Lo sollevarono per le braccia, mentre le loro code continuavano a tenergli le gambe incatenate. Mentre richiamavo una palla di veleno, avvolsi la mia mano intorno alla sua nuca e affondai i miei artigli nella sua carne. Non appena lui aprì la bocca per urlare, sputai la palla in fondo alla sua gola. Quasi si strozzò, spezzando il suo urlo. Istintivamente deglutì e poi tossì, guaendo quando Raskier e Mandha lo lasciarono cadere. Mi girai e ci dirigemmo di nuovo verso l'entrata.

"Cosa... cosa mi hai fatto?" chiese Tholya con voce spaventata.

Il fruscio della mia coda fu la sua unica risposta. In pochi secondi, stava strillando agonizzante, contorcendosi sul pavimento mentre vene scure coprivano le parti non pelose del suo corpo. Spasmi violenti lo scuotevano, facendogli sbattere brutalmente la nuca sul duro pavimento, mentre della schiuma si formava sulla sua bocca. Dopodiché si afflosciò. Smisi di agitare la coda: il veleno era servito al suo scopo e non aveva più bisogno di quel rinforzo.

Lasciai che il silenzio assordante aleggiasse nella stanza per un momento, il mio sguardo passava su ognuno dei cacciatori presenti per assicurarmi che capissero che sarebbe successo di peggio a chiunque di loro avesse pensato di profanare di nuovo il nostro pianeta in quel modo. Poi mi rivolsi al loro Maestro Cacciatore.

"La Prima Caccia è finita", dissi in tono duro. "Ve ne andrete tutti entro il tramonto".

"Ma non puoi..."

"La Prima Caccia è FINITA!" scattai, mostrandogli le zanne. "Vattene entro il tramonto o affrontane le conseguenze. E trovami quella navetta."

Mi voltai verso Serena, preparandomi all'orrore che avrei potuto trovare nel suo sguardo. Ma non trovai nessuna condanna nei suoi occhi, solo il barlume soddisfatto di chi era stato vendicato.

Mia Ashina... mia dea...

Tesi una mano verso di lei. La prese senza esitare e mi seguì mentre la conducevo fuori dall'hangar, mentre i cacciatori delle tribù unite ci venivano dietro.

CAPITOLO 17

SERENA

Inutile dire che scoppiò il caos dopo l'esecuzione dei due Nazhral, Tholya e Djomoug. Le richieste di risarcimento del loro governo li portarono solo a ricevere una brutale multa dall'Organizzazione dei Pianeti Uniti e a bandire tutti i loro cacciatori dagli eventi della Federazione per i successivi cinque anni. Poiché la Federazione teneva le cacce più prestigiose e lucrose, questo fu un duro colpo per i loro cittadini. Quelle misure disciplinari furono adottate dopo che il pilota aveva confessato che la loro squadra aveva ricevuto l'ordine dai propri funzionari di acquistare gli organi e le conchiglie. L'Attrimat era stato il piano personale di Tholya e Djomoug per arricchirsi.

Seguendo il mio suggerimento, erano stati in grado di rintracciare la marcatura della navetta che era stata utilizzata. In seguito all'accensione dei razzi, la navetta aveva fatto un ritorno precipitoso al molo spaziale, e il suo pilota aveva tentato di fuggire a bordo della nave Nazhral con tutto il loro bottino. Ma fortunatamente il Maestro Cacciatore Bron aveva avuto la lungimiranza di proibire qualsiasi partenza dal bacino spaziale fino a quando tutto fosse stato risolto. Il pilota e il suo bottino furono consegnati alla tribù dei Cizsa. Non volevo nemmeno immaginare quale destino gli fosse toccato. Ma almeno, l'Attrimat che avevano recuperato avrebbe provveduto agli orfani Khenad. Degli adulti, solo un paio di femmine e un maschio erano sopravvissuti. Erano gravemente feriti, ma con la crema dei gusci degli Scogas, i custodi speravano che si sarebbero ripresi abbastanza da poter essere dei mentori adeguati per gli innumerevoli giovani che avevano bisogno di una guida.

Con mio sollievo, l'editto di Szaro che la Federazione se ne andasse immediatamente non era stata una rottura permanente di qualsiasi associazione. Nonostante la sua furia, in realtà mio marito li aveva fatti partire per la loro sicurezza. A giudicare dall'entità della rabbia che si era diffusa tra le tribù non appena la notizia le aveva raggiunte, le cose avrebbero potuto mettersi male se un Ordosiano si fosse imbattuto in uno straniero. Una volta che tutti si fossero calmati, avrebbero riconosciuto che del centinaio di cacciatori venuti a Trangor, solo due avevano veramente violato le loro leggi nel modo più abietto, e uno aveva flirtato con il disastro.

Mi si scaldò il cuore quando Kayog Voln mi contattò, non per chiedermi di intervenire a favore dell'OPU o della Federazione, ma per ringraziarmi di aver moderato le cose quando Szaro sembrava voler scatenare una furia sanguinaria, oltre che per chiedermi se stessi bene.

Gli scambi con l'OPU sarebbero continuati, ma qualsiasi caccia futura avrebbe dovuto essere discussa a fondo.

Tuttavia, in quei giorni la Federazione era l'ultima delle mie preoccupazioni. Avevo un posto in prima fila per assistere allo spettacolo della versione Ordosiana dell'influenza umana. Szaro stava cominciando a fare la muta. La sua faccia infelice avrebbe fatto vergognare anche il cucciolo più spudorato. Non una sola parete della casa fu risparmiata dai suoi strofinamenti. Idratarsi molto aiutava la vecchia pelle a staccarsi, così Szaro beveva litri e litri di acqua, il che significava anche che aveva costantemente bisogno di fare pipì. Durante quel periodo, maturò un nuovo apprezzamento per una stanza per l'igiene interna, specialmente perché, nella sua infinita saggezza, Irco aveva incluso anche un condotto dei rifiuti per Szaro accanto al mio bagno.

Quando il prurito divenne troppo da gestire per lui, ci immergemmo nella folle vasca idromassaggio che Irco aveva costruito accanto alla doccia separata. Innalzata su una pedana, ci dava una vista mozzafiato della valle nascosta all'esterno. Mentre mi coccolavo con Szaro e gli raschiavo le squame con una pietra abrasiva, lui emetteva i rantoli più sexy che mi scombussolavano completamente le parti intime.

Dopo una settimana si svegliò e trovò la vecchia pelle del suo braccio sinistro che si staccava. Quasi me la feci sotto dalle risate mentre lui eseguiva una danza eccessivamente felice. La sera, anche quella del braccio destro fece ciao-ciao. Per quanto mi piacesse prenderlo in giro, simpatizzavo con la sua situazione. Sembrava davvero fastidioso. Ma le sue nuove squame sotto erano assolutamente splendide. Non potevo credere di aver pensato che le sue vecchie scaglie brillassero. In confronto sembravano spente e sbiadite.

Quel giorno era il nostro giorno libero. Anche se gli Ordosiani seguivano un calendario settimanale di sette giorni, non c'erano giorni di riposo ufficiali come il fine settimana. Ci si prendeva un giorno libero quando si voleva. In genere si lavorava per tre o quattro giorni di fila e poi ci si prendeva uno o due giorni di riposo. La maggior parte era coordinata con altri per assicurarsi che ci fosse sempre qualcuno che coprisse i bisogni nel rispettivo campo. Szaro trascorse la mattina con Mandha mentre io andai a nuotare con Salha, il piccolo Eicu e le altre femmine e bambini del villaggio.

Alcuni di loro mi diedero delle strane occhiate che non seppi interpretare. Quando lo chiesi a Salha, lei disse semplicemente che avevo un buon odore, che avevo un odore sano. Come poteva non essere così dato che vivevo la vita più sana di sempre lì su Trangor?

Szaro era già a casa quando rientrai.

"Pronta per il nostro viaggio a valle!" dissi felicemente mentre mi pavoneggiavo verso di lui.

Il suo sorriso accogliente si irrigidì e un'espressione quasi selvaggia attraversò i suoi lineamenti, facendomi immobilizzare. Lui fece guizzare la lingua un paio di volte verso di me, e un profondo, prolungato, rantolo si levò dalla sua gola mentre strisciava minacciosamente verso di me.

"Szaro?" dissi con cautela, non sapendo se fossi eccitata o spaventata.

"Sei pronta", disse a denti stretti.

"Cosa?"

"Sei in calore..." disse, attirandomi nel suo abbraccio prima di schiacciare le mie labbra in un bacio appassionato.

Giusto... in quel momento stavo ovulando. Non c'era da stupirsi che le femmine pensassero che avessi un buon odore... *sano*. Io e Szaro non avevamo parlato di figli. Onestamente, non avevo sentito che ce ne fosse bisogno, primo perché non era qualcosa che avremmo dovuto considerare finché non fossimo stati certi che sarei rimasta lì, e secondo perché sinceramente non pensavo che fossimo compatibili in quel senso. In ogni caso, avevo un impianto contraccettivo nel caso ci fossimo rivelati più compatibili di quanto pensassi. Tuttavia, ora sentivo che avremmo dovuto discutere apertamente della questione, anche solo per fargli sapere che in quel momento nessuna gravidanza era possibile, in modo che non si sentisse preso alla sprovvista.

Ma le mani febbrili di Szaro che quasi mi strappavano i vestiti di dosso fugarono quei pensieri seri e mi riportarono al qui e ora. Alzai le braccia per permettergli di liberarmi del mio top. Non appena sparì, mi spinse contro il muro del corridoio. La sua bocca si tuffò su uno dei miei seni, e le sue mani iniziarono a spogliarmi della gonna. Szaro adorava le gonne, che trovava molto comode per avere un rapido accesso alle mie parti intime senza dovermi spogliare.

Non mi dette neanche la possibilità di togliermela. Non appena alzai una gamba per farlo, lui si abbassò davanti a me, fece scivolare quella gamba sulla sua spalla e seppellì la sua faccia tra le mie cosce. Gemevo e strofinavo le squame del suo cappuccio mentre lui mi divorava. Szaro era diventato un vero esperto nel farmi il cunnilinguo, la sua folle lingua guizzava dentro di me nel modo giusto per farmi impazzire, mentre le sue dita mi portavano rapidamente al limite.

Ero a pochi secondi dal ribaltarmi quando Szaro si staccò improvvisamente da me con un ringhio furioso. Scivolai e atterrai sul mio sedere con un gemito. Stordita e disorientata, fissai incredula Szaro che sbatteva la schiena sul muro opposto, dondolando da un lato all'altro mentre si grattava. Troppe emozioni, dallo shock all'incredulità, mi attraversarono in rapida successione. Ma l'espressione beata sul suo volto mentre si grattava freneticamente mi fece impazzire. Scoppiai a ridere, la sorda pulsazione nella chiappa destra dove ero atterrata fu presto dimenticata.

Quando il prurito si placò, Szaro mi vide ancora seduta sul pavimento. La sua espressione mortificata mi fece singhiozzare con una risata soffocata. Mi prese e mi portò in camera da letto. Ma non gli permisi di mettermi sul letto. Invece, gli ordinai di sdraiarsi sul pavimento in modo che potesse grattarsi la schiena sulla sua superficie ruvida se avesse avuto ancora una volta un urgente prurito da alleviare.

Anche se ero stata privata del mio orgasmo, non mi dispiaceva. Il magico cazzo di Szaro mi avrebbe fatto cantare arie in men che non si dica. Non scherzava quando aveva detto che una volta che fossi stata con un Ordosiano non avrei avuto tempo per gli uomini umani. Mio marito mi aveva rovinata per qualsiasi altro maschio. Le cose che faceva con il suo cazzo erano indescrivibili. Il solo pensare a come faceva in modo che le sue punte massaggiassero le mie pareti interne, colpendo il mio punto G nel modo giusto più e più volte, mi faceva desiderare di essere riempita. E pensare che un pene con le punte mi aveva terrorizzata. Quanto ero stata sprovveduta... E mi piaceva anche scendere sul mio uomo e vederlo andare in pezzi per me. Non era un male che il suo autolubrificante sapesse vagamente di miele.

Ma in quel momento ero troppo impaziente di finire quello che lui aveva iniziato, soprattutto perché non sapevo quanto tempo avevamo prima che un altro attacco di prurito lo portasse a disarcionarmi. Non appena si fu sdraiato sulla schiena, mi misi a cavalcioni su di lui e gli grattai con le unghie le squame intorno al bacino per farlo estromettersi. Lo fece senza esitazione e sibilò di piacere quando avvolsi la mia mano intorno alla sua lunghezza per dargli qualche colpo prima di impalarmici sopra.

Santo cielo! Non ne avrei mai avuto abbastanza. Non era solo la sensazione follemente beata di lui dentro di me, ma il modo in cui mi guardava che mi emozionava ogni volta che facevamo l'amore. Szaro si stava decisamente innamorando di me. E non potevo negare che io mi stessi innamorando di lui. Mi ero sempre considerata piuttosto tradizionale quando si trattava di sesso, ma con lui mi piaceva esplorare diverse posizioni. Szaro lo adorava, perché non avrebbe mai potuto farlo se si fosse ritrovato con una femmina Ordosiana.

Ma come era sua abitudine, prese presto il controllo del nostro accoppiamento, anche se ero io a cavalcarlo. Facendo scivolare le sue mani sotto il mio sedere, mi sollevò senza sforzo come se non pesassi nulla e cominciò a pompare dentro di me. Premetti i palmi delle mani sul suo petto muscoloso come sostegno e gettai la testa all'indietro con un gemito strozzato, mentre il suo magico cazzo mi incendiava. Ogni spinta, ogni colpo faceva sì che i miei occhi quasi roteassero verso la parte posteriore della mia testa.

Il mio orgasmo mi colpì all'improvviso. Gridai e crollai, disarticolata sopra di lui. Senza rallentare, Szaro mi avvolse con un braccio, tenendomi saldamente contro di lui, e afferrò i miei capelli sulla nuca con l'altro prima di reclamare la mia bocca in un bacio esigente. Le nostre lingue si mischiarono mentre lui mi martellava dal basso, un secondo climax che cresceva mentre il primo si affievoliva.

Quando gridai di nuovo nell'estasi, Szaro unì la sua voce alla mia mentre il suo seme schizzava dentro di me. Sussurrò il mio nome con una voce quasi dolorosa seguita da una serie di parole in Ordosiano che non capivo. Eppure mi sconvolsero. In cuor mio sapevo che mi aveva detto di amarmi. Ma non aveva ancora finito. Per altre due volte mi fece raggiungere l'orgasmo, una delle quali con l'effetto potenziato del suo sonaglio afrodisiaco. Ogni volta mi riempì del suo seme. Nell'ultima, non appena ebbe spruzzato l'ultima goccia la testa del suo cazzo cominciò a gonfiarsi dentro di me.

Szaro lo faceva spesso mentre faceva l'amore con me. A parte il controllo sulle punte che lo coprivano, il mio uomo poteva espandere la punta del suo cazzo per avere un maggiore attrito. Normalmente lo faceva mentre usciva, il che dava al mio punto sensibile una scossa in più, ma lo restringeva mentre rientrava.

Ma stavolta era diverso.

Il suo glande si espanse non al punto di essere doloroso, ma abbastanza da non potersi estrarre. Eravamo effettivamente bloccati insieme. Sapevo che i canini e le specie lupine si annodavano spesso con i loro compagni, ma non avevo mai sentito una cosa del genere con una specie rettile.

Con la testa appoggiata sul suo petto, ascoltando come il suo battito cardiaco rallentava ad un ritmo normale, meditavo su come affrontare la questione, o se fosse il momento giusto. La sua grande mano che mi accarezzava pigramente la schiena rendeva difficile concentrarsi.

Facendo un respiro profondo, sollevai la testa per guardarlo dritto negli occhi. L'espressione languida sul suo volto svanì quando vide quella sul mio. I suoi lineamenti presero quell'aria attenta che aveva sempre quando stavamo discutendo di una questione seria.

"Ti sei annodato con me", dissi con una voce morbida e circostanziata.

"Non è un nodo", corresse Szaro gentilmente. "Ma sì, siamo bloccati".

"Perché?" chiesi.

Szaro studiò i miei lineamenti per qualche istante, come se cercasse un indizio su cosa avessi in mente, prima di rispondere. "Sai perché", disse in tono colloquiale. "Aumenta le possibilità di concepimento. Sei fertile".

Mi leccai le labbra nervosamente, prendendomi a calci per aver ritardato quella conversazione. Avrei dovuto farlo subito dopo la prima volta che avevamo fatto l'amore.

"Non abbiamo discusso di avere figli", dissi con cautela.

"Non l'abbiamo fatto", ammise lui.

"In verità, non è una conversazione che mi aspettavo avremmo avuto, o almeno non prima di aver preso una decisione se sarei rimasta oppure no su Trangor dopo i sei mesi concordati", dissi, sentendomi in colpa per aver pronunciato quelle parole. Ma dovevamo mettere tutto in chiaro.

"Ci siamo accoppiati molte, molte volte da quasi un mese a questa parte", argomentò Szaro. "Per quanto ne sappiamo, il mio seme potrebbe aver già messo radici. Potresti già portare in grembo la mia prole. Sarebbe così terribile?"

La malinconia nella sua voce mentre pronunciava quelle parole mi spezzò il cuore. Un'altra ondata di senso di colpa mi attorcigliò le viscere mentre cercavo le parole più gentili possibili per distruggere le sue illusioni. Era ancora più penoso avere quella conversazione mentre ero chiusa in modo così intimo con lui.

"No, non sarebbe terribile", ammisi. "Sei un maschio meraviglioso. Ma un figlio è un impegno per tutta la vita. Vorrei assicurarmi che il padre dei miei figli sia il maschio con cui passerò il resto della mia vita".

Lui annuì lentamente, un'espressione illeggibile sul suo volto. "Ma non sei ancora sicura se vuoi che quel maschio sia io", disse di fatto.

"In realtà, voglio che quel maschio sia tu", dissi, sorpresa dalle mie stesse parole, ma comunque colpita dalla loro veridicità. "Ho solo bisogno di essere sicura che tu lo sia. Gli umani normalmente corteggiano per molti mesi, a volte anche anni, prima di prendere un impegno per la vita. È troppo presto per me per prendere una tale decisione. Ma tu mi piaci davvero, davvero tanto. Anche se a volte può essere difficile con le nostre differenze culturali e anatomiche, amo vivere su Trangor".

Il suo viso si sciolse in un'espressione di tenerezza che mi sconvolse. "Allora perché preoccuparsi così tanto, mia compagna? Se io ti rendo felice e tu trovi gioia nella tua vita qui, allora tutto il resto andrà al suo posto come deve essere", disse Szaro, accarezzandomi la guancia con le nocche. "Sono già impegnato a vita per quanto riguarda te. Una prole sarebbe solo l'incarnazione dei miei sentimenti per te, e del nostro legame. Tu sei dove sei sempre stata destinata ad essere. Ma siccome desideri più tempo, onorerò la tua richiesta. Se non hai già concepito..."

"Non ho concepito", lo interruppi dolcemente, il senso di colpa che tornava a farsi sentire. "Non posso concepire in questo momento". Szaro si accigliò, un'espressione confusa sul suo volto. "Voglio dire, prima di tutto, non so nemmeno se io e te siamo compatibili in quel senso. Le nostre specie sono molto diverse. Non credo che un umano e un Ordosiano possano avere figli insieme. Ma anche se potessimo, è impossibile che io sia incinta in questo momento. Molto prima di venire su Trangor, ho fatto un impianto contraccettivo. È valido ancora per due anni. Finché sarà nel mio braccio, non potrò concepire. Il mio piano era di rimuoverlo dopo i nostri sei mesi, se avessi deciso di rimanere qui".

"Capisco", disse Szaro, fallendo miseramente nel nascondere la sua delusione.

"Mi dispiace", dissi, sentendomi orribile. "Io—"

"Non scusarti, mia compagna", disse Szaro in tono rassicurante. "Non nego che mi rattrista sentirti dire questo. Sogno di vederti pregna della mia prole. Forse tu non mi hai ancora scelto, ma io sicuramente ho scelto te. Non voglio altri che te. Tuttavia, hai agito saggiamente. Sono io che ho la colpa di non averne parlato con te. Mi distruggerebbe se avessimo un figlio e tu decidessi di lasciarmi, e io vi perdessi entrambi".

"Diciamo che *entrambi* avremmo dovuto tirarlo fuori nel momento in cui abbiamo iniziato a fare i birichini", dissi, sollevata. Era andata molto meglio di quanto mi aspettassi.

"D'accordo", disse Szaro dolcemente. "Grazie per la tua onestà. Avresti potuto tenerlo segreto e io avrei semplicemente pensato che non eravamo compatibili o che non eravamo riusciti a concepire".

"Non voglio bugie tra di noi", dissi con cipiglio. "Qualunque cosa sia, e ovunque ci porti, sarà basata sull'onestà".

Szaro sorrise e strinse il suo abbraccio intorno a me. "Allora lascia che ti dica questo onestamente", disse con un tenero sorriso. "Continuerò a bloccarmi in te ogni volta che sarai nel tuo periodo fertile, anche se è inutile. Amo essere così strettamente unito a te. Inoltre non mi preoccupo delle tue incertezze. Sei la mia anima gemella. La Dea ti ha strappato alle stelle e ti ha mandato da me. Sei stata creata per me e per questo mondo. Nel tuo cuore, credo che tu lo sappia già. Ma prenditi il tempo umano che ti serve. Niente potrà cambiare l'inevitabile."

CAPITOLO 18

SERENA

Le cose erano cambiate dopo quella conversazione... in modo positivo. O meglio, io ero cambiata. Szaro seguitò ad essere il suo amorevole, premuroso e solidale sé stesso. Io lasciai cadere tutti i muri che ancora tenevo eretti tra di noi.

Mentre stavamo insieme, bloccati insieme sul pavimento, feci molta introspezione e mi scandagliai nell'anima. Mi resi conto di quanto l'avevo tenuto a distanza. Certo, andavo a caccia con loro, condividevo il suo letto e giocavo alla casalinga con lui, ma non mi ero mai davvero immersa nella vita Ordosiana, né mi ero mai aperta completamente a lui o lo avevo lasciato entrare veramente.

Era stato un meccanismo di autodifesa per lasciarmi una via d'uscita. Era troppo facile innamorarsi di lui, e il pensiero di sradicarmi per stabilirmi definitivamente su un pianeta ritenuto primitivo sotto molti aspetti era terrificante. Ma era la paura del cambiamento, dell'ignoto che mi tratteneva. Alla fine, la vera domanda era se fossi felice lì, e la risposta era un sonoro sì. Ma soprattutto, non credevo che esistesse un mondo o un uomo che potesse rendermi più felice di quanto fossi stata lì finora.

Quella consapevolezza mi tolse un enorme peso dalle spalle.

Szaro aveva ragione, nel mio cuore sapevo già che sarei rimasta lì con lui. Avevo solo bisogno del mio "tempo umano" per essere sicura di non essere precipitosa.

Comunicare quella notizia ai miei genitori non andò altrettanto bene. A causa della grande distanza e della tecnologia di base degli Ordosiani, era stato necessario allestire temporaneamente un relè speciale per permettere la comunicazione diretta. Un paio di giorni dopo il colloquio sulla gravidanza con Szaro, ebbi la mia solita telefonata mensile con i miei genitori. Naturalmente erano stati informati della mia situazione, e avevano cercato, senza riuscirvi, di sfruttare tutti i propri contatti nelle alte sfere per farmi uscire da Trangor.

Cinque giorni dopo, la vecchia pelle di Szaro si staccò, finalmente in un unico pezzo. Fu davvero impressionante. L'espressione sul suo volto era impagabile. Si poteva pensare che stesse avendo un orgasmo proprio in quel momento. Sembrava più grande, più alto e decisamente più attraente mentre si pavoneggiava nella sua nuova pelle lucida. Ma l'ombra della disapprovazione dei miei genitori smorzò il piacere di assistere al sollievo di mio marito.

Nelle settimane seguenti ricevetti una valanga di messaggi dai miei genitori che elencavano milioni di ragioni per cui non aveva senso che rimanessi lì e tutti i pericoli che ciò comportava. Controbattei facilmente alla maggior parte delle loro argomentazioni, dimostrando che lo stesso sarebbe stato vero praticamente ovunque avessi deciso di stabilirmi e che non fosse una colonia umana. Detto questo, uno dei loro argomenti mi preoccupava.

Nella seconda settimana del mio arrivo su Trangor, avevo ricevuto la capsula medica che avevo ordinato. Con mia grande sorpresa e gioia, l'OPU, su richiesta di Kayog, l'aveva aggiornata gratuitamente al modello più avanzato disponibile sul mercato. A forma di camera di stasi, l'apparecchio mi permetteva di autodiagnosticare, suggerire e applicare trattamenti, e poteva eseguire alcuni interventi chirurgici abbastanza avanzati.

Poteva anche assistere al parto di un bambino. Nel peggiore dei casi, se fossi finita in uno stato critico in cui non poteva curarmi, la capsula mi avrebbe messa in stasi e avrebbe mandato un segnale di pericolo al mio contatto di emergenza designato, in modo che potesse venire ad assistermi.

Questo, e il fatto che la guaritrice Ordosiana, Teichi, aveva iniziato ad informarsi sull'anatomia e la fisiologia umana per potersi prendere cura di me in caso di necessità, mi aveva donato una grande tranquillità. Ma fu una cosa di breve durata.

A pochi giorni dal mio terzo mese di Trangor, sviluppai eruzioni cutanee lungo la spina dorsale e le braccia. Avevo una febbre leggera ma persistente, frequenti crampi allo stomaco e nausea, specialmente scatenata da odori specifici. La capsula medica non riuscì a identificare la causa. Non ero incinta. Non stavo avendo una reazione allergica. Non ero avvelenata o infettata da nessun tipo di virus o batterio. Eppure, la capsula continuava a darmi il messaggio contraddittorio che il mio corpo era sotto attacco, ma non riusciva a identificare la causa o a eliminare l'entità "estranea" che lo attaccava.

Szaro era fuori di sé dalla preoccupazione. Contattammo Kayog per farmi visitare da uno dei medici umani itineranti dell'OPU. Dato che questo avrebbe richiesto che lasciassi il pianeta per un paio di giorni – in diretta violazione dell'accordo che mi aveva inizialmente risparmiato l'esecuzione – doveva essere gestito con attenzione. Dubitavo che gli Anziani, o qualsiasi altra tribù, avrebbero contestato la mia partenza temporanea, date le circostanze e alla luce dei forti legami che avevo sviluppato con loro negli ultimi tre mesi. Ma sentire Szaro dire che avrebbe sfidato gli Anziani e qualsiasi opposizione per vedermi curata, anche se questo avesse significato il suo esilio, mi commosse nel profondo.

Mi ero innamorata del mio Ordosiano. E ogni giorno da allora aveva solo confermato ciò che lui aveva sempre saputo: io ero stata creata per lui, e lui per me.

Ma quella discussione con gli Anziani divenne un non-problema. Poiché gli accordi commerciali con le industrie farmaceutiche dell'OPU erano stati mantenuti, queste mandavano una squadra ogni due settimane per raccogliere ciò che gli Ordosiani avevano conservato o raccolto per loro. Poiché il ritiro era previsto dopo due giorni, Kayog si offrì di far venire un esperto medico su Trangor. Il campo base della Federazione, che in realtà apparteneva all'OPU, possedeva un'area medica di prim'ordine, nel caso in cui uno dei cacciatori o altri rappresentanti dell'OPU fossero stati gravemente feriti dalla feroce fauna locale.

Cogliemmo quella opportunità al volo. Szaro si era fidato del fatto che sarei tornata dopo essere stata curata, se avessimo preso la prima strada. Ma aveva odiato il pensiero di non essere al mio fianco, soprattutto perché non sapevamo per quanto tempo i medici avrebbero potuto decidere di tenermi lì una volta che avessero capito, auspicabilmente, cosa c'era che non andava in me.

Anche se avevo riacquistato l'uso del mio speeder per viaggiare intorno a Trangor, condivisi un passaggio con Szaro su Dagas perché non mi sentivo abbastanza stabile per controllare il mio veicolo. Per mia gioia fummo accolti da una donna, la dottoressa Ahmad. Mi ero sempre sentita più a mio agio con i medici donna. E, in quel caso, dato che mi avrebbe denudata, punzecchiata e pungolata in ogni modo possibile in presenza di Szaro, ciò certamente eliminava una grande quantità di potenziale imbarazzo.

E certamente mi avrebbe messo terribilmente alla prova.

Mi prelevarono sangue e campioni di ogni tipo possibile. Ero ancora mortificata da alcune delle domande *molto* personali a cui dovevo rispondere, dalla mia dieta e igiene, alla mia storia medica e alla mia vita sessuale dettagliata.

Sì, cara dottoressa, sono scesa molte volte sul cazzo alieno di mio marito e l'ho ingoiato. Sa di miele con un pizzico di sale. C'è qualcos'altro che vorrebbe sapere?

Gemito...

Il ritardo nell'ottenere risultati tangibili o anche il minimo indizio sulla causa della mia condizione stava seriamente iniziando a spaventarmi. Quando mi chiese di fare alcuni test su Szaro, fui quasi presa dal panico. Che diamine stava succedendo? Nonostante la sua evidente preoccupazione, Szaro si sottomise volentieri. Avrebbe fatto qualsiasi cosa fosse necessaria per vedermi stare meglio.

Dopo almeno quattro ore di quel circo, la dottoressa si riunì con noi per esaminare le sue scoperte. Mi sedetti su una sedia di fronte a lei e Szaro si sistemò accanto a me, sedendosi in quel modo strano sulla sua coda e tenendomi la mano.

"Allora, la buona notizia è che lei non è malata", disse il dottor Ahmad con attenzione. "Non ha una malattia che deve essere curata".

Tirai un sospiro di sollievo. "Quindi è una reazione allergica?" domandai.

La dottoressa esitò. "Può considerarla in questo modo. Il problema è il suo impianto contraccettivo. Il suo corpo sta reagendo – rigettando a dire il vero – il progestinico che questo sta rilasciando costantemente nel suo flusso sanguigno."

Indietreggiai e la fissai in modo confuso. "Cosa? Non ha senso", sostenni. "Ho usato questo impianto per anni senza alcun problema".

"Giusto", concesse la dottoressa. "Ma questo era *prima.*"

"Cosa intende dire? Perché dice 'prima' in quel modo?" domandai.

La dottoressa studiò la mia faccia, mentre si mordicchiava il labbro inferiore, cercando chiaramente di trovare le parole giuste per sganciare la bomba che sapevo stava per arrivare. Lanciò un'occhiata a Szaro, che la fissava intensamente, poi sembrò prendere una decisione.

“Quello che lei ha supposto essere eruzioni cutanee sul suo corpo sono in realtà mutazioni”, disse la dottoressa Ahmad.

“COSA?!” esclamai.

“Che tipo di mutazioni?” sibilò Szaro.

“State calmi, tutti e due”, disse la dottoressa Ahmad con voce dolce, alzando i palmi delle mani in un gesto rassicurante. “Non è niente di male. Non si sta trasformando in una specie di mostro. Lei si sta adattando”.

“Adattandomi a cosa?” chiesi, sull’orlo del panico.

“A suo marito.”

Mi bloccai, il mio cervello si ribaltò per un istante. Poi mi voltai verso Szaro, che mi fissava con la stessa espressione stupita.

“Sappiamo molto poco degli Ordosiani, ed è per questo che ho fatto alcuni test sul signor Kota”, spiegò la dottoressa Ahmad. “Inizialmente, ho pensato che Lei stesse avendo una reazione allergica o tossica all’accoppiamento con Suo marito. Mentre l’accoppiamento tra di loro è ovviamente possibile, il sistema riproduttivo Ordosiano e quello umano non sono compatibili. Di sicuro, tutti i suoi test hanno mostrato una grande presenza di DNA e ormoni alieni nel suo sistema.”

“Sto facendo del male alla mia compagna?” chiese Szaro con un tale dolore nella sua voce e un’espressione così affranta che mi spezzò il cuore.

“No, signor Kota. Non esattamente”, disse la dottoressa Ahmad con voce gentile. “Contrariamente a quello che pensavo, il suo DNA e i suoi ormoni non si comportano come un elemento estraneo, o un virus o un batterio. Sono diventati una parte intrinseca di lei, signora Bello. Il rivestimento del suo utero è cambiato, o meglio sta cambiando. Anche tutto il suo sistema endocrino sta cambiando. Il suo corpo si sta adattando in modo che lei possa partorire un bambino Ordosiano. E il suo impianto contraccettivo sta complicando il tutto”.

La mia mano libera volò al mio stomaco mentre guardavo la

dottoressa a bocca aperta. Fin dall'inizio sapevo dentro di me che io e Szaro eravamo troppo diversi per avere figli, ma questo cambiava tutto. Mi girai a guardare Szaro, che stava fissando il mio stomaco con un'aria di meraviglia e desiderio. Mi si strinse la gola. Lui alzò lo sguardo e i nostri sguardi si bloccarono. Le parole non erano necessarie. I suoi occhi mi dicevano tutto delle sue speranze e dei suoi sogni per noi.

Strappando i miei occhi da lui, mi costrinsi a voltarmi verso la dottoressa.

"E il rossore?" chiesi. "Ha detto che non sono eruzioni cutanee".

La dottoressa si schiarì la gola e si spostò sulla sedia, guardandomi in modo timido. "Dovrebbe sviluppare delle squame lì."

"Sarò coperta di squame?!"

"NO! No, no. Per niente. O meglio, non c'è proprio motivo di pensarlo", chiarì la dottoressa Ahmad. "Questi cambiamenti sono puramente estetici e dovrebbero essere limitati ai punti in cui ha attualmente il rossore che ha supposto essere eruzioni cutanee. Quindi, intorno alla nuca e lungo la spina dorsale, e sul lato esterno dalla curva delle spalle all'avambraccio. Se le danno fastidio, credo che potrebbero essere rimossi chirurgicamente, ma non posso garantire che non tornerebbero".

"Wow, ok", dissi, sentendomi stravolta.

"Tutto questo può essere invertito?" domandò Szaro.

Mi sentii colpita allo stomaco nel sentire quelle parole. Mi girai a guardarlo incredula. Perché diamine avrebbe dovuto chiedere una cosa del genere? Aveva cambiato idea? Ora che questo era diventato una realtà, stava riconsiderando di volere dei figli con me?

"Sì, può esserlo", disse la dottoressa Ahmad con attenzione. "È al limite, ma c'è ancora tempo... a patto di iniziare il trattamento immediatamente o nei prossimi due giorni. Tuttavia, questo significherebbe niente più scambio di fluidi tra voi due, principalmente di sperma e ormoni, sia attraverso la penetrazione che per via orale. Quindi potreste rimanere attivi, ma usando il preservativo. La signora Bello dovrebbe anche sottoporsi ad un trattamento ormonale".

Mi sentii svenire.

"Grazie, dottoressa Ahmad", dissi, fissando ancora Szaro, che teneva il mio sguardo fisso. "Può darci un momento, per favore?"

"Sì, certo", rispose la dottoressa.

Lei saltò in piedi ed uscì dalla stanza come se non potesse farlo abbastanza velocemente. Lasciai cadere qualsiasi pretesa di controllo che ancora possedevo e lasciai che il mio viso mostrasse quanto mi sentissi ferita in quel momento.

"Perché mi chiedi questo? Non vuoi più avere figli con me?" domandai.

"Ti amo, Serena Bello", disse Szaro con forza. "Voglio passare il resto della mia vita con te, con uno sciame di prole che riempirà la nostra dimora. Voglio scolpire ogni centimetro dell'ingresso della nostra casa con i decenni di ricordi che forgeremo insieme. Voglio riempire le pareti delle stanze private dei nostri piccoli con la loro storia mentre crescono e crescono. Voglio viaggiare in ogni angolo di Trangor con te al mio fianco, mostrarti la bellezza di questo mondo e riscoprirla attraverso i tuoi occhi. E voglio che abbiamo tutto questo perché hai *scelto* me, perché hai *scelto* noi e quel futuro. Non perché sei intrappolata da una reazione biologica e ormonale".

Il mio petto si strinse e un'ondata d'amore mi travolse.

"Vuoi che lo inverta?" chiesi, i miei occhi sfrecciando tra i suoi.

"Voglio che tu faccia quello che ti sembra giusto per te stessa", disse con fermezza. "Qualsiasi scelta tu faccia, io ti sosterrò. La tua decisione non deve essere presa perché ti senti sotto pressione per qualche scadenza arbitraria o perché senti che il tuo corpo ti sta portando via quella decisione".

"E se dicessi che non voglio invertire la rotta?"

Un'emozione potente attraversò il volto di Szaro. Deglutì a fatica, e la sua mano si strinse attorno alla mia.

"Ti chiederei perché no", sussurrò.

"E se dicessi che è perché anch'io voglio vederti ricoprire l'ingresso della nostra dimora con ancora più incisioni di quelle che tuo padre ha fatto per Erastra?" chiesi, con gli occhi che mi pizzicavano per le emozioni travolgenti.

"Risponderei che questo mi rende il maschio più felice dell'universo", disse, tirandomi fuori dalla sedia per farmi mettere a cavalcioni su di lui.

"E se dicessi che è perché mi sono innamorata follemente di te, e non posso immaginarmi con nessun altro, visto che mi hai rovinato per qualsiasi altro maschio?" domandai, avvolgendo le braccia intorno al suo collo e premendo la mia fronte contro la sua.

"Direi che te l'avevo detto", rispose lui prima di catturare le mie labbra in un bacio appassionato.

EPILOGO

SZARO

La mia compagna fece rimuovere l'impianto dalla Dr. Ahmad il giorno stesso. Eravamo d'accordo con la dottoressa che sarebbe stato saggio fare dei controlli regolari, dato che quello era il primo accoppiamento tra un Ordosiano e un'umana. La dottoressa promise di venire per una visita di persona una volta ogni due mesi, ma Serena avrebbe inviato dei report di autodiagnosi bisettimanali che effettuava con la capsula medica, riconfigurata per tenere conto della nostra situazione unica.

Entro quarantotto ore dalla rimozione dell'impianto, tutti i sintomi negativi che la mia compagna aveva mostrato svanirono. Due settimane dopo, bellissime squame dorate, ancora più belle di quanto avessi immaginato, adornavano le braccia della mia femmina e la linea della sua spina dorsale. Alcune sparse adornavano l'area pelvica. Brillavano sotto il sole, facendola sembrare ancora di più l'*Ashina* che era per me. Avevo insistito perché indossasse abiti senza maniche e scollati dietro il più spesso possibile, in modo che tutti potessero vedere la splendida manifestazione del nostro legame. Per la sua gioia, la mia compagna ottenne anche un notevole aumento della forza fisica e un udito più acuto.

Le cose non andarono troppo bene quando Serena comunicò per la prima volta questi cambiamenti ai suoi genitori e la sua decisione di rimanere permanentemente su Trangor. Passarono alcuni mesi senza che loro rispondessero alle sue chiamate o ai suoi messaggi. Ma alla fine ricostruirono quei ponti. Erano una famiglia.

Anche se Serena imparò a cavalcare un Drayshan da sola, si limitò a condividere il Dagas con me, cosa che non mi dispiacque affatto. Si era anche integrata completamente nella nostra cultura e aveva contribuito ad espanderla. Nonostante la maggior parte del tempo di Serena era dedicato alla caccia, a esplorare, e prendersi cura della natura selvaggia insieme a me, passò anche un bel po' di tempo con Salha per imparare il ruolo di custode. E l'Anziana Krathi provava un grande piacere nell'insegnarle le tradizioni e la storia del popolo Ordosiano.

Ma la più grande immersione venne dal tour delle innumerevoli tribù di Trangor. Dopo il nostro ritorno da Tulma, la notizia della bravura di Serena nella danza aveva viaggiato rapidamente. Naturalmente la nostra tribù aveva richiesto un'esibizione dal vivo. Serena aveva eseguito una danza diversa da quella del nostro secondo legame, ma altrettanto spettacolare. Anche se gli Ordosiani non erano un popolo molto socievole, i membri della nostra tribù con inclinazioni artistiche si esibivano una volta ogni dieci o dodici giorni sul cerchio. Serena divenne ufficialmente parte di quella rotazione. Non solo ci ipnotizzava con i nastri, ma faceva anche cose incredibili con una palla e con bastoni di forma strana che chiamava clavette.

All'inizio, alcuni cacciatori di altre tribù vennero a Krada per dare una sbirciatina. Ma dato che la maggior parte delle femmine Ordosiane non si allontanava dal proprio villaggio, molti chiedevano a gran voce che Serena andasse da loro. Sarebbe stato comunque più facile permettere a tutti di assistere in prima persona al suo incredibile talento. E così viaggiavamo, facendo coincidere quelle esibizioni con il programma di esplorazione a lungo raggio che avevamo già pianificato.

La scadenza dei sei mesi arrivò e passò. Anche se sapevo già che Serena era completamente impegnata nella nostra relazione, respirai comunque molto più facilmente quando fu ufficialmente finita. Il mese successivo, autorizzammo un'altra caccia della Federazione, questa volta per una creatura molto più letale e insidiosa degli Squoiatori. Con un processo di selezione ancora più rigoroso la Federazione sperava, e questa volta ci riuscì, di evitare qualsiasi spiacevole incidente.

L'ultimo giorno della caccia, Serena annunciò di essere incinta.

Ancora adesso, non riesco a capire come abbiano fatto le pareti a non crollare dato che gridai così forte dalla gioia. Inutile dire che feci impazzire la mia compagna perché ero troppo protettivo. Mia madre venne a stare da noi per badare alla mia femmina e al suo futuro secondo nipote. Questo aveva sia aiutato che peggiorato le cose. Nonostante tutto, Serena era grata per il sostegno. Era molto più stressata di quanto ammettesse al pensiero che qualcosa potesse andare storto con la prima prole umano-ordosiana.

Per la mia gioia, lei si ritirò volontariamente da qualsiasi ricerca fin all'inizio della gravidanza, quando la dottoressa Ahmad aveva detto che sarebbe stato tecnicamente sicuro. Invece, la mia compagna si era tuffata in un progetto che aveva accarezzato per un po'. Cominciò a scrivere un'enciclopedia dettagliata della flora e della fauna di Trangor. Oltre ai fatti e alle immagini, includeva la tradizione e il folklore che li riguardava, storie che aveva raccolto dagli Anziani di ogni villaggio che avevamo visitato. Sebbene fosse stata pensata per gli abitanti del mondo esterno, divenne anche un riferimento educativo per la nostra gente.

Con sgomento di Serena, lei ebbe le sue prime contrazioni

verso mezzogiorno, esattamente sei mesi e otto giorni dopo aver annunciato la sua gravidanza. Trentaquattro minuti dopo, accogliemmo il nostro piccolo Sethe nel mondo. Poiché le gravidanze Ordosiane normalmente durano cinque mesi, quando quella di Serena si avvicinò ai sei mesi, pensammo che ci sarebbero voluti i nove mesi completi degli umani. Considerando la velocità con cui era passata dall'inizio del travaglio alla nascita del piccolo, lei aveva temuto che questo fosse prematuro o in difficoltà.

Ma nostro figlio era più che perfetto.

Rimasi incantato mentre lo guardavo. Non avevo mai visto un Ordosiano con le scaglie nere. Le sue brillavano come ossidiana. Scaglie d'argento coprivano il bordo del suo cappuccio, mentre una manciata di esse adornava le sue spalle. Per le sue dimensioni e il suo spessore, la sua lunga coda lo indicava come un cacciatore e suggeriva che sarebbe cresciuto imponente, se non di più, come mio padre. Sethe guardò sua madre con occhi d'argento, le pupille a fessura un po' più larghe del solito per un Ordosiano. Sorrise, con le sue piccole zanne che spuntavano.

"È magnifico, mia compagna", dissi, con la gola stretta dall'emozione.

"Lo è", disse lei con un cenno del capo, gli occhi colmi di lacrime. "È l'immagine sputata di suo padre". Si voltò a guardarmi con un mondo di amore negli occhi. "Il giorno in cui Kayog mi aveva detto che dovevo sposare un Ordosiano per evitare l'esecuzione, avevo pensato che la mia vita fosse finita. Non avrei mai immaginato che fosse in realtà l'inizio di una favola. Grazie per avermi salvato la vita e per esserti impegnato con me quando ero troppo cieca per vedere che la mia felicità era proprio davanti a me".

"Grazie per averci dato una possibilità e per avermi dato la famiglia che ho sempre sognato ma che non credevo possibile", risposi, accarezzandole la guancia con le nocche. "Ti amo, Serena".

"Anch'io ti amo, Szaro".

FINE

S GRIFFIN

SZARO & SERENA

SZARO & SERENA

SCOGA

SQUOIATORE

SU REGINE

Regine Abel, autrice bestseller di USA Today, è una fanatica del fantasy, del paranormale e della fantascienza. Qualsiasi cosa che includa un po' di magia, un tocco di insolito e molto romanticismo la fa saltare di gioia. Ama creare guerrieri alieni sexy ed eroine toste e determinate che si evolvono in nuovi fantastici mondi mentre si imbarcano in avventure piene di azione, mistero e colpi di scena che non ti aspetteresti.

Prima di dedicarsi alla scrittura a tempo pieno, Regine si è abbandonata alle sue altre passioni: la musica e i videogiochi! Dopo un decennio di lavoro come ingegnere del suono nel doppiaggio cinematografico e nei concerti dal vivo, Regine è diventata Game Designer e Direttore Creativo professionista, una carriera che dalla sua casa in Canada l'ha portata fino agli Stati Uniti e a vari paesi in Europa e Asia.

Facebook

https://www.facebook.com/regine.abel.author/

Sito Web

https://regineabel.com

Gruppo di lettori Regine's Rebels
https://www.facebook.com/groups/ReginesRebels/

Newsletter
http://smarturl.it/RA_Newsletter

Goodreads
http://smarturl.it/RA_Goodreads

Bookbub
https://www.bookbub.com/profile/regine-abel

Amazon
http://smarturl.it/AuthorAMS

www.ingramcontent.com/pod-product-compliance
Lightning Source LLC
LaVergne TN
LVHW021946220826
846091LV00015B/4111

9781990572111